KJB

Victoria Hume wurde 2022 von *The Society of Children's Book Writers and Illustrators* als eine der unentdeckten Stimmen des Jahres ausgezeichnet. Sie ist Ökologin und daher oft in der Wildnis Englands zu finden. Ihre Liebe zur Natur verleiht ihren Geschichten eine besondere emotionale Tiefe. Sie lebt mit Mann und Sohn in Brighton. Der »Solartopia«-Zweiteiler ist ihr Debüt.

Weitere Informationen zum Kinder- und Jugendbuchprogramm der S. Fischer Verlage finden Sie unter *www.fischerverlage.de*

VICTORIA HUME

SOLARTOPIA

AM ANFANG DER WELT

Aus dem Englischen
von Katrin Segerer

KJB

Aus Verantwortung für die Umwelt hat sich der Fischer Kinder- und Jugendbuch Verlag zu einer nachhaltigen Buchproduktion verpflichtet. Der bewusste Umgang mit unseren Ressourcen, der Schutz unseres Klimas und der Natur gehören zu unseren obersten Unternehmenszielen.

Gemeinsam mit unseren Partnern und Lieferanten setzen wir uns für eine klimaneutrale Buchproduktion ein, die den Erwerb von Klimazertifikaten zur Kompensation des CO_2-Ausstoßes einschließt.

Weitere Informationen finden Sie unter: www.klimaneutralerverlag.de

Das Hörbuch, gelesen von Martha Kindermann,
ist im Argon Verlag, Berlin,
erschienen und im Buchhandel erhältlich.

Die *Solartopia*-Dilogie bei KJB:
Solartopia – Am Anfang der Welt
***Solartopia – Bis zum Ende der Zeit* (erscheint im Frühjahr 2024)**

MIX
Papier | Fördert gute Waldnutzung
FSC® C014496

Erschienen bei FISCHER KJB

Vignette: Max Meinzold
Für die deutschsprachige Ausgabe:

Hedderichstraße 114, D-60596 Frankfurt am Main

Umschlaggestaltung und -abbildung: Max Meinzold
Satz: Pinkuin Satz und Datentechnik, Berlin
Druck und Bindung: GGP Media GmbH, Pößneck
Printed in Germany
ISBN 978-3-7373-4315-2

Für meinen Mann Graeme und meinen Sohn Harrison.
Danke, dass ihr das alles mitmacht.

Kapitel 1

Wenn ich könnte, würde ich Wurzeln schlagen. Das sagt Finn gern scherzhaft zu mir. Vielleicht hat er recht. Vielleicht kann ich deswegen in unserem Dachgarten besser schlafen – ein Stück näher dran, selbst zur Pflanze zu werden. Und gestern Abend, nach einem schrecklichen Winter, war er *endlich* auch der Meinung, dass es warm genug für die Hängematte ist.

Die Luft kurz vor Sonnenaufgang riecht grün und lebendig, wie ein saurer Apfel – so viel besser als mein stickiges Schlafzimmer. Als ich die Augen öffne, sehe ich ein Meer Blauregen, das über Nacht gewachsen ist. Die limonengrünen Wedel hängen wie ein Vorhang vom Kirschbaum. Ich strecke mich, und die schwingende Hängematte lässt die Blätter flattern.

Eine Ranke hat sich um meinen Arm geschlungen, als wollte sie meine Hand streicheln. Kichernd wickle ich sie ab, wobei ich gut aufpasse, den zarten jungen Trieb nicht zu beschädigen. Goldene Pheromone schrauben sich prahlerisch in die Höhe und signalisieren den anderen Pflanzen: Schaut mich an. Ich bin groß. Ich bin großartig!

Angeber.

»Du kannst nicht einfach überall rumklettern«, schimpfe ich den Blauregen, aber meine Stimme ist sanft, und ich kann mir das Lächeln nicht verkneifen.

Die Pflanze pulsiert unter meinen Fingerspitzen. Ich bin mir nicht sicher, ob es ihr leidtut oder sie trotz allem stolz auf sich ist.

Auch wenn Finn oft Witze darüber macht, ich weiß, wie schwer es als Pflanze sein muss. An einem Fleck festzusitzen. Keine andere Wahl zu haben, als das Beste draus zu machen. Eine kratzbürstige Distel schießt aus dem Boden? Dann kannst du dich nicht einfach in ein anderes Beet verziehen. Du musst kämpfen. Aber hier gilt: mein Garten, meine Regeln. Ich sorge dafür, dass jeder Platz findet: die Tyrannen, die Pionierinnen, die Sprinter. Alle müssen sich vertragen. Am besten gebe ich dem Blauregen nicht mehr so viel Kompost, bis er sich ein bisschen beruhigt hat.

»Auch endlich wach, Nova?«, ruft Finn vom anderen Ende der Hängematte.

Wir schlafen Fuß an Fuß, schon seit wir klein waren. Ich greife nach seiner Hand und drücke sie fest. Er ist für mich das, was einer Familie am nächsten kommt. Finn und ich gegen alles, was die verseuchte Welt uns entgegenschleudert. Nicht, dass wir sonderlich viel über die Welt außerhalb von Turris wüssten. Aber wir wissen genug, um für den Schutz dieses Hochhauses sehr, sehr dankbar zu sein.

Die Luft ist ruhig heute Morgen, aber der Wind wird bald auffrischen. So hoch oben ist es immer zugig.

»Bereit für den nächsten Tag voll Spaß?«, fragt Finn.

»Kommt drauf an.« Ich schmunzle. »Fällst du wieder in den Teich?«

Finn prustet los.

Vorsichtig teile ich den Blauregen und springe aus der Hängematte. Finn folgt mir. Wir sind in der Mitte des Gartens, ganz in der Nähe des Teichs. Wenn ich nicht allzu genau hinschaue, könnte man von hier aus fast meinen, mein Garten wäre endlos. Aber das ist er nicht. Er misst nur hundert mal sechzig Schritte. Nicht viel, wenn man bedenkt, dass nur er zwischen uns und dem Verhungern steht. Aber es reicht, um Finn und mich am Leben zu halten.

Ich erschrecke einen frühen Vogel, eine Amsel, die sich in den Apfelbaum flüchtet und mit ihren dunklen Augen herauslugt. Sie erinnern mich an Finns Augen, scharf und wachsam. Die taufeuchte Frühlingsluft duftet nach Geißblatt. Allmählich werden auch die Pflanzen wach und summen ein bisschen lauter. Grün-goldener Glitzer steigt auf, wie Nieselregen, der verkehrt herum fällt. Pheromone, das offensichtlichste Anzeichen, wie es einer Pflanze geht, konnte ich schon immer sehen. Das Summen ist schwerer zu entschlüsseln, aber solange es grün und golden funkelt, weiß ich, dass alle glücklich und zufrieden sind.

Die Berge in der Ferne sind noch verschwommen, aber sobald die Sonne herauskommt, erkennt man grüne Fleckchen unterhalb der Schneegrenze. Der Morgenstern Venus scheint hell, ehe er hinter einer grimmigen grauen Wolke verschwindet. Ungebeten schießt mir eine Erinnerung durch den Kopf.

Zuerst zogen graue Wolken auf …

Panik durchfährt mich. Nicht heute. Heute darf es nicht regnen. Ich schließe die Augen und verscheuche die bösen Gedanken. Eine Wolke bedeutet noch gar nichts. Und selbst wenn – Regen ist etwas Gutes. Der Teich und die Wasserspeicher müssen dringend aufgefüllt werden.

Finn muss meine Angst spüren. »Entspann dich, Nova. Schau dir den Ringelrausch an. Wenn ein Gewitter aufziehen würde, wären die Blüten geschlossen.«

Ich nicke stumm.

Die Amsel beginnt den Tag mit einem vergnügten Zwitschern, samtig und süß wie Himbeermarmelade. Bald stimmen andere Vögel mit ein: freche Rotkehlchen und fluffige Zaunkönige mit ihrem ohrenbetäubenden Organ trotz ihrer winzigen Größe. Wie immer pfeife ich meine eigene Melodie – einen Oldie, den Ma früher gern gesungen hat. Novas Morgenkonzert. Dieser Teil des Tages macht mich fröhlich, ich vergesse meine Sorgen und fühle mich furchtlos und lebendig. Wir sind hier, allen Erwartungen zum Trotz. Man vergisst schnell, dass auch die Vögel hier festsitzen und sich ans Überleben klammern.

»Was für ein Geschrei«, brummt Finn, aber eigentlich gefällt es ihm – seine Lippen sind zu einem vertrauten schiefen Lächeln verzogen.

»Wer als Erstes drinnen ist!« Ich sprinte voran zur Tür, die vom Dach führt, schlüpfe in das schummrige Treppenhaus und schwinge das Bein übers Geländer. Finn ruft mir eine Warnung zu. Er steht nervös vor der obersten Stufe.

»Na los! Worauf wartest du?« Ich packe ihn und ziehe ihn mit mir auf den Handlauf. Kreischend sausen wir nach unten.

Unser dunkles, stilles Zuhause erstreckt sich über die obersten beiden Stockwerke des Hochhauses. Die weichen, dicken Teppiche schlucken jedes Geräusch meiner nackten Füße. Ich singe, um die Stille zu füllen. *»Good morning, good morning«*, trällere ich den leeren Räumen zu. Das ist der Text des Lieds, das ich auf dem Dach gepfiffen habe. *»We've talked the whole night through.«*

Ich steuere auf das einzige funktionierende Badezimmer zu mit den einstmals glänzenden Marmorfliesen und einer tiefen weißen Badewanne. Überall hängt meine Wäsche. Ein Spinnennetz aus Sprüngen überzieht den Marmor, und die halbe Wand ist aufgerissen, um an die Rohre zu kommen. Ma hat sie selbst neu verlegt. Sie werden vom Dach gespeist. Und was wirklich clever ist: Das Wasser von der Dusche und dem Waschbecken wird aufgefangen und für die Pflanzen wiederverwendet. Trotzdem darf ich nicht allzu lange brauchen. Wasser ist kostbar.

Ich werfe die dreckigen Klamotten von gestern in die Wanne, stecke den Stöpsel rein und drehe den Wasserhahn auf. Das kalte Nass aus dem Duschkopf lässt mich nur leicht zusammenzucken. Ich schrubbe mich so lange, wie ich es aushalte, ehe ich das Wasser wieder abdrehe, mich kurz abtrockne und das Handtuch um meinen Körper wickle. Dann stampfe ich auf meinen Kleidern im Duschwasser herum, um sie sauberzuscheuern, bevor ich sie grob auswringe und über den Rand werfe. Später werde ich sie raus in die Sonne hängen. Anschließend putze ich mir die Zähne. Die Zahnpasta ist uns schon vor Jahren ausgegangen, aber zum Glück haben wir noch Natron. Wenn man das mit kaltem Minztee mischt, ist es eine gute Alternative. Keine Ahnung, was ich mache, wenn das auch noch alle ist. Ma hat immer betont, wie wichtig saubere Zähne sind.

»*Good morning, good morning to you!*«, schmettere ich aus voller Kehle.

Finn schreit aus dem Nebenzimmer, dass ich die Klappe halten soll.

Auf dem Weg in mein Schlafzimmer summe ich vor mich hin. Im Lauf der Jahre habe ich die langweiligen weißen Wände mit mehr oder weniger gelungenen Zeichnungen von Pflanzen dekoriert. Vorsichtig bahne ich mir einen Weg zwischen den Klamottenhaufen hindurch und entscheide mich schließlich für eine hellgrüne Leggings mit pinken Tigern drauf und ein neongelbes Oberteil mit Fledermausärmeln, das von der Vorhangstange baumelt. Perfekt! Beim Blick in den hohen Spiegel runzle ich die Stirn. Meine dunklen Locken fallen schon wieder bis über die Ellbogen. Die sind fast so schlimm wie der Blauregen. Ich muss sie bald schneiden, aber für den Moment binde ich sie erst einmal mit dem Blumentuch zurück, das nach Lavendel riecht. Das haben wir in der Wohnung mit den rosafarbenen Wänden im elften Stock gefunden.

»Nova, mein Schatz«, sage ich zu mir selbst, »du bist bereit für den Tag.«

Dann starte ich mit meiner Morgenroutine. Irgendwie habe ich Angst, dass etwas Schlimmes passiert, wenn ich meine Checkliste vergesse. Routinen sorgen für unsere Sicherheit.

Ich überprüfe alle Lager: den Werkzeugraum, den Müllraum, den Samenraum und zuletzt die Essensvorräte. Die Regale sind beinahe leer. Ich suche jede Ecke penibel nach Spuren von Mäusen oder Insekten ab, und die Wände nach Feuchtigkeit oder Schimmel. Verluste wären eine Katastrophe.

Im Esszimmer mache ich zwanzig Sit-ups, zwanzig Kniebeugen, zwanzig Liegestütze und zwanzig Hampelmänner. Danach versuche ich, meine Zehen zu berühren, und schaffe es fast. Ich messe meinen Puls, der beruhigend normal ist. Wir müssen gesund bleiben. Hier gibt es keinen Arzt, der uns wieder aufpäppelt, wenn wir krank werden.

Ich streiche einen weiteren Tag vom Kalender: 24. April.

Der Kühlschrank in der Küche ist immer noch kalt. Das Licht geht an und aus, was mich daran erinnert, dass ich das Solarpanel putzen muss. Ich stecke die elektrische Laterne ein, um sie aufzuladen.

Als ich es nicht mehr länger hinauszögern kann, checke ich die Kette an der Tür zum Treppenhaus, das nach unten führt. Dabei achte ich allerdings darauf, nicht durch die dunkle Scheibe zu linsen oder direkt vor dem Glas zu stehen. Nur für den Fall.

Zufrieden, dass alles in bester Ordnung ist, laufe ich zurück in die Küche und mache mir mit unserem treuen alten Wasserkocher einen Brennnesseltee. Während der Tee zieht, hüpfe ich auf den kalten Fliesen von einem Fuß auf den anderen, starre aus den schmutzigen Fenstern und knibble an dem Loch in der hölzernen Arbeitsplatte herum. Danach wandere ich in die Bibliothek und lümmle mich in einen alten Sessel mit Blumenmuster, bis der Tee abkühlt. Die Regale neben mir biegen sich unter all den Büchern, die ich im Lauf der Jahre auftreiben konnte. Hauptsächlich Nachschlagewerke, aber auch Romane. Alte Krimis mag ich am liebsten. Die Spurensuche der Ermittlerinnen und Ermittler erinnert mich daran, wie ich selbst bei meinen Pflanzen nach Hinweisen auf ihr Wohlbefinden forsche.

Ich blättere durch meine Notizbücher und schaue nach, welche Gartenarbeiten anstehen. Samen müssen eingepflanzt werden: Gurke, Kürbis, Melone, Zuckermais. Vielleicht noch ein paar Radieschen und Blattsalate. Ich muss mehr pflanzen als letztes Jahr, damit wir es durch den nächsten Winter schaffen. Dieses Jahr sind uns so viele Sachen ausgegangen. Abendelang musste ich mich mit eingelegter Roter Bete begnügen, wobei ich am Ende dankbar für jeden Bissen war. Als das erste Frühlingsgemüse reif war, hätte ich beinahe geheult vor Erleichterung.

»It's great to stay up late«, singe ich weiter, während ich zum Samenraum tänzle.

Laut dem Handbuch für Heimgärtner müssen Samen an einem dunklen, trockenen Ort mit gleichbleibender Temperatur gelagert werden, dafür eignet sich eins der ausgedienten, fensterlosen Badezimmer perfekt. In Badewanne und Waschbecken stapeln sich Schachteln, Schälchen, Gläser und Tütchen, die wir nach und nach aus den unteren Stockwerken zusammengesammelt haben. Die kleinen Samen betteln förmlich darum, ausgesät zu werden.

»Jetzt seid ihr an der Reihe«, flüstere ich, während ich mir meine Auswahl herauspicke.

Ich bringe sie ins Gewächshaus, das eigentlich gar kein richtiges Gewächshaus ist. Früher war es mal ein Wohnzimmer voll mit opulenten Sofas und Samtvorhängen vor den bodentiefen Fenstern. Ma hat sie schon vor Jahren abgenommen, um mehr Licht reinzulassen. Manchmal benutzen Finn und ich die Vorhänge als zusätzliche Decken. Als ich klein war, haben wir verschüttetes Wasser noch von den polierten Holzkommoden gewischt, bevor sie Flecken bekamen, und Erdkrümel aus dem weichen Teppich entfernt. Heute erscheint mir das überflüssig. Dieser Raum hat, wie alles hier, schon bessere Tage gesehen.

»*Good morning, good morning to you*«, flöte ich und deute auf die Anzuchtschalen.

In der Luft liegt das hohe Sirren junger Keimlinge, die wie kleine Kinder nach Aufmerksamkeit quieken. Grüne und goldene Funken stieben in die Luft. Ich drehe das Bewässerungssystem auf und gönne allen einen Schluck, ehe ich die neuen Samen einpflanze. Die knubbeligen Radieschensamen rutschen perfekt durch die Falte meiner Handfläche in die Erde. Als wären unsere Körper genau dafür da.

»*When the band began to play, the stars were shining*

bright.« An die nächste Zeile kann ich mich nicht mehr erinnern, deshalb erfinde ich sie neu. *»Doch jetzt sagt Nova euch: Geschwind, wachst hoch zur Helligkeit.«* Bei meinem cleveren Ständchen muss ich grinsen.

Die Stangenbohnen, die ich vor drei Wochen vorgezogen habe, sind bereit für ihre Umsiedelung aufs Dach. Ich stelle sie auf den Wagen. Ihre biegsamen Ranken ringeln sich aufgeregt.

»Ich habe den perfekten Ort für euch, wartet's ab. Frisch umgegraben und mit ordentlich Kompost. Da werdet ihr euch pudelwohl fühlen.«

Ich schiebe den Wagen zur Treppe. Die klapprigen Räder zucken und eiern und schrammen über die goldene Tapete. An der Treppe drehe ich mich um und hieve den Wagen rückwärts die Stufen hoch. Der Wind hat aufgefrischt. Die schneidende Luft lässt mich frösteln. Finn kauert am Teich und beobachtet die sich wimmelnden Kaulquappen. Also muss ich die Bohnen allein in ihr neues Zuhause setzen.

Genau wie Menschen haben Blumen ihre ganz eigenen Gewohnheiten. Vom Frühaufsteher Löwenzahn über die morgenmuffeligen Mittagsveilchen bis hin zum Nachtschwärmer Sternendorn kann ich anhand dessen, was gerade blüht, die Uhrzeit ablesen. Im Moment entfaltet zum Beispiel die Eiswinde ihre bläulichen Trichter. Die öffnen sich bei Sonnenaufgang. Und tatsächlich schiebt sich soeben die Sonne über die ferne Ebene. Finn wollte immer, dass ich eine normale Uhr benutze, aber nachdem irgendwann auch die letzte stehen geblieben ist, war er froh über diese Methode. Außerdem lebe ich lieber im Takt des Gartens als nach irgendwelchen willkürlichen Zahlen.

Kurz nach Sonnenaufgang frischte der Wind auf …

Ich verdränge den Gedanken und konzentriere mich auf meine Aufgaben. Es ist leicht, nicht der Vergangenheit nachzuhängen, wenn man in der Gegenwart so viel zu tun hat.

Die Wege abgehen. Den Garten kontrollieren.

Immer mehr Pflanzen erwachen und verströmen zufrieden goldene und grüne Pheromone. Dicke, pollenbeladene Bienen schwirren zwischen den Blüten des nach Kokos duftenden Stechginsters umher. Eine Singdrossel hämmert rhythmisch eine Schnecke gegen einen Pflasterstein, um deren Haus zu knacken. Ordentliche Reihen von Winterknoblauch, Lauch und Frühlingszwiebeln schwanken im Wind, aber von nahem scheinen sie stiller als üblich. Hier glitzern keine grünen oder goldenen Pheromone. Auch keine weißen Notsignale. Die Pflanzen wirken … ausdruckslos. Seltsam.

Ich gucke nach Schädlingsbefall. Die Blätter sind gesund. Dann bohre ich die Finger in die feuchte Erde, streichle die Wurzeln und bringe meine Gedanken zum Schweigen, um den Pflanzen zuzuhören, so wie Ma es tun würde. Nichts. Kaum ein zittriger Piep. Ich versuche, die Töne zu summen, die sie beruhigen, aber obwohl ich gern singe, bin ich ziemlich schlecht darin, und noch schlechter, wenn es um die Lieder der Pflanzen geht. Ich kriege die Tonlage einfach nicht richtig hin.

Ma kauert im peitschenden Regen, die Hände in der Erde, und summt ein ruhiges Lied inmitten des Chaos …

Diese Erinnerung klingt länger nach, ich kann sie nicht vertreiben. Der Schrecken von vor zehn Jahren hält mich gefangen. Angst und Schmerz fluten aus meinen Fingern in die Erde. Schnell reiße ich die Hände zurück. Das können meine Pflanzen jetzt gar nicht gebrauchen. Ich beiße mir auf die Lippen und setze mich auf die Fersen, schließe die Augen, strecke das Gesicht in die Sonne und spüre die Wärme auf den Wangen.

Denk nach, Nova.

Ich darf nicht riskieren, dass meine Pflanzen krank werden.

Wenn Ma bloß hier wäre … Sie wüsste, wie man ihnen helfen kann. Natürlich! Ihre Notizbücher! Ich rufe Finn zu, dass ich gleich wieder da bin, und renne in ihr Arbeitszimmer.

Dort steht ein Regal, das von ihrer Forschung nur so überquillt. Ich greife nach dem dicken Notizbuch mit dem braunen Ledereinband und blättere die vertrauten Seiten durch, fahre mit dem Finger über akribische Zeichnungen von Pflanzenteilen, Erkennungsmerkmale, ein Mittel gegen Blattlausbefall und eins gegen Kraut- und Braunfäule. Endlich entdecke ich ein Stärkungstonikum.

Für Pflanzen, die an allgemeinem Unwohlsein leiden

1 Teil Kaffeepulver

1 Teil Beinwell (Achtung vor den Haaren!)

1 Teil Brennnessel (Achtung vor den Haaren!)

1 Handvoll Eisennägel

6 Teile Wasser

2–3 Wochen in einem luftdicht verschlossenen Eimer gären lassen (Achtung vor dem Gestank!) und abseihen, anschließend die Wurzeln damit tränken. Wenn es eilt, die Zutaten pürieren (natürlich ohne die Nägel). Liefert lebenswichtigen Stickstoff, Kalium und Eisen und wirkt als Muntermacher. Für noch mehr Eisen oder falls der Gärvorgang ausgelassen wird, rostiges Metall in der Erde vergraben. Nicht für den menschlichen Verzehr geeignet!

Mas Kommentare bringen mich zum Lächeln. Eilig suche ich die Zutaten zusammen und schneide Beinwell und Brennnesseln mit der Hand klein, um den Mixer nicht zu schrotten. Ich bin ziemlich stolz auf mich, dass ich mich nur zweimal brenne. In den Lagerräumen finde ich ein uraltes Paket Kaffee und ein Eimerchen voll rostiger Nägel. Bis ich fertig bin, haben sich die zitronengelben Strahlenblüten der Kratzdistel auf meiner Blumenuhr geöffnet. Eine neue Stunde hat geschlagen, und die Sonne steigt immer höher.

»Bitte schön, meine Kleinen. Das sollte euch wieder aufpäppeln«, sage ich, während ich die Mischung rund um die Wurzeln verteile und die Nägel in die Erde stecke.

Zufrieden überprüfe ich noch rasch den Rest des Gartens. Im Kräuterbeet beschießen sich Salbei und Majoran mit wütenden roten Funken. Jetzt im Frühling bringen sie neue Blätter hervor, deshalb rangeln sie um Platz.

»Ihr Dummerchen, hört auf damit«, flüstere ich. Doch die Funken fliegen weiter. Wieder muss ich daran denken, wie leicht Ma den Streit schlichten würde, und werde von meiner Nutzlosigkeit überwältigt.

»Könnt ihr euch nicht vertragen?«, fauche ich frustriert. »Ihr müsst beide gut wachsen. Sonst … Sonst überleben wir niemals. Bitte helft doch einfach mit.«

»Es ist okay, wenn du traurig bist, gerade heute.« Finns Stimme lässt mich zusammenzucken.

»Nicht …«

»Du solltest was essen. Von wegen: immer schön gesund bleiben. Bist du nicht am Verhungern?«

Ich seufze. Er hat recht. Und dieser Tag schreit nach etwas Besonderem, um meine Laune zu heben.

In der Mitte des Gartens, gleich neben dem Teich, wächst meine allerliebste Pflanze. Ma hat sie gezüchtet und nach mir benannt: die Nova. Sie trägt die süßesten und besten Früchte auf der ganzen Welt. Nova bedeutet »neu«, und Ma hat immer gemeint, diese Pflanze sei einzigartig, genau wie ich.

Auf einmal kann ich die Erinnerungen nicht länger zurückdrängen. Ich bin wieder sechs Jahre alt.

Ma trägt die tropfnasse Novapflanze die Treppe herunter. Sie ist zerfleddert und plattgedrückt und verliert überall Blüten und Blätter. Blitze zucken über den Himmel, und der Donner kommt immer näher. Wir triefen und zittern, und ich heule, weil meine Pflanze STIRBT und Ma nur wirres Zeug redet.

Sie bringt sie ins Gewächshaus und setzt sie in einen großen Kübel voll Kompost. »Die wird schon wieder«, meint sie. »Bleib hier und sprich mit ihr. Mach ihr klar, dass sie in Sicherheit ist, während ich die anderen hole. Nicht weinen. Ich muss wieder rauf.«

NEIN, GEH NICHT WEG!

Ich schließe fest die Augen und reibe sie energisch. Finn starrt mich an. Er weiß nicht, was er sagen soll. Ich auch nicht, also konzentriere ich mich stattdessen aufs Frühstück. Ich habe keine Zeit, um traurig zu sein.

Die Nova hat wunderschöne rosafarbene Knitterblüten mit einem weißen Strahlenkranz in der Mitte. Weiter unten haben sich schon Früchte gebildet, aber das pinke Fleisch ist noch zu hart. Sonnengetränkte Erdbeeren schmecken bestimmt fast genauso gut. Nur ein halbes Dutzend sind schon reif. Ich kratze ein paar der winzigen gelben Samen ab und sammle sie in einem Weinblatt – zur Sicherheit, falls die Pflanze keine neuen Ausläufer bildet. Dann springe ich noch mal nach drinnen, um die Samen wegzubringen und die letzten getrockneten Apfelringe zu holen. Die leeren Regale starren mir entgegen. Vielleicht sollte ich die Äpfel für den Notfall aufheben? Aber die Hungermonate sind beinahe vorbei, und solange meine Pflanzen weiterwachsen, gibt es bald jede Menge zu essen.

Ich plumpse neben Finn und versuche, die saftigen roten Beeren zu genießen, ziehe mit den Zähnen Streifen von den blassen Apfelringen und behalte sie im Mund, um ihre Süße voll auszukosten.

Finn bricht das Schweigen. »War das nicht das Lieblingsfrühstück deiner Ma? Äpfel und Beeren?«

Er hat recht. Es fühlt sich richtig an, heute beides zu essen, als wollte Ma sicherstellen, dass ich versorgt bin. Plötzlich fällt mir auf, wie hoch die Sonne schon gestiegen ist. Die Mooslilien gehen auf. Um diese Zeit ist es passiert …

Ich kneife die Augen zu, als könnte ich das Gewitter dadurch beenden. Ein so heftiges habe ich noch nie erlebt. Es fühlt sich an, als würde Turris gleich auseinanderbrechen. Der Wind heult um unser Zuhause, und der Regen klatscht in waagerechten Wogen gegen die Fenster. Das Getöse ist ohrenbetäubend.

Ma hat gesagt, ich soll drinnen bleiben. Aber sie ist ganz allein da draußen. Ich bin schon groß. Ich kann ihr helfen. Ich renne aufs Dach. Regen schlägt mir ins Gesicht, peitscht mir die Haare in die Augen.

So viele Pflanzen, die gerettet werden müssen. Ich weiß nicht, wo ich anfangen soll.

Ein Blitz. Ma, die mit einem Orangenbaum in einem schweren Topf kämpft. Ihre Augen weiten sich, als sie mich entdeckt. Sie schreit etwas, aber ich höre nur: »Wieder rein … gefährlich!«

Eine stürmische Windböe wirft eine Reihe Himbeersträucher um und schleudert mich zurück ins Treppenhaus. Ich klammere mich an den Rahmen der Luke. Noch einmal rauscht der Wind übers Dach. Im einen Moment kommt Ma noch auf mich zu, das Gesicht gegen den Regen verkniffen, im nächsten ist sie verschwunden. Über das

Glasgeländer geschleudert. Vom Rand von Turris gefegt. Nur der Baum ist noch da, in seinem zerbrochenen Topf.

Ich blicke zum Dachrand, zum Orangenbaum, den ich wieder eingepflanzt habe und der jetzt vor meinen Augen verschwimmt. Ich blinzle die Tränen weg und schaue über meinen Garten hinaus zur staubigen Ebene weit, weit unter uns. Dort wächst gar nichts. Kein Fitzelchen Grün, nicht die kleinste Bewegung, nur die dunklen, giftigen Smogwolken, die alles ersticken, was sie berühren. Keine Menschen. Keine Häuser. Kein Lebenszeichen.

Wir sind allein. Finn und ich gegen den Rest der Welt, auf einem Wolkenkratzer namens Turris. Wie zwei Pflanzen, deren Wurzeln sich auf einem kargen Berggipfel festkrallen. Wir müssen hier bleiben. Und wir werden überleben. Weil Pflanzen genau das tun. Eine andere Möglichkeit gibt es nicht.

Ich nehme ihn fest in den Arm, und so sitzen wir lange schweigend da.

Kapitel 2

»Wenn du die Augen schließt, geht es leichter«, flüstert Ma. Wir sitzen im Schatten des Kirschbaums, umgeben von einem Schneegestöber aus rosafarbenen Blüten. Sie trägt ihren viel zu großen grauen Pulli, an den ich mich so gern kuschle. Ihre offenen braunen Haare wehen im Wind, ihre grünen Augen sind wach und klar, sie lächelt breit.

Ich soll lernen, wie man Pflanzen lauscht. Ma sagt, je mehr ich übe, desto leichter fällt es mir, bis ich sie irgendwann alle höre. Das habe ich schon einmal geschafft – alles summte vom Geschnatter der Gänseblümchen und des Löwenzahns –, also kriege ich es hoffentlich wieder hin. Konzentrier dich, beschwöre ich mich selbst. Aber es ist gar nicht so leicht, den Kopf frei zu bekommen, während Finn alberne Witze reißt. Ich schließe die Augen, lockere die Schultern und atme ein paarmal tief ein und aus, die Finger an die Wurzeln des Kirschbaums gedrückt.

Ich öffne meinen Geist, versuche, ihn auf die Frequenz der Pflanzen einzustellen. Erst ist da nur dieses komische Kitzeln in meinem Gehirn. Dann plötzlich fühlt es sich an, als hätte jemand ein Licht angeknipst und die Welt erhellt. Wie in einer ganz neuen Dimension. Als hätte ich bisher unter Wasser gelebt, mit verzerrtem Ton, und nun die Oberfläche durchbrochen. Ein leises, sanftes Summen erfüllt die Luft. Die Härchen auf meinen Armen stellen sich auf, und ich schaudere. Ich höre es so klar und deutlich, wie kann es sein, dass ich es vorher nie wahrgenommen habe? Es erinnert mich an eine von Mas Lieblingsplatten – die mit den Cellos. Der Klang ist satt und melodisch und voller Freude. Und diese Freude überträgt sich auch auf mich.

»Es hat funktioniert!« Ich strahle, und Ma strahlt zurück. Doch in diesem Moment lässt meine Konzentration nach, und das wunderschöne Summen entgleitet mir.

»Nicht ablenken lassen«, drängt Ma. »Was hörst du noch?«

Wieder schließe ich die Augen und versuche, in diese andere Welt vorzudringen. Diesmal geht es schon ein bisschen leichter. Rechts neben mir höre ich ein abgehacktes Quieken – das muss von den Tomaten stammen, die um die Wette Blüten bilden. Darüber weben sich zarte, harfengleiche Töne. Die kenne ich! Das ist der Holunder, der sich seufzend im Wind wiegt. Den habe ich auch beim letzten Mal schon gehört. Dann vernehme ich ein leises, hektisches Summen, wie eine Biene, die unter einem Glas eingesperrt ist. Ich runzle die Stirn.

»Irgendwas stimmt nicht.« Ich drehe mich im Kreis, um die Quelle zu finden. »Hörst du das auch?«

»Was soll ich hören?«, fragt Finn beleidigt. Er konnte noch nie auf diese Weise mit Pflanzen kommunizieren.

»Wie ein wütender Bienenschwarm …«

Ich bleibe stehen und öffne die Augen. Wenn ich mich bewege, ist es schwieriger, die Verbindung zu halten, aber ich steuere grob in die Richtung der aufgebrachten Pflanze. Alle Pflanzen, an denen ich vorbeikomme, sprühen vor zufriedenen Pheromonen, hellgrün und golden glitzernd wie Sonnenlicht auf dem Wasser. Woher stammt nur das verärgerte Summen? In einer Ecke des Gartens entdecke ich schließlich einen weißen Funkenregen. Das untrügliche Zeichen einer Pflanze in Not.

Es ist eine Sonnenblume, die schon die Blätter hängen lässt, weil sie vertrocknet. Noch einmal nehme ich alle meine Sinne zusammen und höre ihre Verzweiflungsschreie. Sie verursacht das Geräusch, ganz sicher. Die Arme. Ich kann es kaum ertragen, sie so zu sehen.

»Ma! Sie braucht Wasser!«

Ma eilt mit einer Gießkanne herbei. Sie beugt sich vor, überprüft die Erde, bohrt die Finger hinein, um Kontakt zu den Pflanzen zu suchen und herauszufinden, was los ist.

»Der Kürbis da saugt alles leer, siehst du?« Sie deutet auf den wuchernden Übeltäter in der Nähe. »Gut gemacht, Nova!«

Stolz helfe ich mit, die Sonnenblume ordentlich zu wässern und den Kürbis zurückzuschneiden.

»Du weißt gar nicht, wie selten deine Gabe ist«, meint Ma. »Pflanzen so zu lauschen. Ich habe das ganze Leben gebraucht, um es zu lernen. Niemand sonst kann, was du kannst.«

Das verstehe ich nicht recht. »Es gibt *doch auch niemanden sonst. Soll das heißen, dass Finn es niemals lernt?«*

»Mir doch egal!«, mischt Finn sich von der anderen Seite des Gartens ein.

Aber ich höre ihm an, dass er neidisch ist und schmollt.

»Können wir noch ein bisschen üben?«, frage ich. »Ma? Ma!«

Sie seufzt und blickt hinunter auf ihre Hände. In ihren Augen glitzern Tränen.

Ich weiß, warum. Manchmal vergisst Ma, dass wir die Letzten hier sind. Sie kannte früher andere Menschen, vor Turris und vor mir und Finn. Andere verirrte Pflänzchen, die sich nach dem Sechsten Sterben ans Leben klammerten, wie auch mein Pa. Aber jetzt sind sie alle nicht mehr da.

Ich umarme sie. »Vermisst du die Vorher-Leute?«

Ma schüttelt den Kopf. »Ich vermisse nur deinen Vater. Was die anderen angeht, na ja, die sind der Grund, warum er nicht bei uns ist. Als es zu Ende ging, waren alle Vorher-Leute böse geworden.«

Ich wache in der blassgrauen Morgendämmerung auf, Fuß an Fuß mit Finn in der Hängematte, wie üblich. Mein Herz hämmert, kalter Schweiß klebt an meiner Haut, und mir schwirrt der Kopf von diesem Traum, der eigentlich eher eine Erinnerung war. Alles war so lebendig. Es hat sich richtig echt angefühlt. In letzter Zeit taucht Ma oft in meinen Träumen auf. Was nicht verwunderlich ist rund um den Jahrestag ihres Todes.

Sie hat so viel für sich behalten. Mir kaum etwas von diesen bösen Menschen erzählt. Obwohl ich weiß, dass wir die Letzten sind, treibt mich allein der Gedanke an Ma jeden Morgen zu der verrammelten Tür Richtung untere Stockwerke, um die Ketten zu checken.

Über meinen Pa hat Ma mir auch nur wenig verraten. Er war wohl ein guter, freundlicher Mann und hat mich sehr geliebt. Wenn ich an ihn denke, bin ich traurig, aber die Traurigkeit fühlt sich dumpf an, eher wie ein Bedauern, ihn nie kennengelernt zu haben. Wie wenn in einem alten Kinderbuch Pommes und Milchshakes vorkommen. Man kann nichts vermissen, was man nie hatte, egal, wie toll es sein mag. Wenn ich hingegen an Ma zurückdenke, kriege ich keine Luft mehr, als hätte jemand mein Innerstes herausgerissen wie den Kern aus einer Kirsche.

Früher habe ich ihr Fragen über meinen Pa gestellt, aber von ihm zu reden, hat ihr sichtlich weh getan. Deshalb habe ich irgendwann damit aufgehört. Bei Mas Sachen sind keine Fotos von ihm oder irgendetwas anderes. Ich bin der einzige Beweis dafür, dass es ihn je gegeben hat. Wahrscheinlich dachte sie, sie hätte alle Zeit der Welt, mir von ihm zu erzählen, doch dann wurde uns die Zeit geraubt. Zurück blieb so viel Unbeantwortetes, ein ganzes Leben voll Wissen, das ich von ihr hätte lernen können. Was ist mit den bösen Menschen passiert? Was haben sie Pa angetan? Ich versuche, nicht ständig darüber nachzugrübeln, aber in letzter Zeit fällt es mir schwer, die Gedanken zu verscheuchen. Zum Glück habe ich gut zu tun, das lenkt ab. Seufzend schwinge ich die Beine aus der Hängematte ... und erstarre. Irgendetwas stimmt hier nicht.

Schnell wecke ich Finn.

»Natürlich stimmt hier was nicht«, brummt er. »Hast du dir mal deine Haare angeschaut?«

Ich streiche die zerzauste Bettfrisur glatt. »Sch! Hör doch.«

Auch ich höre hin, lausche, so wie Ma es mir beigebracht hat. Der Garten ist gespenstisch still. Angestrengt bemühe ich mich, in die geheime Klangwelt der Pflanzen einzutauchen. Doch heute Morgen sind sie alle matt und schweigsam. Ich kann auch weder goldene Glücksfunken noch sonderlich viele andere Pheromone entdecken. Warum sind die Pflanzen so leblos? Selbst Finn spürt es.

»Was ist denn mit denen los?«, fragt er.

Der gesamte Garten verhält sich so wie die Lauchzwiebeln und der Knoblauch gestern. Nirgendwo Notsignale, stattdessen überall eine seltsame Lethargie. Vielleicht haben sich dafür die Zwiebeln erholt? Ich sollte nachgucken, ob mein Tonikum gewirkt hat. Nervös eile ich zu meinen Patienten, aber wenn überhaupt, geht es ihnen heute noch schlechter als gestern. Die Röhrchen sind nicht mehr fest, sondern hängen kränklich und elend nach unten. Bestürzt starre ich sie an. Was soll ich jetzt nur tun?

»Was ist mit deiner Nova?« Auch Finn klingt besorgt.

Die Strahlenkranzblüten der Nova leuchten hell in der Morgensonne. Die herzförmigen Blätter sind prall und grün. Erleichtert seufze ich auf. Sie sieht gesund aus. Kerngesund. Die Früchte sind reif und warten nur darauf, verputzt zu werden. Behutsam pflücke ich eine.

Mit einem grässlichen Ratschen reißt die halbe Pflanze ab. Nein! Einen Moment lang starre ich den Trieb nur ungläubig an. Meine Augen brennen. Was habe ich getan? Wie konnte ich nur so ungeschickt sein? Vielleicht wächst er wieder an, wenn ich ihn bandagiere? Irgendwie muss ich das doch in Ordnung bringen können.

Dann fängt die Wunde an zu nässen. Zäher Saft sickert heraus, schwarz wie die Verwesung – schwarz wie der Tod. So etwas habe ich noch nie gesehen. Ich lasse den Ast fallen und weiche erschrocken zurück, ehe die Flüssigkeit mich berührt.

Meine Nova! Sie stirbt!

Ich versuche, nicht in Panik zu geraten, sondern auf ihre einzigartigen Schwingungen zu lauschen, um herauszufinden, was passiert ist. Aber ich höre keinen Mucks. Was ist da los? Mein Atem geht schnell und stoßweise. Ich beschwöre mich, ruhig zu bleiben, während ich dem benachbarten Gänsefuß ein Blatt abzwicke. Noch mehr schwarzer Schleim quillt heraus. Mir wird übel. Deswegen ist der Garten so still. Panisch stolpere ich von Pflanze zu Pflanze. Jede, die ich überprüfe, ist mit dieser schrecklichen Krankheit infiziert.

Das hier ist nicht natürlich. Nichts Natürliches würde so etwas auslösen.

Dieser Schwarzton … Ich kenne nur eins, was dem irgendwie nahe kommt. Ich eile zum Glasgeländer am Dachrand und spähe hinunter auf die wabernden Wolken.

»Die bösen Menschen sind schuld am Smog.«

Ich erinnere mich an Mas Worte, als wäre es gestern gewesen. Wie sie mich an den Schultern gepackt und mir tief in die Augen geschaut hat, damit ich auch ganz sicher zuhöre.

»Er vergiftet alles, was er berührt, tötet sämtliches Leben: Pflanzen, Tiere, sogar Bakterien. Wir haben Glück, dass Turris uns beschützt. So hoch oben kann er uns nicht erreichen. Bete, dass er niemals höher steigt, sonst vernichtet er unsere armen Pflanzen und uns gleich dazu. Versprich mir, dass du niemals ganz nach unten gehst.«

Schaudernd betrachte ich die teuflischen Schwaden. »Es liegt am Smog.«

Ausnahmsweise widerspricht Finn mir nicht.

Ich beiße mir auf die Lippen und denke nach. Ich fühle mich so hilflos. Ich weiß absolut gar nichts über den Smog. Wie soll ich meinen Garten vor etwas beschützen, von dem ich nicht die leiseste Ahnung habe? Wenn Ma doch nur hier wäre …

Einen Moment lang bin ich wie hypnotisiert von der wirbelnden Masse unter mir. Bilde ich mir das nur ein, oder sind die Wolken dichter geworden? Ich kann sogar einzelne Fahnen erkennen. O nein … Der Smog muss höher geklettert sein.

»Er ist näher gekommen«, sage ich mit wachsender Gewissheit.

»Ich weiß nicht«, murmelt Finn. »Wie kannst du dir da so sicher sein?«

»Das bin ich einfach. Wir müssen überprüfen, wie schnell er steigt.«

Während wir uns vorbereiten, hadert Finn die ganze Zeit. »Du kannst doch nicht ernsthaft da runterwollen. Wir waren seit Jahren nicht mehr unten.«

Früher sind Ma, Finn und ich ständig die endlose Treppe zu den niedrigeren Stockwerken von Turris hinabgetigert. Ma nannte diese Ausflüge Expeditionen, und wir haben so getan, als würden wir zu einem großen Abenteuer aufbrechen. Dabei haben wir eigentlich nur nach Medikamenten und anderen nützlichen Schätzen gesucht und jede Menge Staub aufgewirbelt. Aber ich habe unsere gemeinsamen Erkundungstouren durch all die verschiedenen Wohnungen geliebt. Jede davon war individuell eingerichtet und hat mich unendlich fasziniert. Für Finn und mich gibt es schon lange keinen Grund mehr, nach unten zu gehen. Alles, was auch nur im Entferntesten hilfreich sein könnte, haben wir vor Ewigkeiten hochgeschleppt. Und ohne Ma, die uns die seltsamen Apparate erklärt, sind die Wohnungen nur noch deprimierend und beklemmend. Es ist unheimlich, wenn man zu lange darüber nachdenkt, dass sie einst voller Menschen waren, vor allem, wenn wir alte Fotos finden von vor dem Sechsten Sterben, von vor dem Smog.

Das fünfte Massenaussterben hat die Dinosaurier ausgelöscht, das sechste beinahe alles andere. Laut Ma gab es vorher zu viele Menschen auf der Welt. Weder Nahrung noch Platz reichten mehr für jeden. Die Menschen hatten Land und Meer ausgesaugt. Dann kam der Klimakollaps:

Fluten und Dürren, Feuer und Frost, Verschmutzung, Seuchen, Kriege. Inzwischen sind von den Milliarden Menschen nur noch alte Kleider und leere Wohnungen übrig. Und die Überlebenden – Finn und ich.

In Mas Arbeitszimmer steht eine graue Plastikbox, ganz unten im Bücherregal, vergraben unter einem Stapel alter Notizbücher, die zu Boden segeln, als ich das Ding herauszerre. Ich puste die Staubschicht vom Deckel.

»Hoffentlich funktioniert die Smogmaschine noch.« Ich klappe die Verschlüsse auf.

Finn lacht. »So heißt das Teil aber nicht.«

»Kannst du dich vielleicht noch an den richtigen Namen erinnern?«, fauche ich, um die plötzlichen Schuldgefühle zu überspielen.

Ich habe etwas vergessen, das Ma mir beigebracht hat. Was ist sonst noch verlorengegangen? Wie viele wichtige Details?

Finn antwortet nicht.

»Dachte ich mir.«

Zumindest weiß ich noch, wie das Gerät funktioniert. Ist ja auch nicht schwer. Ich drehe den Knopf, um es anzuschalten, und warte, bis die Anzeige auf dem kleinen orangefarbenen Display sich einpendelt. Hier oben im Arbeitszimmer liegt die Smogkonzentration weit unter der Grundbelastung.

Ich werfe einen Blick auf Mas Pinnwand, die über und über mit Bildern aus den anderen Wohnungen bedeckt ist. Fotos von der Welt, wie sie vor dem Sechsten Sterben war.

Schillernde Städte, üppige Gärten, schöne Statuen, mehr Essen, als man sich vorstellen kann. Damals schien alles so viel einfacher und glücklicher – die Menschen lächelten ständig.

»Bereit?«, frage ich Finn.

Vorsichtig spähe ich durch das dunkle Fenster der Tür zum Treppenhaus, das zu den unteren Wohnungen führt, sehe aber nichts. Finn drängt mich, es hinter mich zu bringen. Ich beiße die Zähne zusammen und öffne das rostige Zahlenschloss. Quietschend schnappt es auf. Die Ketten rasseln laut hallend zu Boden. Ich schiebe die knarzende Tür auf. Mit der einen Hand greife ich nach Finn, mit der anderen halte ich die Smogmaschine vor uns in die Höhe wie einen Talisman, um das Böse abzuwehren. Das erinnert mich irgendwie an die alten Märchen, die Ma mir früher vorgelesen hat.

Im Treppenhaus ist es kalt und still. Ma hat immer von Grabesstille gesprochen. Der Gedanke daran lässt mich frösteln. Wir wagen uns tiefer und tiefer, schleichen uns möglichst leise auf nackten Füßen an den düsteren Türen vorbei. Als Ma noch am Leben war, hing der Smog knapp unter dem vierten Stock. Die Tür zum fünften war mit einer weiteren Kette samt Zahlenschloss gesichert, die wir unter keinen Umständen jemals öffnen sollten. Ich zähle rückwärts. In den Fünfer- und Nullerstockwerken gibt es jeweils ein Fenster, an dem wir anhalten, um die Smogwerte zu überprüfen. Wenn ich mich auf die Zehenspitzen stelle und strecke, schaffe ich es gerade so, das Gerät gegen die Scheibe zu drücken. Fünfundsechzig, sechzig, fünfundfünfzig, fünfzig: alle in Ordnung.

Als wir die fünfunddreißigste Etage erreichen, merke ich sofort, dass etwas nicht stimmt. Die Fenster sind dunkel und trübe, als wären sie rußverkrustet. Als ich die Messung starte, geht sofort ein ohrenbetäubender Alarm los, und ich lasse vor Schreck fast die Maschine fallen.

»Lauf!«, ruft Finn.

Ich halte die Luft an, obwohl ich nicht weiß, ob das überhaupt etwas bringt, während wir die Stufen hinaufflüchten. Wie luftdicht ist dieses Gebäude? Wie viel von der tödlichen Verschmutzung kann hereingelangen? Kurz vor dem vierzigsten Stock verstummt das Heulen schließlich wieder.

Finn starrt mich ungläubig an. »Wie kann der Smog so hoch gestiegen sein?«

Vom vierten bis zum fünfunddreißigsten Stock. Das ist ein gewaltiger Sprung. Ich checke die Messwerte. Die Konzentration ist höher als je zuvor.

Zögernd betreten wir eine der Wohnungen, die nach Schimmel und Vernachlässigung riecht, die Maschine immer im Blick, ob es auch sicher ist. Ich luge hinaus auf den wirbelnden Smog. Er ist ganz dicht unter uns, so nah, dass ich mich hinauslehnen und ihn berühren könnte. Die Wände und die versiegelten Fenster von Turris bieten uns zum Glück Schutz, aber draußen muss die Konzentration tödlich sein. Das schlingernde Wabern jagt mir einen Schauer über den Rücken.

»Nichts wie weg hier«, sage ich zu Finn.

Als ich mich gerade abwenden will, bemerke ich aus dem Augenwinkel eine Bewegung vor dem Glas. Ein Eichelhäher ist zu tief herabgestoßen. Ich presse die Hand gegen die Scheibe, und mein Herz setzt kurz aus, während der Vogel flatternd versucht, wieder höher zu steigen. Ich rufe noch eine verzweifelte Warnung, doch schon schlägt der Smog zu. Ein paarmal blitzt das erstaunliche Blau der Flügel noch auf, dann geben sie nach. Das Tier fällt und wird vom Schwarz verschlungen.

Der Smog verschlimmert sich, und zwar schnell. Wenn wir nichts unternehmen, wird unsere winzige Oase sterben. *Wir* werden sterben.

Kapitel 3

Ich bin immer davon ausgegangen, dass der Smog nicht so schlimm ist, wie Ma behauptet hat. Schließlich schien er weit weg und harmlos. Doch während Finn und ich zurück nach oben in den siebzigsten Stock stapfen, mit schmerzenden Beinen und brennenden Lungen, haben wir viel Zeit zum Nachdenken.

»Wir dürfen keine von den infizierten Pflanzen essen«, sage ich, als ich wieder einmal eine Verschnaufpause brauche. Wir sind noch lange nicht angekommen. »Wir haben keine Ahnung, was das mit uns anstellen würde.«

»Schon okay, ich hab gerade eh keinen Hunger. Bis zum Mittag halte ich es bestimmt aus.«

»Finn«, fauche ich verärgert. Witze sind jetzt fehl am Platz. »Unsere Vorräte reichen nicht ewig. Vielleicht nicht mal eine Woche. Und die Pflanzen brauchen uns.«

»Was sollen wir denn tun?«, fragt er. »Ist ja nicht so, als hätten wir besonders viele Möglichkeiten.«

»Das ist ein Notfall …«

Das Wort hallt nach.

Es gibt einen Fluchtweg. Das hat Ma sichergestellt. Für den Fall eines Feuers oder Erdbebens oder irgendeiner anderen abstrakten Katastrophe, die nur Leuten in Büchern passiert – Leuten wie Jane Eyre oder Miss Havisham. Ich habe schon seit Jahren nicht mehr an Mas Notfallplan gedacht.

Ich stehe im Dachgarten. Ich bin vielleicht fünf oder sechs Jahre alt. Hoch über uns kreisen seit Stunden drei dunkle Umrisse: riesige Vögel mit ausgebreiteten Flügeln. Sie schweben dahin, als würden sie auf magische Weise in der Luft gehalten.

»Warum flattern sie nicht wie Rotkehlchen?«

Ma erklärt mir, dass es Bussarde sind. »Sie nutzen unsichtbare Strömungen, die sie wie eine Wendeltreppe emporsteigen.«

Wo sind sie hergekommen, frage ich mich staunend. Und warum fliegen sie so hoch?

»Hier, ich zeig's dir.« Ma schnappt sich eine Handvoll trockenes Laub und wirft es über den Dachrand. Statt zu Boden zu fallen, werden die Blätter wie von einer unsichtbaren Hand gepackt und um das Hochhaus gewirbelt.

Ich quieke überrascht auf. »Darf ich auch mal?«

Ma nickt. »Aber sei vorsichtig.«

Ich wähle die größten braunen Blätter der Edelkastanie, die ich finden kann, und werfe sie über die Glasabsperrung. Der Wind erfasst sie und schleudert sie durch die Luft. Ich sprinte ihnen hinterher, während sie im Uhrzeigersinn um Turris tanzen.

»Veranstalten wir ein Rennen«, meint Ma. »Deine Edelkastanie gegen meine Birke.«

Aufgeregt schaufle ich einen ganzen Armvoll Blätter auf.

»Drei, zwei, eins!«

Lachend schicken wir beide unser Laub in die Höhe. Doch ein paar meiner Kastanienblätter trudeln und schlingern hinunter in den schrecklichen Smog. Das macht mich traurig.

»Warum sind sie nicht geflogen?«

»Vielleicht waren sie eingerissen oder sonst irgendwie beschädigt.« Ma lugt über den Dachrand. »So etwas passiert Vögeln auch manchmal. Sie müssen ihre Federn pflegen, damit ihre Flügel stark genug sind, um sie vom Smog fernzuhalten.«

An diesem Tag zeigte sie mir auch den Segelflieger.

Sie nahm Finn und mich mit in die Wohnung unter unserer. In der waren wir noch nie gewesen, trotz unserer vielen Erkundungstouren. Jetzt wurde ich auch klar, warum. In der Mitte eines Zimmers, vor der riesigen Fensterfront, stand ein glänzender Apparat, strahlend weiß mit zarten, libellengleichen Flügeln. Kaum hatte Ma mir verraten, dass es ein Segelflieger war, wollte ich ihn unbedingt ausprobieren.

»Der darf nur im Notfall benutzt werden«, sagt Ma streng.

»Bitte! Bloß einmal!«

»Nein, Nova. Schau mich an. Ich mein's ernst.« Sie packt mich an den Schultern und dreht mich zu sich. Ihre Augen funkeln so eindringlich, wie ich es noch nie gesehen habe.

»Der ist da, falls irgendwas Schlimmes passiert. Verstehst du? Für unsere Sicherheit.«

Ich nicke, bitterlich enttäuscht, dass wir nicht damit spielen können.

»Ich muss dir beibringen, wie er funktioniert, für den Fall, dass ich nicht …« Ihre Miene trübt sich, doch sie fasst sich schnell wieder und lächelt. »Zuerst die Fensterscheiben einschlagen, um starten zu können …«

Sie zeigt mir die Abläufe, ohne die Scheiben tatsächlich zu beschädigen oder den Segler zu starten. Ich schaue staunend zu und versuche, mir alles einzuprägen.

Wortlos machen Finn und ich uns auf den Weg in den Stock unter uns und betreten die Wohnung. Der Segler ist immer noch da. Immer noch glänzend, nach all den Jahren, genau so, wie Ma ihn zurückgelassen hat.

Das Flugzeug hat vier schimmernde Flügel, die so fragil wirken wie Seifenblasen, doch als ich sie berühre, sind sie hart wie Stahl. Zwei an jeder Seite eines Drahtkorbs, jeweils ein größerer über einem kleineren. Die größeren sind mindestens doppelt so lang wie ich. Der Drahtkorb in der Mitte reicht mir bis zur Hüfte. Vorne gibt es ein Instrumentenbrett und an den Seiten ein Geländer, damit man nicht rausfällt, aber keine Sitze. Das Ding erinnert mich an ein seltsames, bleiches Insekt. Fast rechne ich damit, dass es zuckend zum Leben erwacht und sich gegen das Fenster wirft, um sich zu befreien.

»Meinst du, das Ding fliegt noch?« Finn versucht nicht einmal, seine Abscheu zu verbergen. »Sieht nicht aus, als könnte es uns beide tragen. Da klebe ich mir lieber Federn an und spring vom Dach, als da reinzusteigen.«

»Mhm. Mir gefällt die ganze Sache auch kein bisschen.«

Ich kontrolliere den Zustand des Seglers, so wie Ma es mir beigebracht hat. Zentimeter für Zentimeter suche ich nach Anzeichen für Materialermüdung oder losen Teilen. Beim Blick auf die Steuerung werde ich traurig. Dort hätte Ma gestanden, während Finn und ich uns hinter ihr zusammengequetscht hätten. Jetzt haben wir keine Platzprobleme.

Ich zwinge mich, einen kühlen Kopf zu bewahren und mich nicht von der urtümlichen Angst überwältigen zu lassen, die mich jedes Mal durchfährt, wenn ich mir vorstelle, in dieses Ding zu klettern.

»Wenn wir hierbleiben, verhungern wir«, sage ich zu Finn.

»Wir können Turris doch nicht bei der ersten kleinen Schwierigkeit aufgeben«, erwidert er. »Wir müssen dem Garten helfen. Und wo sollten wir überhaupt hin?«

Ich weiß, dass er recht hat, also schweige ich verdrossen.

»Außerdem hat sie gesagt, wir sollen den Segler nur benutzen, wenn es brennt.« Er starrt aus dem Fenster auf den Smog in der Ferne. »Wo brennt es?«

»Ma ist nicht mehr da«, stoße ich hervor, wütend über seine Negativität. »Sie hat uns auf so was nicht vorbereitet. Wir müssen unsere eigenen Entscheidungen treffen. Aber du ziehst dir wie immer die Decke über den Kopf und weigerst dich, der Situation ins Auge zu sehen. Ma hat uns nicht alles erklärt. Ich habe nicht für alles eine Antwort. Bloß irgendwas müssen wir unternehmen!«

Als Finn schließlich spricht, ist seine Stimme leise. »Wir waren noch so klein. Sie dachte bestimmt, sie hätte noch Zeit. Und selbst wenn sie uns alles erklärt hätte, wären wir wahrscheinlich zu jung gewesen, um es zu verstehen.«

»Dann hätte sie vorsichtiger sein müssen! Sie hätte uns nicht verlassen dürfen!« Ich schluchze. Ja, das ist nicht fair, aber manchmal bin ich so sauer und verletzt, dass die Worte einfach aus mir raussprudeln. »Klar, von Turris wegzufliegen, klingt unheimlich. Aber wenn wir hierbleiben, sterben wir. Und das hätte Ma ganz sicher nicht für uns gewollt.«

»Sie hätte aber auch nicht gewollt, dass du die Pflanzen zurücklässt«, erwidert Finn, als wäre ich doof. Als wüsste ich nicht, was es bedeutet, von hier fortzugehen.

Ich zittere vor Wut. Warum kann er nicht einmal meiner Meinung sein? Sieht er denn nicht, dass ich mein Bestes gebe? Ich stürme davon, bevor ich etwas sage oder tue, das ich später bereuen würde.

Ich renne hinauf zum Dach, wo ich mich auf einem sonnigen Fleckchen zwischen den Kohlköpfen zusammenrolle. Ich fühle mich so verloren. Der gesamte Garten und alle Pflanzen sind auf mich angewiesen, und ich habe keinen Schimmer, wie ich sie retten soll. Finn ist zu hasenherzig, um irgendein Risiko einzugehen, und zu dickköpfig, um auf mich zu hören. Aber ich kann nicht alles allein machen.

Ich wünschte, Ma wäre hier. Die Leere in meiner Brust schmerzt. Was würde ich dafür geben, dass sie mich noch einmal in den Arm nimmt. Die Tränen fallen schnell und dicht, als ich an die ersten Tage ohne sie zurückdenke.

Ich bin im Dachgarten. Ich habe mich verletzt, mir das Knie aufgeschürft, und ich rufe schluchzend nach Ma. Ich rufe und rufe, aber niemand kommt. Ma ist fort, und sie kehrt nie mehr zurück. Einen Moment lang habe ich es vergessen. Und das lässt mich bitterlicher weinen als je zuvor. Ich merke kaum, wie die Sonne untergeht. Die Tränen wollen nicht versiegen. Ich weine und weine, bis ich keine Kraft mehr habe. Dann lege ich mich einfach an Ort und Stelle hin und falle zwischen den Kohlköpfen in einen unglücklichen Schlaf. Als ich am nächsten Morgen aufwache, haben sie ihre Blätter über mich gebreitet, um mich zu wärmen. Tief in mir glimmt ein Funke auf. Egal, wie einsam ich mich fühle, ich habe immer noch meinen Garten.

Die Pflanzen haben mir durch die dunkelsten Stunden geholfen. Jetzt muss ich einen Weg finden, um ihnen zu helfen.

Ich versuche, mich auf sie einzuschwingen. Ma hat immer gesagt, wenn man gut zuhört, kann man aus ihrem Schmerz schlau werden. Vielleicht wissen sie ja eine Lösung. Neben meinem Kopf hat ein goldgelber Löwenzahn seine Blüte zur Sonne erhoben und stößt ein paar glitzernde grüne Pheromone aus. Die jungen Pflanzen scheinen nicht so schlimm betroffen zu sein. Womöglich hat der Smog nur die älteren infiziert. Das ist es! Vielleicht muss ich nur ein paar neue Pflanzen anbauen. Vielleicht halten die den Smog aus.

Ich eile in den Samenraum und schnappe mir ein paar Kreuchbeeren. Die eignen sich perfekt für mein Experiment. Finn ist nirgendwo zu sehen – nicht, dass ich seine Hilfe wollen würde.

Ich bereite eine Stelle im Beet vor, mische ein wenig frischen Kompost unter. Fünf Samen sollten reichen. Ich bedecke sie leicht mit Erde und besprenkle sie mit Wasser. Schon drängen kleine rote Triebe nach oben und entfalten ihre Keimblätter. Obwohl diese Pflanzen schnell wachsend sind, wachsen sie mir nicht schnell genug. Ungeduldig grabe ich die Finger in den Boden und sporne sie an.

»Beeilt euch, ihr müsst groß und stark werden!«

Ich weiß nicht, ob meine Botschaft zu ihnen durchdringt. Ich kann nicht so mit Pflanzen kommunizieren, wie Ma es konnte.

»Das sind besondere Samen, Nova. Ich habe sie selbst gezüchtet. Vorher brauchten Pflanzen Wochen oder sogar Monate, um zu wachsen. Diese hier brauchen nur Tage oder Stunden. Aber sie benötigen unsere Hilfe. Ich muss mit ihnen sprechen.«

Ich beobachte, wie sie die Finger in die Erde schiebt und die Keimlinge, die eben noch kaum zehn Zentimeter groß waren, mit erstaunlicher Geschwindigkeit in die Höhe schießen. Bald hat Ma eine Wand aus Margeriten hochgezogen, über die ich wie eine kleine Maus springe. Als ich irgendwann müde werde, frage ich sie, was sie zu den Pflanzen gesagt hat.

»Kann ich auch mit ihnen reden?«

»Pflanzen trauen Menschen nicht, wegen dem Sechsten Sterben. Wegen allem, was dazu geführt hat. Menschen waren schon immer eine Gefahr für Pflanzen. Deshalb musst du dich zuerst mit ihnen anfreunden, ihnen zeigen, dass du helfen willst. Dann brauchen sie nur ein bisschen Zuspruch, dass es ein sicherer Ort ist, um zu wachsen.«

Wieder und wieder versuche ich, mich mit den Kreuchbeeren anzufreunden, ein sanftes Summen auszusenden, das ihrem eigenen entspricht, aber ich bekomme die Frequenz nicht richtig hin. Warum kann nicht einfach mal was funktionieren? Ich balle die Fäuste und will gerade losschreien, als ich eine Stimme höre.

»Du schaffst das.« Finn wirkt verlegen, beinahe reumütig.

Meine Wut verpufft. Wir versöhnen uns, wie es nur alte Freunde können – mit einem knappen Lächeln.

»Ich verstehe, warum du hier nicht wegwillst«, sage ich. »Ich will auch nicht weg.«

Ich erzähle ihm von meinem Plan mit den Kreuchbeeren, und wir einigen uns darauf, sie erst einmal zu beobachten. Aber Geduld ist nicht gerade meine Stärke. Ich beschäftige mich im Garten, bringe alles in Schuss, helfe den Pflanzen, so gut ich kann. Und versuche, nicht darüber nachzudenken, was der Smog schon jetzt in uns anstellt.

Als die Sonne hoch am Himmel steht, halte ich es schließlich nicht mehr aus. Die gewellten lilafarbenen Blätter der

Kreuchbeeren ranken sich bereits über den Boden, aber ihr Summen ist dumpf und träge, und sie stoßen deprimierend wenig Pheromone aus für so junge, aufgeregte Pflanzen.

Finn verfolgt mit runden Augen, wie ich ein Blatt abzwicke. Wässeriger schwarzer Saft quillt heraus, und ich reiße die Hand zurück.

»Nein!« Ich war mir so sicher, dass das die Lösung ist. Aber schon die Keimlinge sind vom Smog geschädigt. Unser Garten ist verloren, wenn mir nichts einfällt, um ihn zu retten. Und wenn unser Garten verloren ist, dann sind es auch wir.

An diesem Abend sitze ich in Mas Arbeitszimmer und wälze ihre Notizbücher. Meine Augen brennen, und ich sollte wahrscheinlich schlafen gehen, aber was, wenn auf der nächsten Seite etwas Hilfreiches steht? An irgendeine Hoffnung muss ich mich klammern, einen anderen Plan habe ich nicht. Ich streiche über die kunstvollen Zeichnungen. Zarte Blätter, Früchte im Querschnitt, Blütenteile, Samen, alles ist bis ins kleinste Detail erforscht. Mas ordentliche, zackige Anmerkungen füllen die Lücken dazwischen. Ich habe Jahre gebraucht, um all die komplizierten Fachbegriffe zu verstehen, die ich einzeln in meinem zerlesenen Lexikon nachschlagen musste. Aber ich studiere so gerne ihre Kommentare zu den Pflanzen, zu Verwendungen, Genießbarkeit, Erkennungsmerkmalen, Anbaubedingungen, ja, sogar zu Entwicklung und Hybridisierung – alles, was man brauchen könnte, um sie zu pflegen, aber kein Wort über den Smog.

In einem abgewetzten türkisen Büchlein entdecke ich schließlich eine wunderschöne Zeichnung von einer zarten Pflanze. Es steht kein Name dabei, was komisch ist. Sonst hat Ma alles so sorgfältig mit den wissenschaftlichen und gewöhnlichen Bezeichnungen beschriftet. Das Bild zeigt eine Fontäne gefiederter Wedel und goldene Blütenähren. Ein kurzer Absatz daneben besagt:

Dieser seltene Hybrid der Gattung »Ferula« galt als ausgestorben, er wurde für die Smog-Photokatalyse gezüchtet. Meine Studien haben gezeigt, dass schon eine kleine Menge Brei aus den Blättern wirksam Smogfäule bekämpfen kann. Gut mit Wasser verdünnen und die betroffenen Pflanzen besprühen.

Ich versuche, ruhig zu bleiben, aber in mir sprudelt Aufregung hoch. Das ist es! Das ist die Lösung! Nur wo finde ich diese Pflanze? Hier im Garten wächst sie nicht, das weiß ich. So etwas Außergewöhnliches wäre mir sofort aufgefallen. Die einzigen Hinweise, die ich habe, sind, dass sie nach einer Mischung aus Minze und Lakritz riecht und trockene, durchlässige Erde mag – nicht besonders hilfreich. Und ich kenne bloß einen anderen Ort, an dem es sonst noch Pflanzen gibt: die grün gefleckten Hänge der fernen Berge.

Wenn wir unsere Pflanzen retten wollen, haben wir nur eine Möglichkeit.

Kapitel 4

Irgendwann muss Finn mir zähneknirschend zustimmen.

Am nächsten Morgen stehen wir früh auf, um alles vorzubereiten. Er packt unten unsere Sachen, während ich mich oben vom Garten verabschiede. Die Pflanzen sind gut gewässert und gedüngt. Mit etwas Glück regnet es bald, und sie halten durch, bis wir wieder da sind. Ein Salbeistrauch stößt spitze weiße Notpheromone aus, und an mir nagt das schlechte Gewissen. Nur was soll ich tun? Ich will sie nicht verlassen, aber es ist zu ihrem Besten. Ich stehe in der Mitte des Gartens, ganz in der Nähe meines Teichs und der Hängematte, und schließe die Augen, um mich mit den Pflanzen in Verbindung zu setzen und es ihnen zu erklären.

»Macht euch keine Sorgen. Ich hole Hilfe. Ich bin bald zurück.«

Ich schicke ein sanftes Beschwichtigungssummen tief aus meiner Kehle in alle Richtungen. Die Schwingungen des Gartens verstärken sich, reagieren auf meine. Als ich die Augen wieder öffne, sind die Pflanzen ruhiger. Immer noch krank, aber auch ein wenig hoffnungsvoll. Meine Nova versprüht Grün und Gold. Ich beuge mich hinunter, um ihre Blätter zu streicheln und die Finger in die Erde zu bohren.

»Stellt euch einfach vor, es ist Nacht, und ich schlafe. Ich kann nicht bei euch sein, aber ich denke an euch und bin bald wieder da, um euch zu helfen.«

In meiner allerersten Erinnerung liege ich eingekuschelt im Bett. Draußen ist es stockdunkel, aber drinnen verbreitet unsere Solarlaterne ein gemütliches Licht. Ma deckt mich zu. Küsst mir die Stirn und wünscht mir gute Nacht. Ich will nicht, dass sie geht – wenn sie mich verlässt, passiert irgendetwas Schlimmes, da bin ich mir ganz sicher –, deswegen schreie ich, dass sie hierbleiben soll. Sie sagt, dass ich nicht allein bin, dass Finn bei mir schlafen kann, wenn ich Angst habe. Er kriecht zu mir, Fuß an Fuß. Wenn ich mich strecke, kann ich mit meinen Zehen seine kitzeln. Wir kichern, und Ma löscht das Licht, lässt die Tür aber einen Spaltbreit offen.

Das hier ist unser Zuhause. Hier haben wir Millionen Erinnerungen gesammelt. Ich bin nervös. Was, wenn diese *Ferula* nirgendwo da draußen ist? Was, wenn ich den Segelflieger nicht zum Laufen kriege und wir in den Smog stürzen? Viel zu viele Dinge könnten schiefgehen. Allmählich packt mich die Angst, und ich muss ein paarmal tief ein- und ausatmen. Das bringt doch nichts. Wenn ich dumm rumstehe und über all die Gefahren nachgrüble, finde ich nie die Kraft zu gehen. Wir müssen jetzt aufbrechen, bevor ich es mir ausreden kann.

Finn ist noch nicht besonders weit mit dem Packen. Die Rucksäcke, die wir für unsere Expeditionen in die unteren Stockwerke benutzen, liegen leer auf dem Bett. Er starrt aus dem Fenster. Ich weiß, woran er denkt. An den Smog und den Vogel, der ihm zu nahe gekommen ist.

»Uns wird das nicht passieren«, versichere ich. Aber das kann ich nicht wissen. Wenn nicht einmal ein Vogel dem Smog entwischt, wie stehen dann unsere Chancen?

Ich helfe Finn, suche Wasser, Essen und Decken zusammen. Sollte ich auch welche von Mas besonderen, schnell wachsenden Samen einpacken? Ich habe keinen Schimmer, ob wir die überhaupt gebrauchen können, aber ich bringe es nicht über mich, Turris ganz ohne etwas von ihr zu verlassen. Ich klemme das Tütchen zwischen die Seiten ihres türkisen Notizbuchs und stecke es in die Tasche meines gelben Kleids. Jetzt, da ich einen Teil des Gartens mit auf die Reise nehme, geht es mir schon besser.

Mein Herz schlägt schneller, und meine Beine werden immer schwerer, während wir die wenigen Stufen zur Wohnung unter uns überwinden. Ich fühle mich benommen, als käme ich aus der hellen Sonne in einen dunklen Raum. Ich betrachte mein Zuhause, wie zum allerletzten Mal. Dann verstaue ich unser Gepäck sicher im Segler.

»Bereit?«, frage ich Finn.

»Kein bisschen«, antwortet er.

Ich lächle schwach. »Wir beeilen uns besser, wenn wir rechtzeitig zum Abendessen zurück sein wollen.«

An der Decke hängen mehrere Hämmer. Ich muss nur das Seil lösen, das sie festhält, damit sie herunterschwingen und das Fenster kaputtschlagen. Ich hole tief Luft und ziehe. Sie stürzen in einem Bogen herab und zerschmettern das Glas mit einem jähen, ohrenbetäubenden Krachen. In den Splittern spiegelt sich mein erschrockenes Gesicht.

»Cool«, murmelt Finn, aber ich habe schreckliche Angst. »Ladies first.«

Natürlich muss ich das Ding fliegen. Also sitzt Finn hinten, und ich stehe vorne, die schweißnassen Finger auf den unvertrauten Steuerelementen.

»Auch wenn wir abstürzen, wenigstens sind wir um diese dämlichen Treppen rumgekommen«, witzelt Finn.

Nichts daran ist lustig. Mein Magen schlägt Purzelbäume.

»Du könntest auch hierbleiben«, sage ich. »Auf den Garten aufpassen, bis ich wieder da bin.« Noch während ich rede, stockt mir die Stimme. Ich glaube nicht, dass ich mutig genug bin, um allein zu gehen.

»Na los. Bringen wir's hinter uns.«

»Alle angeschnallt?« Ich beiße die Zähne zusammen und starte den Motor. Halb hoffe ich, dass er nicht anspringt, doch schon beim ersten Versuch erwacht er schnurrend zum Leben.

Dic hauchdünnen unteren Flügel flattern so schnell auf und ab, dass man es kaum sieht, und der Segler erhebt sich schwankend in die Luft. Mir entfährt ein leiser Schreckensschrei, während ich mich bemühe, das Flugzeug wieder unter Kontrolle zu bekommen. Die oberen Flügel bleiben starr und stabil. Ma hat mir erklärt, dass sie fürs Gleiten zuständig sind, während die unteren von einem Solarmotor angetrieben werden und dem Flieger einen Extraschub geben, für den Start oder bei Gefahr. Hoffentlich werden wir sie ab jetzt nicht mehr brauchen.

Im Geiste gehe ich Mas Anweisungen von damals durch, als sie mir den Segler gezeigt hat. Ich erinnere mich noch genau daran. Bei ihr klang es so einfach, als würde das Ding quasi von selbst fliegen, solange ich es nicht abwürge. Ich starre hinunter auf die Steuerelemente: ein Knüppel, um den Flieger nach oben, unten, links oder rechts zu lenken, zwei Pedale für das Seitenruder und ein Drehknopf, um die Geschwindigkeit der unteren Flügel anzupassen. Kinderleicht, oder? Ich nehme allen Mut zusammen und ziehe den Steuerknüppel behutsam zu mir, genau wie Ma es mir beigebracht hat, so dass sich die Nase des Seglers nach oben richtet. Stück für Stück ruckt das Flugzeug nach vorn, über die Scherben und durch die Öffnung. Entsetzt beobachte ich, wie der Boden unter unseren Füßen verschwindet. Einen Moment lang hängen wir über dem Abgrund, dann sind wir draußen.

Aber ich habe die Laubblätter vergessen, mit denen Ma und ich gespielt haben. Unser kleiner Flieger wird vom Aufwind hochgerissen und durch die Luft gewirbelt. Ich werde zurückgeschleudert, und der Steuerknüppel löst sich aus meinem Griff. Hektisch taste ich danach, will uns stabilisieren, aber der Segler reagiert nicht. Die schimmernden Mauern von Turris sind gefährlich nah. Finn und ich schreien. Mein Herz schlägt bis zum Hals, und mir ist übel. Ich versuche, uns vom Gebäude wegzulenken, aber wir trudeln so wild, dass ich nicht weiß, wie. Alles dreht sich, schneller und schneller. Eine falsche Bewegung, und wir zerschellen und stürzen in den Tod. Ich gebe den unteren Flügeln mehr Energie, in der Hoffnung, dass das hilft. Sie surren wütend. Meine Hände schwitzen, und wenn überhaupt, wird das Trudeln noch schlimmer, presst mich gegen das Geländer des Drahtkorbs, bis ich keine Luft mehr kriege.

»Wir schmieren ab!«, schreit Finn.

Ich wappne mich für den Aufprall, doch wie durch ein Wunder katapultiert uns der Aufwind hoch genug, dass wir über den Garten schießen, knapp an der Glasabsperrung vorbei, und nur ein paar Blätter vom höchsten Apfelbaum reißen.

Ich atme erleichtert auf. Jetzt, da der Weg frei ist, versuche ich noch einmal, das Trudeln zu beenden. Allmählich wird mir schwindelig. Ich neige die Steuerung leicht nach rechts und schreie auf, weil wir uns noch schneller drehen und der Horizont verschwimmt. Als ich die andere Richtung ausprobiere, klappt es wundersamerweise. Langsam, aber sicher pendeln wir uns ein, bis der Flieger uns nicht mehr unbedingt abschütteln will. Aber seine Nase zeigt nach oben, Richtung Weltall. Ich muss uns gerade ausrichten. Was hat Ma gesagt? *»Drück den Knüppel nach vorne, um abwärtszufliegen.«* Ich halte die Luft an und befolge ihre Anweisung. Der Segler reagiert unmittelbar und taucht in die Tiefe. In meiner Panik umklammere ich die Steuerung so fest, dass ich es irgendwie schaffe, sie noch weiter nach vorne zu drücken. Wir rasen in die Tiefe, und plötzlich stehen wir Kopf, der Boden ist über uns und viel zu nah.

Finn und ich kreischen entsetzt, und ich lasse den Knüppel los. Sofort stabilisiert sich der Flieger wie von Zauberhand.

Wieso sieht das bei Vögeln so einfach aus? Mein gesamter Körper ist schweißgebadet, und meine Hände zittern. Jetzt weiß ich, wie ein Pusteblumensamen sich fühlen muss, wenn er von Windböen herumgeschleudert wird. Ich wische mir die Stirn.

Finn heult auf. »Nova! Unsere Rucksäcke! Unser Essen!«

Ich spähe nach unten, gerade noch rechtzeitig, um zu sehen, wie unser Gepäck vom dichten schwarzen Smog verschlungen wird. Das kann nicht wahr sein! Da war nicht nur unser Essen drin. Unsere Wasserflaschen, mein Taschenmesser, meine Schaufel und die Gartensäcke, mein Lieblingspulli, alles für immer weg. Nur das Notizbuch steckt sicher in meiner Tasche. Was für ein Desaster! Meine Augen werden feucht, mein Atem geht flach und keuchend. Es kommt mir vor, als wäre auch mein gesamtes Selbstvertrauen mit diesen Rucksäcken verlorengegangen. Ich habe keine Ahnung, was ich hier tue. Jedes Mal, wenn ich versuche, dieses Ding zu steuern, bringe ich uns fast um. Sollten wir lieber umdrehen? Keine Ahnung, ob ich auf dem Dach von Turris landen könnte, selbst wenn ich wollte, und falls doch, würde ich niemals einen zweiten Anlauf wagen.

Da entdecke ich unseren Garten unter uns. Reiß dich zusammen, Nova. Deine Pflanzen brauchen dich. Zitternd hole ich Luft.

»Dann müssen wir wohl irgendwie ohne zurechtkommen«, erwidere ich.

Mit minimalem Druck auf die Pedale gelingt es mir, den Segler in die richtige Richtung zu lenken. Jeder Ruck macht mir Angst. Die Kraft dieser Maschine macht mir Angst. Die Geschwindigkeit macht mir Angst. Ein Fehler, und das war's. Wir bewegen uns schneller, als ich es je für möglich gehalten hätte. Nichts steht zwischen uns und dem weiten Himmel oder dem tiefen Abgrund. Ich fühle mich wie ein Vogel, der zu früh aus dem Nest geworfen wurde.

Die Berge sind noch weit weg, aber am Ende muss ich dieses Ding auch zu Boden bringen. Deshalb wage ich ein paar behutsame Testmanöver und schaffe es irgendwie, dass der Flieger sich nach meinen Befehlen zur Seite neigt und die Richtung ändert, ohne uns ins Jenseits zu befördern.

Finn zeigt mir ein paar Bussarde über uns. Ob das wohl dieselben sind, die Ma und ich damals beobachtet haben? Mit müheloser Anmut gleiten sie dahin, kreisen höher und höher.

»Pass auf, Nova!«, ruft Finn plötzlich.

Irgendwie sind wir so tief gesunken, dass der Smog nur noch ein paar Meter unter uns hängt. Die Bussarde sind nicht höher gestiegen, wir sind abgesackt. Mir pochen die Ohren, meine Finger werden glitschig. Panisch ziehe ich an der Steuerung, so fest ich mich traue. Doch es ist zu spät. Tödliche schwarze Schwaden wabern durch den Drahtkorb um meine Füße herum. Unwillkürlich schreie ich auf, ehe ich fest die Lippen aufeinanderpresse. Ich schmecke Metall, meine Haut prickelt, als das Gift eindringt. Mit angehaltenem Atem bete ich, dass das Teufelszeug nicht in meine Lunge gelangt ist. Unter uns strudelt der schwarze Rauch. Zitternd umklammere ich den Steuerknüppel, treibe uns in die Höhe.

Langsam, viel langsamer, als ich es ertrage, reagiert der Flieger und hebt die Nase ein Stück. Meine Lunge brennt, meine Sicht verschwimmt, aber wir sind dem Smog noch immer zu nahe. Ich will keinen Atemzug riskieren, aber ich halte es nicht länger aus. Da erfasst uns eine Windböe und schiebt uns in Richtung Himmel. Hustend und keuchend und prustend sauge ich saubere Luft ein. Das war haarscharf. Ich darf nicht eine Sekunde lang unkonzentriert sein. Nicht hier oben. Jedes dumme Versehen könnte uns das Leben kosten. Ein Patzer, und wir zerschellen auf dem Boden.

»Alles okay bei dir?«, rufe ich nach hinten.

Finn lacht nervös. »Könntest du das bitte nie wieder tun?«

Sehr viel eher, als mir lieb wäre, erreichen wir die Berge. Von nahem wirken sie deutlich größer – gigantische Gipfel aus zerklüftetem Fels in Hunderten Grau- und Braun- und Schwarztönen. Aus der Ferne sahen sie aus wie ein massiver Klotz, doch jetzt erkenne ich all die Biegungen und Brüche, all die Ritzen und Spalten, aus denen Pflanzenbüschel quellen. Kribbelnde Aufregung erfasst mich, weil ich tatsächlich hier bin.

Die Felsen recken sich nach uns wie krumme Finger. Plötzlich packt mich die sehr reale Angst, dass ich dieses

Ding vielleicht nicht landen kann. Die heftigen Böen, die durch die Zacken fegen, schleudern den Segler zur Seite. Rasch werfe ich einen Blick nach unten. Der Boden ist uns jetzt unheimlich nah, zieht mit rasender Geschwindigkeit vorbei. Alles ist mit gewaltigen Steinen übersät. Wie soll ich uns jemals sicher runterbringen? Noch eine Böe. Ich schaffe es, den Flieger ruhig zu halten. Gerade so. Auf einmal werden wir hoch in die Luft katapultiert und dann wieder nach unten gepresst. Die Steuerung löst sich aus meinem Griff, während wir in die Tiefe stürzen. Da höre ich einen Schrei, drehe mich um …

Finn fällt aus dem Drahtkorb.

»Nein!« Anscheinend haben sich seine Gurte gelöst. Ich hasche nach ihm, doch ich bin zu langsam. Er rutscht über das Geländer und verschwindet.

Zum zweiten Mal heute wird mir speiübel. Es fühlt sich an, als hätte mir jemand alle Eingeweide herausgerissen.

»Finn!«, schluchze ich meinen Schmerz hinaus. Er ist fort, und das ist allein meine Schuld. Ich ertrage es nicht, nach unten zu schauen zu den spitzen Felsen. Ich ertrage es nicht, seinen zerschmetterten Körper zu sehen.

Plötzlich erschallt ein klägliches: »Hiiilfe!«

Keuchend reiße ich die Augen auf und wirble herum. Irgendwie hat sich sein Shirt an der Kufe des Fliegers verfangen. Lange wird es nicht halten, aber ich möchte vor Erleichterung laut lachen.

»Keine Angst, Finn! Ich rette dich! Klammer dich fest!«

»Ich kann nicht!«

Ich darf ihn auf keinen Fall verlieren. Ich strecke einen Arm, so weit ich kann – vergebens. Ich komme nicht ran. Höchstens, wenn ich beide Hände von der Steuerung nehmen würde, aber dann krachen wir gegen die Felsen.

»Ich rutsche ab!«

»Nur noch ein kleines Stück! Ich bring uns runter.«

Ich brauche einen Landeplatz. Während ich die Umgebung nach irgendeinem Ort scanne, der groß genug ist, ziehe ich die Nase des Fliegers nach oben und bremse so stark wie möglich ab. Stein und Dreck sausen an uns vorbei, als wir dicht über einen Gipfel rasen. Etwa zweihundert Meter weiter entdecke ich ein Plateau.

»Wir haben's fast geschafft!«

Als Antwort ertönt ein erstickter Schrei, und ich muss in hilflosem Entsetzen zusehen, wie Finn in die Tiefe stürzt.

Kapitel 5

»Finn! Finn!«, brülle ich verzweifelt, während er außer Sichtweite trudelt.

Ich steuere den Flieger auf die flache Wiese vor mir zu, drehe die Geschwindigkeit der kleinen Flügel runter und zerre am Knüppel, um die Nase weiter anzuheben und langsamer zu werden. Der Segler hüpft und wackelt auf den Luftströmungen. Ich muss alle Kraft zusammennehmen, um nicht selbst hinausgeschleudert zu werden. Der Boden rast auf mich zu, ich bin immer noch viel zu schnell. Keine Ahnung, ob ich das hier überlebe. Ma hat mir nicht genau erklärt, wie man dieses Ding landet.

Ich weiß nicht, was los ist, aber plötzlich bricht der Flieger nach links aus. Mir bleibt kaum Zeit zu schreien, ehe die Maschine schon den Boden schrammt, ruckt und zuckt und alles versucht, um mich abzuwerfen. Ich reiße den Steuerknüppel nach rechts, um einem großen Felsen auszuweichen, aber ich bin zu langsam. Der Flieger kracht seitlich dagegen, Metall kreischt über Stein, und mit einem grässlichen *Ratsch* werden die Flügel zermalmt. Die Maschine trudelt den Hügel hinab auf einen steilen Abgrund zu, wo der Fels abrupt im Nichts endet. Ich habe keinen

Schimmer, wie weit es da runtergeht, und ich will es auch nicht herausfinden.

Panisch fummle ich an den Gurten herum, die mich an die Maschine fesseln. Die Schnalle bewegt sich nicht. Wieder metallisches Kreischen, als ich an den nächsten Felsen knalle und gegen den Drahtkorb geworfen werde. Der Flieger kippt zur Seite. Wahrscheinlich ist die Kufe abgebrochen. Aber ich rutsche weiter auf die Klippe zu. Ich dresche auf die Schnalle ein, und endlich springt mein Gurt auf. In letzter Sekunde stürze ich mich über das Geländer des Drahtkorbs, die Hände erhoben, um mein Gesicht zu schützen. Der Aufprall raubt mir den Atem, ich rolle und kugle, bis mich ein Erdhügel bremst. Ich höre ein mächtiges Gellen, als der Flieger über den Stein schrappt, dann Stille, gefolgt von einem lauten Krachen.

Irgendwas habe ich mir garantiert gebrochen. Eine Weile liege ich einfach da, wackle nacheinander mit meinen Gliedmaßen und japse nach Luft, während mein Herzschlag sich langsam wieder beruhigt. In meinem Mund knirscht es, als hätte ich eine Ladung Dreck geschluckt. Ich betaste meine Wange und fühle Nässe. Blut. Ich wische es weg. Als ich mich aufsetze, verziehe ich vor Schmerz das Gesicht. Meine gesamte rechte Seite ist aufgeschürft, und ich kann jetzt schon einen bösen Bluterguss erkennen. Aber irgendwie sind alle Knochen noch ganz. Ich stemme mich hoch und stehe schwankend auf. Vorsichtig bahne ich mir einen Weg hinüber zur Klippe und luge in die Tiefe.

Ein Kiesel löst sich und kullert den Abhang hinab, ehe er

auf den Flieger prallt. Entsetzt starre ich hinunter. Der Flieger liegt verkehrt herum etwa zwanzig Meter unter mir auf einem Felsvorsprung, gefährlich nah an einem gewaltigen Abgrund. Meine Knie werden weich. Es fühlt sich an, als würde ich auf Turris vom Dachrand spähen.

Dass der Segler ziemlich angeschlagen ist, ist noch untertrieben. Einer der großen Flügel ist abgebrochen, und das gesamte Heck fehlt. Der Drahtkorb ist völlig verbogen, und ich will gar nicht wissen, wie es um Motor und Steuerung steht. Das Ding braucht jede Menge Arbeit, um es wieder flugfähig zu kriegen. Falls wir es überhaupt je wieder flugfähig kriegen.

Aber das ist gerade mein geringstes Problem.

Ich muss Finn suchen. Ich rufe seinen Namen in die ungefähre Richtung, wo er abgestürzt ist, höre aber keine Antwort.

Ist er zu weit weg? Oder zu stark verletzt, um zu antworten? Mein Herz wummert. Bitte lass ihm nichts passiert sein. Wenn er meinetwegen sein Leben gelassen hat, nur weil ich den Flieger nicht unter Kontrolle hatte … Nein, darüber darf ich jetzt nicht nachdenken. Ich muss ruhig bleiben und ihn finden. Er braucht mich. Ich muss das Beste hoffen. Also stolpere ich los und versuche irgendwie, meinen Flugweg zurückzuverfolgen.

Mein ganzes Leben lang frage ich mich schon, wie diese Berge wohl aussehen. Ich fasse es nicht, dass ich wirklich hier bin. Es fühlt sich an wie ein Traum. Ein Schwarm seltsamer schwarzer Vögel krächzt mich von den Bäumen aus an. Die Luft riecht anders, schwer und fremd, wie staubiger Kompost und trockene Zweige. Der Geruch stammt von den hohen, dünnen Farnen. Ein scharfkantiger Stein pikt mir in die Fußsohle. Ich fluche. Meine nackten Füße sind so rauen Untergrund nicht gewohnt. Ein Leben ohne Schuhe hat sie zwar abgehärtet, aber sie kennen nur meinen sorgfältig gepflegten Garten und weiche Teppiche. In Turris bewege ich mich immer auf vertrautem Boden. Es gibt keine Überraschungen. Hier ist alles völlig fremd. Vorsichtig wage ich mich weiter und staune über die vielfältigen Sinneseindrücke: die kühlen Felsen, die kullernden Kiesel, die grobkörnige Erde. Jeder Schritt in diesem merkwürdig abschüssigen Gelände muss geprüft werden. Keine einzige Oberfläche ist flach. Kaum lässt meine Aufmerksamkeit kurz nach, stolpere ich über einen unerwarteten Hubbel und plumpse in ein Büschel raues Gras. Ein Stich durchfährt meine ohnehin schon zerschrammte Seite. Ich klopfe mich ab. Meine Leggings ist voll Schlamm und anhänglicher Wildblumensamen.

Ich kneife die Augen gegen die grelle Sonne zusammen und lasse den Blick über die Umgebung wandern, um irgendeine Spur von Finn zu finden, über die Krümmung der Berge bis hinunter zur smogerstickten Ebene in der Ferne. Dort entdecke ich, wie einen gen Himmel gerichteten Finger, Turris. Ich bin so verdutzt, mein Zuhause von weitem zu sehen, dass ich es fast nicht erkannt hätte. Die Fenster glänzen golden in der Morgensonne. Es erinnert mich an einen einsamen Keimling, der anmutig aus der Erde ragt.

Wie kann dieses Hochhaus, das bisher meine ganze Welt war, plötzlich winzig und belanglos sein? Wenn ich die Hand hebe, sieht es aus, als wäre es gar nicht da. Als wäre es nie da gewesen. Der Gedanke lässt mich schaudern. Von drinnen schien Turris immer so stark und verlässlich. Von hier draußen wirkt es allein und verletzlich. Als könnte ein einziger Windstoß es umwerfen.

Finn quälen gerade wahrscheinlich schreckliche Schmerzen, und er wartet verzweifelt auf meine Hilfe. Mit der Absturzstelle hinter mir und Turris vor mir sollte ich meinen Flugweg ablaufen können.

Während ich mich durch das dichte Gestrüpp schlängle, halte ich Ausschau nach Lücken im Bewuchs. Gräser, Kräuter, Mauerpfeffer und Erika kämpfen im rauen Gebirge ums Überleben. Dazwischen blitzen immer wieder leuchtend gelbe Blumen und rote Blätter in seltsamen Formen und Anordnungen auf. Manche erkenne ich wieder, aber die meisten habe ich noch nie gesehen. Vor allem habe ich noch nie etwas so wachsen gesehen, wahllos verstreut und übereinander kriechend. Die Pflanzen hier sind still, als würden sie schlafen oder sich tarnen. Vielleicht warten sie auf den Sommer. Keine Pheromone steigen von ihnen auf. Sie sind völlig abgeschottet. Ich versuche, Kontakt aufzunehmen, sie wissen zu lassen, dass ich da bin und ihre Freundin, aber keine Reaktion. Nur ein fernes, flüsterleises Summen, wie von meinem Garten, wenn ich in einem der unteren Stockwerke von Turris bin. Erst denke ich, es ist wirklich mein Garten, aber es kommt von der anderen Seite des Bergs.

Der Wind raubt mir den Atem, die Luft ist unerwartet kühl. Ich schlinge mir die Arme um den Körper und stolpere weiter, rufe nach Finn. Keine Antwort. Wo steckt er nur? Panik wallt wieder in mir auf. Er ist so tief gefallen …

»Finn! Finn!«

Flecken von grünem Moos machen den Boden weicher und feuchter. Ich höre ein Gluckern, und bald bemerke ich einen kleinen Bergbach. Ich staune nicht schlecht. Als hätte das Wasser eine Rinne tief in die Erde gegraben, und dann hätte jemand den Boden hochgeklappt und darübergefaltet und Felsen und Pflanzen geschickt am Rand platziert, um den Bach vor Blicken zu schützen. Das Wasser fließt flink dahin, rieselt über Steine, die von Algen und Lebermoos überzogen sind.

Obwohl mein Mund staubtrocken ist und mein gesamter Körper klagt, taumle ich weiter. Das Adrenalin lässt allmählich nach, und meine Verletzungen machen sich bemerkbar. Meine Füße fühlen sich klobig und langsam an, meine Beine wie Blei. Außerdem wächst die Angst. Was, wenn ich ihn nie finde? Was, wenn er irgendwo liegt, wo ich ihn nicht erreichen oder sehen kann? Hektisch huschen meine Augen über den Berghang auf der Suche nach seinem blauen Shirt.

Endlich entdecke ich ihn auf einem Abhang weiter unten.

»Finn! Finn! Ich komme!«

Die Erleichterung, die mich durchströmt, weicht rasch der Beklemmung. Er liegt mit dem Gesicht nach unten und bewegt sich nicht. Noch einmal rufe ich seinen Namen, während ich über den unebenen Boden auf ihn zueile, schlitternd und rutschend in meiner Hast. Als ich endlich bei ihm bin, drehe ich ihn um.

Er murmelt etwas und lächelt mich an. An seiner Stirn prangt ein riesiger Schnitt, aber sonst scheint er unverletzt.

»Ich dachte, du wärst tot«, schreie ich ihn förmlich an und schließe ihn fest in die Arme. »Als du gefallen bist …«

»Autsch. Vorsicht!«, sagt er, und ich lasse ihn widerstrebend los. »Wie schlimm ist es?«

»Keine Sorge, du kommst schon wieder in Ordnung. Wäre der Erste-Hilfe-Kasten nicht über Bord gegangen, hätte ich dich im Handumdrehen zusammengeflickt.« Ich helfe ihm auf und klopfe den Dreck von seinem Körper.

»Krieg dich wieder ein. Mir geht's gut. Wo ist der Segler?«

Ich senke schuldbewusst den Blick.

»Du bist ganz dreckig. Was ist passiert?«

»Tja, bis zum Abendessen schaffen wir es wohl doch nicht zurück. Die Landung lief nicht ganz nach Plan. Als du abgestürzt bist, bin ich in Panik geraten. Ein Flügel ist abgebrochen«, gestehe ich schließlich, »und das gesamte Heck. Vielleicht auch der Motor. Und der Steuerung ging's wahrscheinlich auch schon mal besser. Wir sitzen hier fest. Zumindest für den Moment. Bis ich rausgefunden habe, wie man das Ding repariert.«

Finn starrt mich mit aufgerissenen Augen an. »Bist du verletzt?«

»Bloß ein paar Kratzer. Und ich komme mir richtig

dumm vor. Es tut mir so leid, Finn. Ich habe noch versucht, dich zu erreichen, aber ich konnte die Steuerung nicht loslassen. Das ist alles meine Schuld. Ich hätte deine Gurte vor dem Start noch mal überprüfen müssen. Ich hätte dich festhalten müssen.« Tränen verschleiern mir die Sicht. »Als du in die Tiefe gestürzt bist ... Ich dachte, das war's. Tu mir das nie wieder an.«

»Keine Sorge.« Er kichert. »Hab ich nicht vor.«

»Hör auf!« Ich boxe ihn leicht in den Arm. »Das ist nicht witzig.«

Er kommt mit mir zurück zum Bach, wo wir versuchen, den gröbsten Dreck abzuwaschen, ihn aber nur verschmieren. Meine Kehle ist wie ausgedörrt. Ich lege mich ans Ufer und schneide eine Grimasse, weil meine lädierte Hüfte schmerzt. Dann schöpfe ich mir eine Handvoll Wasser in den Mund. Es schmeckt frisch und ist so kalt, dass es Zähne und Hirn betäubt.

»Was jetzt?«, fragt Finn.

»Gehen wir zur anderen Bergseite. Von dort habe ich ein leises Summen gehört. Vielleicht ist es die Pflanze, die wir suchen.«

Zu meiner Überraschung willigt Finn ein, ganz ohne Murren oder Protest. Aber er hat sich ja auch beim Sturz den Kopf gestoßen.

Wir folgen den Windungen des Bachs um den Berg herum und den Hang hinab, fort von Turris. Irgendwann verlieren wir unser Zuhause hinter Felsvorsprüngen und Sauergrasbüscheln aus den Augen. Ich versuche, das nagende Unbehagen zu ignorieren – bald sind wir wieder daheim, ganz sicher. Wir klettern über einen Felskamm. Aber die Anstrengung ist nicht der Grund, warum ich nach Luft schnappe.

Die Berge zeichnen in einer langen Kette den Weg der Sonne nach, von Aufgang bis Untergang. Hier, wo wir Turris im Rücken haben, laufen sie langsam in eine weite Ebene aus. Doch die ist nicht vom tödlichen schwarzen Smog erfüllt. Das Land ist braun, baumlos und ausgedörrt. Mittendrin allerdings steht glänzend und strahlend, wie eine Insel der Hoffnung, die schönste Stadt, die ich je gesehen habe. Also, eigentlich die *einzige* Stadt, die ich je gesehen habe. Sie ähnelt den Bildern, die ich früher zusammen mit Ma gemalt habe, von meiner Vorstellung der alten Welt. Alles dreht sich, als würde ich wieder im Flieger sitzen. Städte bedeuten Menschen. *Tausende* Menschen. Anscheinend sind Finn und ich doch nicht die beiden letzten.

Elegante, seltsam verschlungene Türme ragen noch höher auf als Turris. Sie erinnern mich an meine Apfelbäume. Insgesamt zähle ich vierzehn. Rings um die Türme drängen sich Glaskuppeln und Hunderte kleinere Gebäude, die allesamt von einer großen weißen Mauer umgeben sind. Was mich jedoch am meisten erstaunt, ist, dass alles nur so wimmelt von Pflanzen. Bäume klammern sich an Dächer, Blätter bedecken die Seiten der Türme. Ich sehe mehr Grün als freiliegendes Metall. Als wären die Gebäude in Pflanzen gekleidet.

Das habe ich also gehört. Von dort stammt das ferne Summen.

Die Stadt, lebendig und voller Möglichkeiten, ruft nach mir.

Wenn ich Mas Pflanze finden und meinen Garten retten will, muss ich irgendwie da hin.

Kapitel 6

Ich renne los, den Hang hinunter Richtung Ebene, um so schnell wie möglich die Stadt zu erreichen. Die Pflanzen rufen mich in ihrer so eigenen Sprache. Finn zerre ich hinter mir her.

»Langsamer«, fleht er. »Ich bin noch ganz schwach auf den Beinen vom Absturz.«

Ich werde mich nie wieder über die Treppen in Turris beschweren. Meine Schienbeine brennen schon jetzt vom Bergablaufen. Ungeduldig schlängle ich mich weiter. Je tiefer wir kommen, desto dichter wird die Vegetation. Bald ragen erste Bäume aus dem büscheligen Gras. Birken, glaube ich. Sie sehen genauso aus wie die, denen wir jedes Frühjahr Zucker abzapfen. Ich mag ihre blassen Stämme und die papierne Rinde, aber ihren süßen Saft mag ich noch viel mehr. Eigentlich rechne ich damit, dass sie so laut und prahlerisch sind wie meine Pflanzen zu Hause, aber wie der Rest hier lassen sie nur ein gelegentliches Summen vernehmen.

Die Birken häufen sich, bis sie schließlich von sehr viel höheren Bäumen mit roter Rinde und Nadeln anstelle von Blättern überragt werden, höher noch, als ich es je für möglich gehalten hätte. Manche sind umgekippt und offenbaren verworrene Wurzeln. Ich schlucke. Allein der Gedanke, in ihrer Nähe zu stehen, wenn sie herniederstürzen ... Die Nadeln bilden einen dicken Teppich auf dem Boden, den nur ein paar zarte Stängel Sauerampfer durchbrechen. Mit jedem Schritt überrollen mich Wellen eines merkwürdig vertrauten, medizinischen Geruchs. Plötzlich fällt mir wieder ein, woher ich ihn kenne – Mas Seife: leuchtend grüne Stücke aus Kiefernteer, die sie, als der Vorrat zur Neige ging, nur mehr bei besonderen Anlässen benutzte. Ein Scheibchen davon ist noch übrig zu Hause in Turris, eingeschlagen in Seidenpapier. Immer wenn ich mich an sie erinnern will, wickle ich es aus, und es ist, als stünde sie direkt neben mir. Der Geruch ist heimelig und tröstlich, erfüllt mich aber auch mit Traurigkeit.

Vor uns taucht eine Art Lichtung auf, eine Lücke im Blätterdach zwischen einem schnellen, tiefen Fluss auf der einen und einer Felswand auf der anderen Seite.

»Warte, Finn!« Ich halte ihn zurück und kauere mich hinter einen Busch.

»Was ist los?«

»Irgendetwas stimmt hier nicht.«

Auf der Lichtung befindet sich eine schwarze, verbrannte Stelle, nadellos und von Steinen umringt. Aschegeruch kitzelt mir in der Nase. Die Steine bilden einen fast perfekten Kreis. Daneben liegt ein Stapel Holzscheite. Wie ist das entstanden?

Wir schleichen uns näher. Nervös spitze ich die Ohren.

Aber ich höre nichts und niemanden, nur uns, die knarrenden Bäume und den heulenden Wind.

»Schnell«, wispere ich. »Lass uns verschwinden.«

Bei diesem Ort wird mir mulmig zumute. Meine Nackenhaare sträuben sich. So leise wie möglich huschen wir hangabwärts. Ein Stück weiter links am Fuß der Felswand, kaum zu sehen zwischen den Bäumen, wölbt sich eine Kuppel aus dunkelgrünem Stoff. Die erinnert mich an den Baldachin, den Ma und ich im Garten aufgespannt haben, wenn es sengend heiß wurde. Darunter lagen wir dann, tranken Limonade mit je einem kostbaren Eiswürfel und fächelten uns Luft zu.

»Ein Zelt«, murmle ich nervös.

Heißt das, irgendwo in der Nähe könnten Menschen sein? Vielleicht sogar da drin? Ich erstarre, hin und her gerissen vor Angst.

»Hier können wir nicht bleiben«, zischt Finn.

Mit dem Fluss auf der einen und den steilen Felsen auf der anderen Seite müssen wir entweder daran vorbei oder umkehren und einen anderen Weg suchen. Und wir sind schon auf offener Flur.

»Wir sollten weiter.«

Mucksmäuschenstill pirschen wir am Zelt vorbei. Plötzlich eine Bewegung. Der Eingang fliegt auf. Wir werfen uns zu Boden. Mein Herz hämmert wie wild. Doch es war nur der Wind, der den Zeltstoff umherpeitscht. Zitternd atme ich auf. Dann spähe ich kurz hinein, nur um sicherzugehen. Es ist leer. Also, zumindest sind keine Menschen drin.

Dafür Betten, Kisten voll Obst und Gemüse und seltsamen Werkzeugen und Ausrüstungsgegenständen.

Ich schaue zu Finn und dem Schnitt an seiner Stirn. Vielleicht könnte ihm irgendwas davon helfen? Ich will das Zelt betreten, doch er flüstert:

»Halt! Was, wenn wer kommt?«

»Wir müssen deine Wunde schließen. Und wir brauchen Werkzeug, um den Segler zu reparieren. Na los, wir beeilen uns auch.«

Das Zeug steht herrenlos herum, wie die Sachen in den verlassenen Wohnungen zu Hause. Da ist es doch nur sinnvoll, wenn es jemand in Not nutzt. Finn murrt, aber ich schlüpfe schon hinein, also bleibt ihm nichts anderes übrig, als mir zu folgen.

Die Bäume werfen verschlungene Schatten auf den Zeltstoff. Das hier wäre bestimmt ein schöner Schlafplatz, umgeben von der Natur und dem rauschenden Fluss. Fast wie meine Hängematte.

»Mach schneller!«, zischt Finn.

Rasch schaue ich die Ausrüstung durch. Viele wunderliche Gegenstände, die ich nicht zuordnen kann: große, glänzende Kästen, die sich nicht öffnen lassen, schmale Geräte, die so ähnlich aussehen wie meine Smogmaschine, knallbunte Kunststoffzylinder. Ich wünschte, wir hätten mehr Zeit, um auszuknobeln, wozu das alles gut ist. Dann entdecke ich etwas wirklich Nützliches: Verbandsmaterial.

»Halt still!«, weise ich Finn an, während ich seine Wunde

säubere und einen langen Verband um seinen Kopf wickle. Er zuckt zusammen. Eigentlich müsste er genäht werden, aber dafür finde ich auf die Schnelle nichts, und ich will nicht länger bleiben als nötig.

»Wie sehe ich aus?«, fragt er.

»Besser.«

»Glaubst du, ich schaff's?«

Auf einmal höre ich Schritte und entfernte Stimmen. Mich überläuft es kalt. Da draußen ist jemand.

Ich presse einen Finger an die Lippen, damit Finn leise ist. Vorsichtig schiebe ich mich zum Zelteingang, der im Wind flappt. Ein Stück den Abhang hinunter bewegt sich etwas. Sechs Gestalten tauchen zwischen den Bäumen auf. Allem Anschein nach vier Frauen und zwei Männer mit dichten Bärten. Ich habe noch nie einen echten, erwachsenen Mann gesehen, nur auf alten Fotos aus den anderen Wohnungen. Ich kneife die Augen zusammen. Einer der beiden ist groß und schlank und hat zerzauste helle Haare wie Pusteblumensamen. Er bewegt sich flink. Der andere ist breiter, guckt finster drein, und sein schwerer Atem schallt bis zu mir.

Wir müssen hier weg, bevor sie uns sehen. Ich gebe Finn ein Zeichen: Zeit zu gehen. Aber die Menschen sind schneller, als ich dachte. Eine der Frauen hat bereits den Steinkreis erreicht. Wenn wir jetzt aus dem Zelt kommen, entdecken sie uns bestimmt. Was sollen wir tun?

Sei ganz, ganz vorsichtig.

Mas Stimme schallt mir warnend durch den Kopf.

Sie sind der Grund, warum du keinen Vater hast. Du bist in Gefahr.

Hätte ich bloß mein Messer nicht verloren, dann könnte ich ein Loch in die Rückwand des Zelts schneiden. Ich fühle mich eingesperrt, wie eine Pflanze in einem zu engen Topf. Könnten wir sie abhängen? Unwahrscheinlich. Finn und ich sind beide verletzt und kennen uns in diesen Bergen nicht aus. Also müssen wir wohl oder übel warten, bis sie wieder gehen oder wir irgendwann davonschlüpfen können.

Zum Glück scheint niemand von ihnen zum Zelt zu wollen. Zumindest noch nicht. Sie setzen sich auf den Stamm eines umgestürzten Baums oder den Boden. Der breitere, winterblasse Mann sitzt zum Zelt gewandt. Wachsam schaut er sich um. Sobald wir uns blicken lassen, bemerkt er uns. Eine Schwarze Frau mit Flechtzöpfen fängt an, kleinere Holzstücke im Steinkreis aufzustellen. Auch sie guckt in meine Richtung, deshalb sehe ich sie klar und deutlich. Ich bin völlig fasziniert von diesen Leuten. Sie sind für mich die ersten echten anderen Menschen. Ich könnte sie den ganzen Tag anstarren, ihre Gesichter, wie sie sich bewegen. Ihre Kleider. Sie sprechen laut und dehnen die Vokale auf eine ungewohnte Art und Weise. Ich habe noch nie jemand Fremdes reden hören.

»Was habt ihr vor, wenn wir die Stadt erreichen?«, fragt der hochgewachsene, nervöse Pusteblumenmann. Er kann die Füße nicht stillhalten, sie scharren im Dreck.

»*Falls* wir es nach Solartopia schaffen«, erwidert der

andere Mann mit dem finsteren Blick. Er hat eine große Narbe. Seine Stimme ist kräftig und schroff.

Ich spitze die Ohren, als sie eine Stadt erwähnen. Ist Solartopia dieser Ort, den ich in der Ferne gesehen habe?

Der Pusteblumenmann nickt. »Stimmt, dafür gibt's keine Garantie.«

»Und wie geht's weiter, wenn wir drin sind?«, hakt die Frau nach, die mit dem Holz hantiert. Sie hat einen kleinen Kegel aus Ästen und Zweigen gebaut. Ihre Hände sind geschickt. »Schon klar, es ist ein Paradies und so, aber sie lassen nicht einfach jeden bleiben, oder?«

»Deswegen müssen wir ja absprechen, was wir denen erzählen, Ada.« Der Pusteblumenmann scharrt nicht länger mit den Füßen, sondern zupft an seinem mattbraunen Hemd herum. »Also, was sagen wir?«

Ada. So heißt die Frau anscheinend. Sie holt etwas aus der Tasche und schickt Funken in den Zweigkegel. Flammen flackern auf. Ein Feuer? Finn lässt mich nur in einem Metalleimer Feuer machen, und auch das nur ein-, zweimal pro Jahr. Zu gefährlich, meint er immer.

Ada schaut den Pusteblumenmann an und seufzt. »Wenn dich jemand fragt, wir sind aus der Stadt. Wir waren auf einer langen Handelsreise, und Junge, was sind wir froh, wieder zu Hause zu sein. Das war's.«

»Kinderleicht«, sagt der finstere Mann.

»Sarkasmus passt nicht zu dir«, faucht Ada.

Sarkasmus? Oh, davon habe ich gelesen. Das ist, wenn jemand das Gegenteil von dem sagt, was er eigentlich meint. Soll das heißen, dass es nicht leicht wird? Ich runzle verwirrt die Stirn. Dabei klang er so ehrlich.

»Wenn wir erst mal drin sind und Arbeit haben, ist ihnen das alles egal«, schaltet sich eine andere Frau ein. Auf ihren nackten Armen ist ein geometrisches Muster von einander überlappenden grünen Dreiecken zu sehen. Das müssen Tattoos sein. Auch die kenne ich bisher nur von Fotos. »Auf den Baustellen gibt's mehr zu tun, als sie Leute haben. Die Stadtmenschen sind sich zu fein dafür.«

»Ich muss es reinschaffen.« Ada wendet sich kurz vom Feuer ab.

Sie hat ein freundliches Gesicht. Aber ich lasse mich nicht täuschen. Diese Leute sind gefährlich.

Wie um meinen Verdacht zu bestätigen, greift die jüngste Frau der Gruppe nach einer Axt. Sie hat schmale Wangen, große Augen und einen rasierten Kopf. Ich halte den Atem an. Was hat sie vor? Doch sie dreht sich nur zum Holzstapel und spaltet die Scheite in kleinere Stücke.

»Dein Kontakt ist vertrauenswürdig, oder?« Ada beißt sich auf die Lippen und stochert im Feuer herum, dessen Flammen immer höher züngeln. »Noch eine Pleite kann ich mir nicht leisten. Meine Tochter ... Sie ist zu jung, um allein zu sein.« Ihre Stimme zittert.

»Du hast sie doch allein losgeschickt«, brummt der finstere Mann.

»Damit sie ein besseres Leben haben kann!«, ruft Ada. »Sie ist gut. Mit der richtigen Ausbildung könnte sie es zur Solaris bringen.« Sie geht wieder in die Hocke und legt einen Scheit auf die glimmenden Zweige. Ihre Schultern sacken nach unten, als wäre sie vor Wassermangel welk geworden. Sie weint!

Die Frau mit den grünen Tattoos schlingt ihr einen Arm um die Schultern. »Sie ist ein kluges Mädchen und stark dazu. Sie kommt schon noch ein paar Tage klar.«

Ada wimmert leise, begleitet von den rhythmischen Schlägen der Axt. Schließlich wischt sie sich mit einem dreckigen Taschentuch die Augen.

Ich begreife nicht alles, was diese Leute sagen, aber es klingt, als hätte Ada ihr Kind allein gelassen. Wer würde so etwas tun? Mütter und Töchter sollten *immer* zusammenbleiben. Je länger ich zuhöre, desto weniger traue ich ihnen. Das müssen welche von den bösen Menschen sein, von denen Ma erzählt hat. Sie dachte, die wären alle tot, aber da hat sie sich anscheinend geirrt.

»Ich weiß nicht, warum ihr so besessen von Solartopia seid«, brummt der finstere Mann. Er erinnert mich an einen stachligen Schlehdorn mit sauren Früchten. »Ich bleib nur so lange, bis ich Ersatzteile für meine Gerätschaften besorgt habe, dann bin ich wieder weg. Da sterbe ich lieber auf meinem Feld in der Wüste, frei und selbstbestimmt, als in dieser stinkenden Stadt den hohen Tieren in den Arsch zu kriechen für die Krumen, die sie einem zuwerfen. Wir kennen doch alle die Gerüchte.«

Ada schnieft. »Welche Gerüchte?«

»Erzähl's ihnen, Schatz«, meint eine kleine Frau mit sonnenverbranntem Gesicht in Top und kurzer Hose. Sie lehnt sich zu dem finsteren Mann und legt ihm besitzergreifend die Hand auf den Arm. Ihre langen blonden Haare sind zu einem dicken Zopf geflochten, der seitlich bis zur Hüfte herunterhängt.

Der Mann schnaubt und reibt sich den Bart. Sein Gesicht ist wettergegerbt und faltenzerfurcht. »Diese Jobs auf der Baustelle – habt ihr euch noch nie gefragt, warum keiner je zurückkommt, wenn er erst mal einen ergattert hat?«

»Natürlich nicht.« Die tätowierte Frau verdreht die Augen. »Warum sollte man auch, wenn man eine gut bezahlte Arbeit hat, die einen selbst und die Familie versorgt?«

»Das meine ich nicht. Du *kannst* nicht mehr weg. Selbst wenn du wolltest. Kommt schon!« Er beugt sich verschwörerisch vor, als würden die Bäume ihn belauschen. »Das sind keine Jobs, das sind Strafkolonien. Solartopia funktioniert nur durch Sklavenarbeit.«

Strafkolonien. Das Wort kenne ich aus meinen Büchern. Kein Ort, an dem man gerne sein möchte. Mir schwirrt der Kopf.

»So ein Quatsch«, erwidert die tätowierte Frau verächtlich. »Solartopia versorgt sich autark. Die *brauchen* keine Sklavenarbeit.«

»Das behaupten sie zumindest«, gibt der Mann zurück. »Aber vor einem Jahr ist jemand aus meinem Dorf hin, und wir haben nie wieder was von ihm gehört.«

»Halt einfach die Klappe, Yorick«, faucht die tätowierte Frau mit einem Blick auf Ada, die jetzt laut schluchzend auf dem Boden kauert. »Stell dir vor, wenn wir erst mal drin sind, hörst du von *mir* auch nie wieder was. Weil ich mein neues Leben genieße. Du hast doch keine Ahnung, wovon du da redest.«

Die andere Frau unterbricht das Holzhacken, um den Streit zu verfolgen.

»Gesunde Skepsis.« Yorick verschränkt die breiten, muskulösen Arme vor der Brust.

»Ungesunder Zynismus«, kontert die tätowierte Frau. »Nur Solartopia hat die Ressourcen und das Wissen, um diese Dürren zu überleben.«

»Aber warum helfen sie dann den Siedlungen ringsum nicht?«, schaltet sich der Pusteblumenmann wieder ein. »Warum müssen alle leiden, wenn Solartopia die Macht hätte, ihnen die Hand zu reichen?«

»Solartopia hilft uns doch«, meint Ada beinahe flehend. »Sie schicken uns Essen. Medikamente und Ärzte, einmal pro Monat.«

»Reine Symbolpolitik, damit wir nicht auf die Barrikaden steigen«, höhnt Yorick, während er sich zu Boden rutschen lässt und an den Baumstamm gelehnt ausstreckt.

»Besser als nichts«, erwidert Ada.

»Ja, riesige Hilfe.«

Er benutzt denselben Tonfall wie eben, den ich nun als sarkastisch erkenne. Also denkt er, dass Solartopia nicht besonders viel hilft? Ich kapiere zwar gerade mal einen Bruchteil des Gesprächs, bin aber ein kleines bisschen stolz, zumindest das herausgefunden zu haben. In seiner

Miene suche ich nach weiteren Hinweisen darauf, dass seine Worte nicht seine wahren Gefühle ausdrücken. Seine Zähne mahlen hinter dem schmallippigen Lächeln. Er hält sich zurück. Sein gesamter Körper ist angespannt und unruhig. Und die Luft ist so dick, als würde sich ein Sturm zusammenbrauen. Er macht mich nervös.

»Wenn Solartopia so schlimm ist, was willst du dann dort?«, stichelt die tätowierte Frau.

Yorick antwortet nicht. Mit verschränkten Armen starrt er stumm ins Feuer. Seine Kiefermuskeln zucken.

»Darf ich?« Mit einem Räuspern steht der Pusteblumenmann auf. »Vielleicht ist Solartopia nicht das Paradies, aber was haben wir denn zu verlieren? Unsere Häuser zerfallen. Und dieser giftige Smog, der plötzlich überall auftaucht, vernichtet unsere Ernten. Solartopia ist der einzige Ort, der uns beschützen kann, an dem wir gesund bleiben. Der einzige Ort, der sicher ist vor dem Smog. Und, falls ihr's vergessen haben solltet, die letzte Stadt auf der ganzen Welt.« Er wendet sich direkt an Yorick. »Wenn das so weitergeht, bist du da draußen in der Wüste in einem Jahr tot. Da ist selbst der schlechteste Job in Solartopia noch besser. Anscheinend macht dein Stolz dich blind für die Wahrheit.«

»Mein Stolz?« Yorick lacht auf, als könnte er kaum glauben, was er da hört.

Ich schaue zu Finn und hebe eine Augenbraue. Wie es klingt, ist der Smog für sie etwas Neues. Aber rund um Turris hat es ihn schon immer gegeben. Warum erreicht er sie erst jetzt? Ma hat mir erklärt, dass er sich seit dem Sechsten Sterben ausbreitet und alles verwüstet.

Yorick wirft die Arme in die Luft. »Das war's. Schluss, aus, Ende. Ich geh nicht nach Solartopia. Und ihr solltet auch nicht hin. Ich hab kein gutes Gefühl bei der Sache. Da schlage ich mich lieber hier oben in den Bergen oder da unten beim Smog durch«, schimpft er und läuft auf und ab. »Ich verschwinde. Und ihr kommt besser mit.«

Die Frau mit dem langen blonden Zopf, die vorhin wie eine Klette an ihm hing, zögert kurz, dann stellt sie sich neben ihn und nickt energisch. »Yorick hat recht. Ich hau ab.«

»Überraschung!«, faucht die tätowierte Frau. »Du kannst ohne ihn ja nicht mal aufs Klo.«

Ich muss mir auf die Lippen beißen, um nicht loszulachen.

Plötzlich stürmt Yorick auf das Zelt zu. Erschrocken weiche ich zurück, suche verzweifelt nach einem Versteck. Dabei stoße ich mit dem Arm gegen einen der seltsamen schwarzen Kästen neben dem Eingang.

Einer der Knöpfe an der Oberseite klickt dumpf. Sofort ist das Zelt von Stimmen erfüllt, die direkt aus dem Kasten dringen, so laut und durcheinander, dass es beinahe klingt, als würden sie eine andere Sprache sprechen. Instinktiv halte ich mir die Ohren zu, aber ich sollte schnell den Lärm zum Verstummen bringen, ehe ihn jemand hört. Ich fummle an den Knöpfen herum, was irgendwie ein grässliches Quietschen erzeugt.

Aus dem Augenwinkel bemerke ich eine Bewegung und schaue auf.

Sechs erschrockene Gesichter starren mich durch den Zelteingang an.

Kapitel 7

»Was zum Teufel treibst du da?«, schreit Yorick. Sein Gesicht ist rot, sein Hals vorgereckt.

»Beruhig dich.« Ada legt ihm eine Hand auf die Schulter. »Sie ist nur ein Kind.«

Mit finsterer Miene schüttelt er ihre Hand ab.

»Wer bist du?«, fragt Ada mich.

Ihre Stimme ist sanft und leise. So redet sie wahrscheinlich auch mit ihrer Tochter. Aber ich bin kein Kind. Ich antworte nicht. Ich traue ihr nicht. Ich traue keinem von ihnen. Also bleibe ich stumm. Finn kauert hinter mir, an meinen Rücken gepresst.

»Okay, alle miteinander, zurück mit euch«, meint die tätowierte Frau. »Rückt ihr nicht so auf die Pelle. Ihr seht doch, dass sie Angst hat.«

Es gefällt mir nicht, wie sie über mich reden, als wäre ich gar nicht da. Oder als wäre ich dumm und würde sie nicht verstehen.

Widerwillig macht die Gruppe ein bisschen Platz und teilt sich.

Ich sprinte durch die Lücke, dicht gefolgt von Finn, dann wirble ich herum, falls sie mich von hinten angreifen.

»Wen hast du da bei dir?«, fragt die tätowierte Frau mit einem Blick auf Finn. Wie eine Raupe schiebt sie sich näher.

»Wir müssen euch gar nichts sagen«, erwidere ich.

»Schaut euch das an! Sie hat unsere Sachen durchwühlt«, ruft Yorick und hält den Erste-Hilfe-Koffer hoch. »Alles ist durcheinander.« Wutschnaubend fummelt er an den Knöpfen des schwarzen Kastens herum. Sofort verstummen die schreienden Stimmen aus dem Inneren. Anschließend mustert er mich mit kaltem, hartem Blick und baut sich vor mir auf. »Was hast du gestohlen?«

»Yorick!« Die tätowierte Frau tritt zwischen uns und bremst ihn. »Komm mal runter!«

Yorick schnaubt, lenkt aber ein.

Die Frau wendet sich wieder mir zu. »Hast du dir weh getan?«

»Finn hat einen Verband gebraucht.«

»Die Sachen gehören dir nicht«, brummt Yorick. »Wir haben nicht mal genug für uns selbst, geschweige denn für irgendwelche kindischen Spielereien.«

Kindische Spielereien? Das ist kein Spiel. Finn ist verletzt. Wir haben diesen Verband nötiger als sie. Warum wird er gleich so wütend? Das müssen wirklich welche von den bösen Menschen sein, von denen Ma dachte, sie wären alle fort. Sie sind grausam und gemein.

Finn versteckt sich hinter mir. Ich umklammere seinen Arm und suche nach einem Fluchtweg, aber so erschöpft, wie ich bin, würden sie uns wahrscheinlich sofort einholen.

»Beruhig dich, Yorick. Siehst du denn nicht, dass du ihr Angst machst?«

»Es ist bloß ein Verband«, fügt Ada leise hinzu. »Du tust ja, als hätte sie das letzte Essen geklaut.« Sie nickt Finn und mir aufmunternd zu. »Kümmert euch nicht um Yorick. Der ist immer so grummelig.« Sie senkt die Stimme zu einem Flüstern. »Aber das ist nur Fassade. Kommt mit uns ans Feuer und erzählt uns alles.« Sie streckt mir eine Hand hin, die ich aber nicht beachte. »Habt ihr Hunger?«

Ich schüttle den Kopf. Ich kann nichts essen, was sie mir geben. Da könnte sonst was drin sein. Nicht zu fassen – wir sind noch gar nicht lange weg aus Turris und stecken schon im dicksten Schlamassel. Unser Segler ist kaputt. Wir können nicht zurück nach Hause. Finn ist verletzt.

Wahrscheinlich ist unsere beste Chance, erst einmal mitzuspielen und wegzurennen, sobald sie nicht aufpassen.

»Wie heißt du? Ich bin Ada«, sagt Ada, während sie sich wieder ans Feuer setzt und uns zu sich winkt.

»Und ich Clara«, meint die Frau mit den Tattoos. Von hier erkennt man, dass die Dreiecke einen Baumstamm bilden, der sich über ihren gesamten Arm erstreckt und an der Schulter in eine goldene Blätterkrone übergeht. So etwas Raffiniertes habe ich noch nie gesehen. Ich würde es mir gerne genauer angucken, aber ich will ihr nicht näher kommen, als ich muss. Ich ignoriere den Platz, den Ada mir anbietet, und stecke die Hand in die Tasche, um über die Seiten von Mas Notizbuch zu streichen. Ich brauche ihre Kraft.

»Ich bin Nova, und das ist mein bester Freund Finn«, verrate ich ihnen widerstrebend.

Finn versucht noch, mich zum Schweigen zu bringen, aber da sind die Worte schon raus. Mit einem Blick bedeute ich ihm, dass ich weiß, was ich tue. Aber dann fange ich doch an zu grübeln. Hätte ich ihnen unsere Namen nicht sagen sollen? Können sie die irgendwie gegen uns verwenden?

»Wo kommt ihr her, Nova und Finn?« Clara lächelt mich an.

Das Lächeln wirkt ehrlich. Aber ich erzähle ihr auf keinen Fall von Turris. Ich bin ja nicht blöd.

Also beiße ich mir auf die Lippen und starre ins Feuer.

Yorick tigert auf und ab und murmelt Sachen vor sich hin, die ich nicht verstehe.

Ich schweige. Dieser Mann ist unheimlich. Wir müssen weg, bevor er uns was tut.

»Wir sind hier nicht sicher«, verkündet er schließlich laut. »Wenn schon diese Verrückte unser Lager findet …«

»Yorick!«, faucht Clara.

»Ach komm, guck sie dir doch mal an. Und ihre Klamotten erst!«

Was soll das heißen? Was stimmt denn nicht mit meinen Klamotten? Ich schaue auf meine blaue Leggings und das knallgelbe Kleid mit dem regenbogenbunten Schnürsenkel um die Taille. Darunter trage ich ein großes grünes Hemd, das ich ganz besonders gerne mag, weil es so eine praktische Brusttasche hat. Die Sachen machen mich glücklich, und sie leuchten in denselben Farben wie Schwertlilien. Viel interessanter als die tristen braun-beigen Kleider der anderen.

»Wo sind ihre Schuhe? Und hör mir bloß auf mit …« Er gestikuliert in Finns Richtung und verzieht höhnisch den Mund.

»Was meint er damit?«, flüstert Finn mir zu.

Ich koche innerlich. Am liebsten würde ich zurückschreien, aber mir graut vor seiner Reaktion.

»Yorick, ernsthaft, reg dich ab.« Adas Stimme ist voller Verachtung.

Der Mann funkelt sie böse an, ehe er im Zelt verschwindet und mit einer prall gefüllten Tasche wieder auftaucht, die er sich über den Rücken schlingt. Nach einem finsteren Blick auf mich schnappt er sich die Axt vom Feuerholzstapel. Mir wird eiskalt. Was hat er vor?

»Los, Ilse, wir hauen ab«, kommandiert er.

»Ilse, du musst nicht bei ihm bleiben«, meint Clara. »Du kannst mit uns mit. Das ist vielleicht deine einzige Möglichkeit, hier wegzukommen.«

»Lass sie«, sagt der Pusteblumenmann. »Wenn sie nicht wollen, ist das ihre Entscheidung.«

Yorick wendet sich zum Gehen. »Letzte Chance, Ilse.«

Auf Ilses Gesicht spiegelt sich quälende Unsicherheit. Sie zupft an ihrem Zopf, zwirbelt ihn zwischen den Fingern. Unterdessen stapft Yorick davon. Ilse reißt die Augen auf. Mit einem leisen Schrei packt sie ihre eigenen Sachen und eilt ihm hinterher, ohne sich noch einmal umzudrehen.

Einen Moment lang herrscht verdutztes Schweigen, dann wendet sich Ada zu mir. »Wir wollen in die Stadt. Da ist es sicher vor dem Smog. Und es gibt Wasser und Essen. Genug für alle. Du kannst mitkommen, wenn du möchtest. Wir haben einen Kontakt, der uns reinbringt. Jetzt, wo die beiden weg sind, hätten wir Platz für dich. Also, was sagst du? Lässt du dir von uns helfen?«

Ich bleibe stumm. Eigentlich will ich nichts mit ihnen zu tun haben, aber wenn es wirklich so schwierig ist, in die Stadt zu gelangen, sollte ich mich ihnen vielleicht anschließen.

»Es ist zu gefährlich für dich allein hier draußen«, fährt Ada fort.

Ich unterdrücke ein spöttisches Lachen. Allein ist es sehr viel weniger gefährlich als mit diesen bösen Fremden. Halten die mich für so naiv und hilflos?

Es rauscht laut, und aus dem schwarzen Kasten im Zelt dringt eine Stimme. Der Pusteblumenmann eilt hinüber. Ich erhasche nur das Wort *Rendezvous* und eine Reihe von Zahlen, die mir nichts sagen.

»Es ist so weit«, meint der Pusteblumenmann. »Er ist auf dem Weg.«

Ich habe keine Ahnung, wer auf dem Weg ist oder wovon sie überhaupt reden, aber plötzlich werden alle munter. Sie packen ihre Sachen, bauen das Zelt ab. Ada kippt Wasser auf das Feuer, das sie eben erst entzündet hat. Zischend verwandeln sich die Flammen in dicken grauen Rauch, der mich an den giftigen Smog erinnert.

»Was ist los?«, frage ich.

»Wir brechen auf«, antwortet sie. »Zum Treffpunkt. Bitte komm mit uns.«

Ein Blick zu Finn, und ich weiß, dass er dasselbe denkt wie ich – jetzt ist unsere Chance zu fliehen, während sie abgelenkt sind. Wir können ihnen nicht trauen.

Ich schüttle den Kopf und springe auf, weiche zurück und zerre Finn mit mir.

Ada schaut mir traurig lächelnd hinterher, macht aber keine Anstalten, mich aufzuhalten.

Wir rennen, bis wir außer Sichtweite sind, und kauern uns hinter einen großen Felsen. Durch die hohen Farnwedel beobachten wir, wie sie alles mitnehmen und am Ende noch die Asche des Feuers auf der Lichtung verteilen, bis man fast meinen könnte, sie wären nie da gewesen.

Ich wispere Finn zu: »Sie kennen einen Weg in die Stadt. Vielleicht sollten wir doch mitgehen?«

»Aber was ist mit den Strafkolonien, die sie erwähnt haben? Erinnerst du dich nicht mehr an die Geschichte von diesem Mann, der vierzehn Jahre lang eingesperrt war und nur fliehen konnte, weil er so getan hat, als wäre er tot? Das könnte uns auch blühen. Wenn wir diesen Leuten folgen, landen wir am Ende in einer Strafkolonie und sehen unseren Garten nie wieder. Dann sterben all unsere Pflanzen.«

Ich schaudere. Das Risiko ist groß. »Wenn wir das Heilmittel nicht finden, sterben unsere Pflanzen sowieso. Du hast die Stadt doch auch gesehen. Dort wächst die *Ferula* garantiert. Und das hier ist vermutlich unser einziger Weg hinein.«

»Na schön«, meint Finn. »Sollen sie uns zur Stadt führen. Aber sie brauchen nicht zu wissen, dass wir mitkommen.«

Ich nicke, zufrieden mit diesem Kompromiss.

Die Gruppe läuft bergab bis zu einer Stelle, wo die Felswand niedrig genug ist, um hinaufzuklettern. Anschließend steuern sie bergauf, weg vom Fluss, und schauen dabei immer wieder auf eins ihrer kleinen Geräte. Dass wir ihnen vorsichtig hinterherschleichen, merken sie gar nicht. Es ist kinderleicht, ihnen still und leise auf den Fersen zu bleiben. Sie marschieren schnurgeradeaus und schlagen nur Schlenker, wo Gelände oder Vegetation sie dazu zwingen. Und bei dem ganzen Lärm, den sie veranstalten, könnte ich ihnen blind folgen. Wenn wir uns auf den Nadelteppich beschränken, machen unsere nackten Füße kaum ein Geräusch.

Obwohl die Gruppe in großer Eile zu sein scheint, wird sie langsamer und legt oft Pausen ein. Dafür bin ich dankbar, denn meine Beine schmerzen bei jedem Schritt. Je höher wir steigen, desto lichter werden die Birken und Kiefern, bis sie nur noch ganz vereinzelt wachsen. Sieht aus, als wären wir zu einem weiteren Gipfel unterwegs. Finn und ich halten uns dicht am Boden, um hinter den Farnwedeln und verstreuten Ginsterbüschen in Deckung zu bleiben. Irgendwann kommt eine Hochebene in Sicht. In der Ferne erspähe ich Bewegung und erstarre verdutzt. Da oben sind schon andere Menschen versammelt. Ada, Clara, die dritte

Frau und der Pusteblumenmann laufen zielstrebig auf sie zu und heben die Hand zur Begrüßung.

Mit pochendem Herzen kauere ich mich hinter einen Felsen.

»Noch mehr Menschen«, flüstert Finn. »Das gefällt mir nicht.«

Was treiben die alle hier? Wir lugen aus unserem Versteck.

Ein unheilvolles weißes Kreuz ist auf den Boden gemalt oder gesprüht worden. Wozu um alles in der Welt soll das gut sein? Die beiden Gruppen treffen sich fast genau in der Mitte. Ich beobachte, wie sie sich angeregt unterhalten.

»Leise«, wispere ich. »Schleichen wir uns näher ran, um zu hören, was sie sagen.«

»Das hat uns gerade erst in die Bredouille gebracht«, zischt Finn.

Clara wirft einen Blick über die Schulter und deutet in unsere Richtung. Ich ducke mich schnell. Hat sie mich gesehen? Erzählt sie den anderen von uns? Mir wird flau im Magen, aber niemand kommt auf uns zu.

Noch einer von diesen lauten schwarzen Kästen blitzt in der Sonne auf. Eine Frau hält ihn sich ans Ohr, dreht an den Knöpfen. Dann ruft sie etwas und winkt einem Mann zu, der zu einer Stange im Boden eilt. Er zieht an einem Seil und hisst eine knallrote Flagge. Was haben sie vor? Inzwischen schauen alle gen Osten. Ich tue es ihnen nach. Erst kann ich nicht erkennen, warum sie alle so aufgeregt sind, bis ich einen funkelnden Fleck am Himmel entdecke.

Ein goldener Kreis, der mit jeder Minute größer wird. Als würde eine zweite Sonne direkt auf uns zusteuern.

Angst schnürt mir die Kehle zu. Mein Herz schlägt bis zum Hals. Ich habe keine Ahnung, was das sein könnte, und ich will es garantiert nicht herausfinden.

Kapitel 8

Ein Brummen erfüllt die Luft, wird immer lauter. Es erinnert mich an das Geräusch, das Kartoffelpflanzen machen, nur dumpfer und metallischer. Es hallt von den Felsen wider, scheint von überall gleichzeitig zu kommen. Aber es muss von dem goldenen Ding stammen, das sich schnell nähert. Könnte das vielleicht eine Art Fluggerät sein, so wie mein Segler? Wollen sie so in die Stadt gelangen?

Wind peitscht um uns herum und wirbelt Staub auf. Ich kneife die Augen zu, als eine besonders heftige Böe an mir vorbeifegt. Dann spähe ich wieder hinter dem Felsen hervor. Die Maschine ist jetzt ganz nah. Ich hatte recht. Es ist eine Art Fluggerät, aber völlig anders als mein Segler. Zum einen hat es keine Flügel. Es ist golden und glänzt, und oben aus den Seiten ragen gebogene Stiele. Beinahe wie die Blütendolde einer wilden Möhre, die man in flüssiges Gold getaucht hat – irgendwie organisch, eher gewachsen als gebaut. Nirgendwo sind Fugen zu erkennen, weder Bolzen noch Schrauben noch Platten. Alles ist nahtlos und glatt. Zumindest fast. Vorne ist so etwas wie ein Rechteck aus getöntem Glas. Und in der abgeflachten Unterseite des Dings befinden sich lange Schlitze, wie bei meiner Badezimmerlüftung. Darunter wirken die Berge in der Ferne verschwommen und verzerrt.

Sähe ich es nicht mit eigenen Augen, würde ich niemals glauben, dass etwas derart Riesiges fliegen kann. Inzwischen ist es direkt über uns. Das polierte Metall blinkt in der Sonne. Es ist, als hätte jemand ein halbes Stockwerk von Turris genommen und irgendwie in die Luft erhoben. Wunderschön und seltsam und schrecklich zugleich. Das Ding senkt sich zum weißen Kreuz herab, und die Leute stieben auseinander. Plötzlich ruckt und zuckt es, als würde es gegen eine unsichtbare Hand ankämpfen, die es zurück nach oben zerrt. Was, wenn es abstürzt und uns alle unter sich begräbt? Das dumpfe Dröhnen aus dem Inneren der Maschine wird höher, bis es einem Heulen gleicht.

Mit aufgerissenen Augen schaue ich zu Finn. Er starrt entsetzt zurück. Kracht das Ding zu Boden? Ich erinnere mich noch gut, wie schwierig es war, den Segler zu kontrollieren, als wir die Berge erreicht hatten, wie die Luftströme das Manövrieren unmöglich gemacht haben. Passiert das hier auch gerade? Mir hämmert das Herz, als das Ding endlich auf dem weißen Kreuz landet. Auf dem Felsplateau ist kaum genug Platz.

Staunend beobachte ich, wie ein Spalt im nahtlosen Gold erscheint, ganz oben neben dem Glasrechteck. Eine Luke gleitet zur Seite, und eine Leiter taucht aus dem Nichts auf. Heraus klettert ein Mann, jünger als die beiden aus dem Wald, vielleicht gerade mal in meinem Alter. Er nimmt immer zwei Sprossen auf einmal und springt den letzten Meter zu Boden.

Dann schreit er der versammelten Menge etwas zu. Ich verstehe ihn kaum über den Lärm der Maschine. »Schnell, rein in den Helikopter, bevor die Höhe den Motor killt. Los, los, los!«

Das also ist ein Helikopter? Noch etwas, von dem ich bisher nur gelesen habe.

Der junge Mann schlägt gegen die Seite, und wie von Zauberhand öffnet sich eine weitere, sehr viel größere Luke zum dunklen Inneren. Eine Rampe klappt aus.

Alle rennen gleichzeitig los, schnappen sich ihre Sachen, rufen nach ihren Freunden. In der Nähe der Maschine müssen sie sich mit erhobenen Händen gegen Wind und Staub abschirmen.

»Rein mit euch!« Der junge Mann steht wild gestikulierend neben der Öffnung und wirft dem Helikopter nervöse Blicke zu.

Ich schleiche mich neugierig vorwärts. So dicht an der Maschine gibt es zwar nichts mehr, hinter dem ich mich verstecken könnte, aber uns beachtet sowieso niemand. Alle sind völlig darauf fixiert, in den Helikopter zu gelangen.

Gerade steigt auch Clara ein, die Frau mit den Tattoos. Dabei schaut sie ein letztes Mal über die Schulter und entdeckt mich sofort. Sie wirkt nicht im Geringsten überrascht. Hektisch winkt sie mir zu und ruft etwas, das im Tumult untergeht. Ich sehe, wie sie mit dem jungen Mann spricht und auf uns deutet.

Alle anderen sind mittlerweile drin. Dieser Helikopter fliegt zur Stadt. Aber ich kann mich immer noch nicht entscheiden, ob wir mitsollen oder nicht. Ich gucke Finn an. Finn guckt mich an.

Der junge Mann schwenkt ungeduldig die Arme, während er mit wachsender Sorge die Maschine beäugt.

»Letzte Chance«, schreit er.

Ich weiß, dass es dumm ist. Vielleicht die dümmste Entscheidung, die ich je getroffen habe. Aber wie sollen wir es sonst in diese Stadt schaffen?

Ich beiße die Zähne zusammen und eile auf den Helikopter zu. Meine Füße trommeln über den harten Boden. Ich ignoriere die schmerzhaft scharfen Steine. Finn ist direkt hinter mir. Wir stürmen die Rampe hinauf und an dem jungen Mann vorbei. Hitze schlägt uns entgegen.

Drinnen ist es dunkel, noch viel dunkler, als ich dachte. Das Innere des Helikopters sieht ganz anders aus als das wunderschöne, glänzende Äußere. Es ist riesig und völlig hohl. Mein halber Garten würde hier reinpassen. Es gibt keine Sitze, keine Möbel, gar nichts. Alle kauern unbequem auf dem Boden, an die gewölbte Wand gelehnt, und wirken ängstlich, erschöpft und schmutzig. Trotzdem summt die Luft vor Aufregung und Hoffnung. Es riecht muffig, feucht und erdig. Clara, Ada und die beiden anderen sitzen nebeneinander. Sie winken mich zu sich, aber ich suche mir einen Platz in der Nähe der Tür.

»Gebt Gummi, Leute!« Der junge Mann springt herein. »Gleich verreckt der Motor.«

Verreckt? Alle reden so seltsam. Ich hätte Mas Wörterbuch mitbringen sollen.

Der junge Mann hastet mit ausgestreckter Hand von einer Person zur nächsten, und die Leute legen Dinge hinein. Er kommt mir immer näher. Was machen sie da? Etwas Silbernes blitzt auf, als er es in die Tasche schiebt – eine runde Scheibe. Schließlich erreicht er mich. »Der Transport kostet zehn Sola.«

Er will eine Bezahlung? Münzen? Ich kenne Münzen. In den Wohnungen von Turris lagen sogar ein paar. Aber natürlich habe ich keine eingepackt.

»Schau nicht mich an«, zischt Finn. »Wir müssen ihm irgendwas geben.«

Während der junge Mann wartet, verlagert er sein Gewicht von einem Fuß auf den anderen. Er kann nicht viel älter sein als ich. Seine dunklen Augen sind von langen Wimpern umrahmt, und er wirkt hibbelig. Ich überlege, an welche Pflanze er mich erinnert, aber ich komme nicht drauf. Irgendetwas Zähes, Drahtiges wahrscheinlich.

Ich klopfe die Taschen meines Kleids ab. Alles Nützliche ist aus dem Segler gefallen und für immer verloren unter dem Smog. Ich habe nur noch Mas Notizbuch. Die Samen! Ich greife in meinen Rock und ziehe das sorgfältig gefaltete Briefchen zwischen den Seiten hervor. Sie sind alles, was mir noch bleibt. Kann ich sie wirklich weggeben? Sie sind für mich wertvoller, als es Geld jemals sein könnte.

Zögerlich drücke ich sie ihm in die Hand.

»Was ist das?« Stirnrunzelnd öffnet er das Briefchen. »Samen?«

Ich nicke, zu ängstlich, um zu antworten. Wird er sie akzeptieren oder uns aus dem Helikopter werfen? Auch Finn schweigt stur. Er ist immer recht still, aber wenn Fremde in der Nähe sind, verschlägt es ihm anscheinend völlig die Sprache.

Der Mann neben mir beäugt mein Angebot und fängt an zu lachen. Der junge Mann lacht nicht. Ernst schaut er zwischen Finn und mir hin und her. Seine Miene wird weich. Er hat ein freundliches Gesicht.

»Du hast kein Geld?«, fragt er.

Ich schüttle den Kopf.

Seufzend fährt er sich durch die Haare. »Du machst mich fertig.«

Erschrocken reiße ich die Augen auf. Wie das denn?

Bei seinem schiefen Schmunzeln dämmert mir langsam, dass es ein Witz gewesen sein muss, nicht die Wahrheit.

Die Maschine ruckelt und stottert, und die Augen des jungen Mannes werden kugelrund vor Schreck. »Okay, okay. Du kannst umsonst mit. Nur dieses eine Mal.«

Der Mann neben mir brummt etwas über hübsche Mädchen und Freifahrtscheine.

»Danke«, flüstere ich gerührt. Vielleicht sind nicht alle Menschen böse?

Der junge Mann reicht mir das Briefchen zurück, aber bevor er sich zum Gehen wenden kann, schüttle ich zwei Samen heraus und stecke sie in seine warme Hand. Irgendetwas muss ich ihm geben. So vertrauenswürdig er auch scheint, mir gefällt der Gedanke nicht, dass ich einem Fremden etwas schulde.

Er zögert kurz, ehe er die Faust um meine Samen schließt und mir knapp zunickt.

Dann springt er wieder aus dem Helikopter und klappt die Rampe ein. Die Luke schließt sich mit einem leisen Knirschen, wie zwei trockene Äste, die übereinanderreiben. Ein paar Sekunden lang ist es stockfinster, bis meine Augen sich daran gewöhnen und ich erkenne, dass das Schwarz von einem roten Leuchten durchsetzt ist, gerade hell genug, um etwas zu sehen. Es verleiht allem einen blutgetränkten Ton.

Der Helikopter wird lauter, heult dröhnend auf. Die Maschine fängt an zu zittern, und mein Magen macht einen seltsamen Satz. Ich halte die Luft an. Sind wir hier drin sicher? Die Landung wirkte schon gefährlich, wie viel schlimmer wird wohl erst der Start?

Ich lausche auf die wechselhaften Geräusche. Ohne Fenster kann ich nicht sehen, was passiert. Wir könnten einen Meter über dem Boden sein oder tausend.

Mit wachsendem Unbehagen wird mir klar, dass wir gefangen sind, dem jungen Mann ausgeliefert, der uns hinbringen kann, wo er will.

Ich drücke Finn fest an mich und hoffe, dass wir keinen schrecklichen Fehler begangen haben.

Kapitel 9

Ich kann es selbst kaum glauben, aber ich vermisse den Segler. Im Bauch dieser Maschine ist es so viel schlimmer. Es ist stockdunkel, und jedes Mal, wenn der Helikopter den kleinsten Schlenker macht, werden wir herumgeschleudert wie Samen in einer Blechdose. Ich war schon nach meiner Bruchlandung mit blauen Flecken übersät. Jetzt haben sogar meine blauen Flecken noch blaue Flecken. Bei dem ganzen Gewackel wird mir flau im Magen. Ich fühle mich, als müsste ich gleich brechen, obwohl ich seit Stunden nichts gegessen habe.

Finn lehnt sich zu mir, damit ich ihn durch das Getöse höre. »Ist das hier eine Strafkolonie?«

»Natürlich nicht«, antworte ich, obwohl er nur ausspricht, was ich denke.

Meine Haut ist heiß und kribbelt, und ich will dringend raus. Es gefällt mir kein bisschen, dass ich die Sonne nicht sehe, den Wind nicht auf den Wangen spüre. Das ist unnatürlich. Ich werde das dumpfe Gefühl nicht los, dass ich in eine ausgeklügelte Falle getappt bin.

Überall um mich herum dröhnt es, als säße ich in einer Art Gewitterwolke. Verzweifelt bekämpfe ich jeden Gedanken an Regen und Windböen und das Dach von Turris, all die schrecklichen Erinnerungen und Bilder, die mir durch den Kopf schwirren. Ich schließe die Augen und zähle meine Atemzüge. Nur nicht noch einmal das Unwetter durchleben, das mir Ma genommen hat. Ich wünschte, sie wäre bei mir. Es ist schwer, mir nicht einsam und mutlos vorzukommen, wenn sie nicht da ist und mir sagt, dass alles gut wird.

Ein plötzlicher Ruck, und mehrere Leute schreien auf. Der Motor verklingt zu einem Hintergrundsummen, so leise, als würden meine Ohren nicht mehr richtig funktionieren. Ich packe Finns Arm. Was ist los? Ist der Helikopter kaputt? Stürzen wir in unseren Tod?

Die Luke gleitet auf, und Sonnenlicht flutet herein. Der Pilot steht in der Öffnung. Er lächelt, aber angespannt und besorgt. Nach einem prüfenden Blick über die Schulter winkt er uns zu sich. »Zack, zack, Leute. Macht die Flatter!«

»Sind wir in Solartopia?«, fragt Ada, blass, zittrig und hoffnungsvoll.

Er nickt, und seine Gesten werden drängender. »Im Handelsviertel. Ich kann nicht lange hierbleiben, sonst merkt der Tower, dass ich vom Radar verschwunden bin. Ab dafür, los, los! Zieht Leine!«

Seine Worte verwirren mich, aber die anderen rappeln sich auf, schnappen sich ihre Sachen und halten auf die Tür zu. Also tue ich es ihnen nach und stolpere die Rampe hinunter. Dem jungen Mann nicken Finn und ich noch dankbar zu, und er lächelt und hebt in einer Art Abschiedsgruß einen Finger an die Stirn.

Sobald alle ausgestiegen sind, schließt er die Luke und klettert wieder die Leiter hoch. Der Helikopter hebt donnernd ab und lässt unser blinzelndes Grüppchen mitten in Solartopia zurück.

Ich kneife die Augen zusammen, während ich mich an die Sonne gewöhne. Sobald ich mich auf meine Umgebung konzentriere, erfüllt ein vertrautes Summen meine Ohren. Ich spüre Efeu und Holunder, Blauregen und Ackergauchheil. Doch hier zetern zu viele Arten gleichzeitig, um jede zu erkennen. Es müssen Tausende sein, in einem lärmenden Chor.

Endlich wird mein Blick klar. Diese Stadt ist anders als alles, was ich bisher gesehen habe. Wir befinden uns auf einem von Mauern umgebenen Platz, strahlend rein und mit einer Art weißem Stein gepflastert. Nirgendwo ein verirrter Fleck. In Turris ist alles alt und tausendfach geflickt und ausgebessert. Im Vergleich dazu wirkt Solartopia, als wäre es gestern erst erbaut worden.

Außer uns Passagieren ist niemand da. An den Mauern hängen Schilder mit ordentlichen goldenen Buchstaben über verschlossenen Fensterläden. Ich schirme mir die Augen ab. *Jakob & Sohn.* Neben den Wörtern prangt ein detailreiches, realistisches Bild von Weintrauben. Fast so, als müsste ich nur die Hand ausstrecken, um eine zu pflücken. Auch auf den anderen Schildern entdecke ich Namen und Bilder, vor allem von Obst und Gemüse. Keine

Ahnung, wofür die gut sind. Vielleicht ist das wie mit den Wohnungstüren in Turris. Da hatten auch manche Leute ihre Namen dranstehen.

Ein schrilles Quietschen in der Ferne lässt uns zusammenzucken. In Sekundenschnelle eilen die anderen durch ummauerte Gänge in alle Himmelsrichtungen davon. Wissen sie überhaupt, wo sie hinlaufen? Ich suche nach Clara oder Ada, aber sie sind ausgeflattert wie Schmetterlinge im Regen.

Am Ende sind nur noch Finn und ich übrig. Plötzlich fühle ich mich verletzlich und überfordert. Ich gucke hoch zum Himmel, halte Ausschau nach der Sonne, aber die Mauern und Gebäude sind zu hoch. Wenn ich die Sonne nicht sehen kann, wie kann ich mir dann sicher sein, in welcher Richtung Turris liegt? Panik steigt in mir auf. Riesige Glasbauten erheben sich über uns. Üppige grüne Pflanzen wuchern von Häusern und klammern sich an Balkone. Funkelnde Pheromone trudeln träge über den Himmel.

»Wo sollen wir lang?«, frage ich Finn. Meine Stimme ist piepsig und gepresst.

Er wirkt genauso unschlüssig wie ich. »Die Pflanze könnte überall sein.«

Ich versuche, mich auf das Summen zu konzentrieren, damit die Pflanzen mich leiten. Doch ganz Solartopia ist erfüllt von ihrem Stimmengewirr. Links. Rechts. Zurück. Vor. Was, wenn ich eine falsche Entscheidung treffe und wir gefangen genommen werden? Ich kann unmöglich sagen, welcher Weg der beste ist. Mir schwirrt der Kopf.

Ich hole tief Luft und wähle schließlich einen Durchgang, der von Blauregen überrankt ist. Das erinnert mich an zu Hause und beruhigt mich ein bisschen. Als wir aus dem Durchgang treten, klappt mir die Kinnlade runter. Vor uns stürzt ein Wasserfall von der Spitze eines Gebäudes in ein Becken. Regenbögen schillern im Dunstschleier. So etwas habe ich noch nie gesehen. Eine geschlagene Minute lang stehe ich einfach nur da und starre. In dieser Zeit rauscht bestimmt mehr Wasser vor meinen Augen vorbei, als ich in einem ganzen Monat verbrauche. Es ist kristallklar und einladend.

Ich folge einem von dichtem Schilf und gelben Schwertlilien gesäumten Bächlein, das von dem Becken wegführt. Obwohl einige dieser Pflanzen auch in meinem Teich auf Turris wachsen, sind sie hier bestimmt doppelt so groß. Und sie wirken makellos – perfekt geformte Blüten und kräftig grüne Blätter, die vor Leben nur so strotzen. Libellen sirren am Ufer umher und wirbeln die grünen Pheromone auf. Ein Schwarm schimmernd blauer Schmetterlinge drängt sich an einer schlammigen Stelle. Ein grauer Vogel mit Stöckchenbeinen steht wie versteinert da bei seiner Jagd nach Fisch.

Ich will Kontakt aufnehmen zu einer blühenden Binse, um mich vorzustellen und mehr über die Pflanzen hier herauszufinden. Aber ringsum ist so viel los. Jede Menge Gewächse buhlen um meine Aufmerksamkeit, und der Stadtlärm im Hintergrund lenkt mich zusätzlich ab. Ich schaffe es einfach nicht, meinen Geist zu leeren und zu lauschen.

Alles ist so neu und unerwartet, dass ich mich nicht konzentrieren kann.

Mit gesenktem Kopf betrachte ich die Pflanzen, die in fein säuberlichen Reihen entlang glänzender Steinplatten sprießen, und bemerke gar nicht, dass der Bach mich zu einem geschäftigeren Weg geführt hat. Plötzlich prallt wie aus dem Nichts eine Frau gegen mich. Ich taumle. Sie verzieht verächtlich den Mund, hält aber nicht einmal an. Ich weiche zurück ans Ufer und bestaune die schiere Masse an Menschen – mehr, als ich mir je hätte erträumen können. Ein unaufhörlicher Strom, Männer, Frauen, Kinder, die eilig vorbeihetzen. Mir bleibt kaum Zeit, ihre Mienen zu studieren, ehe sie schon wieder von der Menge verschluckt werden. Sie tragen saubere Kleider in verschiedenen hellen Farbtönen und schenken ihrer wunderschönen Umgebung kaum Beachtung in ihrer selbstbewussten Zielstrebigkeit. Außerdem wirken sie alle stolz und glücklich. Ihre lächelnden Gesichter leuchten förmlich. Ich umklammere Finns Hand, weil mich diese riesige Stadt und ihre seltsamen Menschen so überwältigen.

Mit einem Donnern zieht einer dieser gewaltigen Helikopter über uns hinweg. Ist es derselbe, der mich hergebracht hat? Kaum ist er verschwunden, erfüllt das unaufhörliche Plaudern der Leute wieder meine Ohren. Hier ist es so schrecklich LAUT! Wie halten die das nur alle aus?

Hinter der Menschenflut entdecke ich noch einen Wasserfall und ein Hochhaus, bei dem eine ganze Wand begrünt ist. Staunend starre ich hinauf.

»Los«, meint Finn. »Wir haben keine Zeit zu verlieren. Dieser Ort klingt noch schlimmer als dein Gesinge. Suchen wir diese *Fir… Far… Fellula* und hauen ab, ja?«

»*Ferula*«, verbessere ich ihn. »Einverstanden.«

Allerdings wird das bestimmt schwieriger als gedacht. Diese Stadt ist gigantisch und wimmelt nur so von Pflanzen.

»Fangen wir da drüben an.« Ich nicke in Richtung der grünen Hochhauswand.

Der Weg dorthin führt mitten durch die Menge. Ich beiße die Zähne zusammen und mache einen Schritt. Sofort werde ich vom mächtigen Schwall der Menschen erfasst. Tänzelnd weiche ich ihnen aus und versuche, mich zur anderen Seite durchzukämpfen, aber sie schwemmen mich mit. Es ist, als würde ich ertrinken. Ich sehe keinen Fluchtweg. Ich muss mich einfach fortreißen lassen und das Beste hoffen.

Auf einmal bin ich wieder frei, sauge klare, köstliche Luft ein. Die Hände auf die Knie gestützt, ringe ich nach Atem.

Hinter mir schreit jemand: »Pass auf!«

Mein Arm wird grob zurückgezerrt, fast aus dem Gelenk gerissen.

Im nächsten Augenblick rauscht ein gewaltiges Fahrzeug nur Zentimeter an meiner Nase vorbei. Seine schiere Größe und Geschwindigkeit lassen mich fast hintenüberkippen. Ein gellendes Hupen, und schon ist es weitergebraust.

»Das war knapp«, flüstert Finn.

Was war das?

Noch ein Ding auf Rädern saust vorüber. Es erinnert mich an die Autos aus meiner alten Spielzeugkiste, nur sind diese Flitzer hier wunderschön und schnittig und funkeln in der Sonne.

Ich drehe mich um, um mich für meine Rettung zu bedanken. Eine große, gepflegte Person in lavendelfarbenen Gewändern starrt mich an. Ihr hellbraunes Gesicht ist spitz und schlank, die langen Haare sind fließend. Stirnrunzelnd taxiert sie meine kunterbunten Klamotten. Ihr Blick verweilt auf meinem schmutzigen Gesicht, Finns Verband und schließlich auf meinen nackten Füßen. Sie verengt die Augen.

»Woher kommst du?«, fragt sie mit leiser, klingelnder Stimme.

Ich erstarre kurz. Welche Geschichte wollten die Leute aus dem Wald noch gleich benutzen?

»Ich bin Händlerin. Aus der Stadt. Aber ich war lange weg«, bete ich schließlich herunter.

Der Mund meines Gegenübers verzieht sich zu einem Lachen, seine Augen funkeln. »Das musst du aber noch ein bisschen üben, junge Dame, wenn du nicht auffallen willst.« Es tätschelt sanft meine Hand. »Lieben Dank für die Erheiterung.«

Erschrocken ziehe ich meine Finger zurück. Woher weiß diese Person, dass ich nicht aus Solartopia stamme?

»Keine Sorge.« Sie zwinkert. »Dein Geheimnis ist bei mir sicher.« Sie wendet sich zum Gehen, schaut sich dann aber noch einmal um. »Und nimm dich in Acht vor den Straßenbahnen!«

Straßenbahnen. Heißen diese Dinger so?

»Das musst du aber noch ein bisschen üben«, brummt Finn vor sich hin. »Scherzkeks.«

Ich kichere bei seinem Versuch, mich aufzuheitern. Aber innerlich zittere ich wie Espenlaub. Erst werde ich fast überfahren, und dann enthüllt auch noch jemand unser Geheimnis. Was geht wohl als Nächstes schief?

Sorgfältig blicke ich nach links und rechts, ehe ich zum Wasserfall hinüberlaufe. Schnell wird mir klar, dass ich die *Ferula* hier nicht finden werde. Dafür ist der Boden viel zu feucht. Aber neben altbekannten Pflanzen entdecke ich unter der Wasseroberfläche eine, die ich noch nie zuvor gesehen habe. Sie hat riesige, speerartige Blätter, die sternförmig angeordnet sind. Ich betrachte die Pflanze vom Ufer aus. Was könnte das sein?

»Was starrst du da an? Unkraut?«, fragt Finn.

Ich strecke ihm die Zunge raus. »Du weißt genau, dass es so was gar nicht gibt. Nur Pflanzen, die wachsen, wo Menschen sie nicht haben wollen.«

»Wir müssen weiter.«

So gerne ich ein paar Samen sammeln würde, er hat recht. Die Uhr tickt. Unser Garten wartet auf uns.

»Wohin jetzt?« Ich gucke mich nach allen Seiten um. Ein Stück weiter die Straße entlang bemerke ich einen kleinen umschlossenen Bereich voller Pflanzen. »Da!«

Ich steuere zielstrebig darauf zu. Wenn ich wirke, als wüsste ich, was ich tue oder wo ich hinwill, errege ich hoffentlich weniger Aufmerksamkeit. Aber ich spüre noch immer, wie die Leute mich anstarren. Mir wird heiß, alles juckt. Ich kann einfach nicht fassen, wie unterschiedlich die Menschen hier sind – Augen, Haare, Größe, Figur. Keine zwei gleichen sich. Von den vorbeizischenden Fahrzeugen wird nicht nur eins langsamer, um mich anzugaffen. Ein blonder Junge drückt sich sogar die Nase an der Scheibe platt. Ich steche heraus wie eine Brennnessel in einem Radieschenbeet. Alle anderen tragen lockere Kleider aus glänzenden Stoffen in blassen Gelb-, Blau- und Rosatönen. Das Material erinnert mich an einen alten Morgenmantel, der vor ein paar Jahren von der Wäscheleine über den Rand von Turris geweht wurde. Den habe ich geliebt. Er fühlte sich so weich und kühl an auf meiner Haut.

Endlich erreichen Finn und ich den kleinen Garten und schlüpfen hinein. Der Rasen ist sattgrün und so gleichmäßig wie ein Teppich. Die Büsche ringsum wurden zu Rechtecken gestutzt. In einem Beet in der Mitte wachsen jede Menge wunderschöne Blumen wie Weidenröschen, Kornblumen und Rosen, aber nicht die, die wir brauchen.

Plötzlich ertönt von irgendwoher laute Musik, gefolgt von einer fremden Männerstimme. Ich zucke zusammen, weil sie so nah klingt.

»Solartopia – ein perfektes Paradies. Die Hoffnung der Menschheit.«

»Hallo?«, frage ich nervös. »Wer ist da?« Ich drehe mich nach links und rechts, suche alle Büsche nach dem Sprecher ab, aber hier ist niemand außer Finn und mir. Der Mann muss ganz in der Nähe sein, antwortet jedoch nicht – er scheint nur *zu* uns sprechen zu wollen. Kann er uns sehen?

Ich fühle mich wie ein Spatz auf offenem Feld, der mit einem Auge Ausschau nach Habichten hält.

»Solartopia ist völlig autark und erzeugt genug Nahrung, Energie und sauberes Wasser, um alle Menschen in der Stadt zu versorgen. Und Sie helfen uns dabei!« Sein Ton ist munter und vertraulich. *»Der Druck Ihrer Füße pumpt Wasser durch die Stadt.«*

Die Stimme schwadroniert weiter, unermüdlich, laut und nervenzermürbend. Sie zählt etliche Annehmlichkeiten auf, darunter den solarbetriebenen Verkehr und das Solarenergienetz. Dann redet sie über die Wiederverwendung des Wassers und darüber, dass alles Essen für die Stadt innerhalb ihrer Mauern wächst.

»Warum erzählt er uns das alles?«, fragt Finn mich flüsternd. »Meinst du, es geht ihm nicht gut?«

»Ihre Mitarbeit ist unverzichtbar. Sie sind Teil des einzigen funktionierenden Ökosystems der Erde. Solartopia ist ein geschlossenes, autarkes Biotop. Jede kleine Entscheidung hat eine große Wirkung. Reduzieren und recyceln, das ist die Devise!«

Ich starre Finn an und versuche, nicht laut loszuprusten. »Glaubt der, das wüssten wir nicht?«

Was für eine absurde Vorstellung. Fast so, als würde man den Leuten erklären, wie man atmet. Wie soll man ohne Sparsamkeit und Wiederverwertung überleben? Ein solches System würde doch sofort zusammenbrechen.

»Verschwenden Sie kein Wasser, jeder Tropfen ist wertvoll«, dröhnt die Stimme.

Ich unterdrücke das nächste Lachen. Er klingt so ernst, dabei sagt er nur Banalitäten. Natürlich ist Wasser wertvoll. Ich wechsle einen Blick mit Finn, sehe seine ungläubige Miene. Und plötzlich kann ich mich nicht mehr zusammenreißen. Ich breche in schallendes Gelächter aus. Haltlos gackernd stolpern wir aus dem Garten, während der seltsame Mann weiterschwafelt.

Immerhin fällt mir dank ihm jetzt auf, dass der Boden überall leicht nachgibt, so wie weiche Erde. Und da er durchscheinend ist, entdecke ich lange, dünne Röhrengebilde, die sich winden und wogen, während wir darüberwandern. Hat der Mann das damit gemeint, dass unsere Füße Wasser durch die Stadt pumpen? Wie genial!

Wir lassen uns von der Menge weiterschieben. Ein Garten folgt auf den nächsten, und die Baumreihen und Gebäude sind von Aufsitzerpflanzen überwachsen. Ich nehme jede einzelne unter die Lupe, aber keine Spur von der *Ferula*.

»Ich kriege langsam Kopfweh«, klagt Finn und verzieht das Gesicht. »So viel Lärm. Könntest du jetzt bitte endlich diese Pflanze finden?«

»Ich versuch's ja.«

Links von uns erhebt sich ein hohes Gebäude mit Fenstern voll Grün. Vielleicht ist es ein Gewächshaus, wie meins in Turris? Auf halber Höhe entdecke ich hinter der Glasscheibe ein hellgrünes, farnartiges Gewächs mit goldenen Blüten, das vielleicht eine *Ferula* sein könnte. Mein Herz schlägt schneller. Bitte lass uns diesmal Glück haben. Je eher wir hier wegkommen, desto besser.

Erst scheint es, als gäbe es keinen Eingang, dann bemerke ich eine versteckte Tür um die Ecke, die einen Spaltbreit offen steht. Nach einem prüfenden Blick über die Schulter haste ich darauf zu und drücke sie weit genug auf, dass wir uns hindurchzwängen können.

Drinnen ist es warm und hell und riecht intensiv nach Pflanzen, aber da hören die Gemeinsamkeiten mit meinem Gewächshaus auch schon auf. Wir stehen in einem großen Raum mit hohen Decken. Breite, bequem aussehende weiße Sofas sind um einen Couchtisch aus Glas angeordnet. Eine Wendeltreppe führt hinauf zu den oberen Stockwerken. Die Pflanze, die ich von draußen erspäht habe, hängt von der Decke. Ich schleife einen Stuhl hinüber und steige darauf, um sie untersuchen zu können. Von weitem ähnelt sie der *Ferula*, aber sie duftet nicht nach Minze und Lakritz, wie Ma beschrieben hat.

»Die ist es auch nicht«, rufe ich Finn zu.

Ein Geräusch von der Treppe lässt mich zusammenzucken. Ich wirble herum und plumpse unbeholfen vom Stuhl.

Es ist eine große Frau mit so gerade geschnittenen Haaren, dass man sie als Abstandsmesser beim Samensetzen verwenden könnte. Sie trägt einen Jumpsuit in einem blassen Zitronengelb. Ihr Mund formt ein erschrockenes O.

»Was treibst du in meinem Haus?«, brüllt sie.

Ich rapple mich auf. Warum schreit sie mich an? »Darf ich nicht hier sein?«

Ihre Brust hebt und senkt sich. Sie reißt den Mund auf

und lässt ein schrilles Kreischen los. »Raus! Raus mit dir!«

Kalkweiß vor Wut stürmt sie auf uns zu. Was hat sie vor? Ich will es lieber nicht herausfinden. Finn und ich flüchten schnurstracks aus dem Haus, ohne uns noch einmal umzudrehen.

Kapitel 10

»Sie war so sauer, dass wir in ihrem Haus sind!« Ich reibe mir den Arm, auf den ich gefallen bin. Noch ein blauer Fleck für meine Sammlung. Finn und ich liegen neben einem der Bäche im Gras. »Wie kann einen das dermaßen aufregen?« Immerhin stand ihre Tür sperrangelweit offen.

»Was für ein ätzender Ort«, erwidert Finn. »Wer brüllt denn wegen so was gleich rum? Deiner Ma würde es bestimmt nicht gefallen, dass wir hier sind.«

Vielleicht hat er recht. Vielleicht war es eine dumme Idee, in die Stadt zu kommen. Wir suchen gefühlt schon seit Stunden nach der *Ferula* und sind ihr noch kein Stück näher. Allmählich bezweifle ich, dass sie überhaupt in Solartopia wächst.

Ein Passant bemerkt uns und erstarrt. Er trägt eine beige Hose und ein weites, ärmelloses Oberteil. Alles an ihm ist sauber und gepflegt, seine Haut ist eben, seine Haltung selbstsicher. Stirnrunzelnd mustert er uns, ehe er den Kopf schüttelt und weiterläuft.

»Wir sollten uns wohl irgendwie anpassen«, meint Finn.

Er hat recht. Jeder hier hat etwas Helles in Weiß, Gelb, Rosa, Blau an, wie zarte Blütenblätter. Ich entdecke eine

Frau in einem engen, türkisfarbenen Kleid, in deren Haare Blumen geflochten sind. Aber sie ist nicht von blauen Flecken und Dreck übersät, so wie Finn und ich. Die alte Frau in den himmelblauen Gewändern riecht nicht nach Erde und Schweiß, sondern nach einer seltsamen Form von Lavendel, stärker und flacher zugleich. Und im Gegensatz zu uns tragen alle Schuhe. Ständig bleibt jemand stehen und stiert uns an.

Finn fällt in seinem babyblauen Shirt nicht allzu sehr aus dem Rahmen, aber meine knallbunten Kleider und der Schmutz überall lassen sich schwer verbergen. Ich streiche mir über die Haare, kämme sie mit den Fingern durch, um die Knoten zu lösen. Dann schlüpfe ich unauffällig durch das Schilf hinunter zum Wasser. Die Ärmel meines grünen Hemds kremple ich auf, meine blaue Leggings schiebe ich hoch, bis sie unter dem Rock meines butterblumengelben Kleids versteckt ist. Schließlich schrubbe ich mir den Dreck von Armen, Beinen und Gesicht. Aber wie soll ich meine nackten Füße tarnen? Da habe ich einen Geistesblitz.

Ich bastle mir Schuhe – oder zumindest etwas Schuhähnliches – aus zwei Blättern der Großen Klette.

Wir halten uns so verborgen wie möglich, schleichen uns durch Pflanzen und warten auf Lücken in der Menschenmenge, um von Versteck zu Versteck zu huschen. Ich komme erstaunlich weit, ehe meine improvisierten Schuhe abfallen. Um ehrlich zu sein, hätte ich nicht gedacht, dass sie länger als ein paar Schritte mitmachen.

In einem Türsturz beuge ich mich hinunter, um sie zu

reparieren, aber die Blätter sind zerrissen und nicht mehr zu retten.

»Vergiss die lächerlichen Dinger«, zischt Finn.

Das versetzt mir einen Stich. Sieht er denn nicht, wie sehr ich mich bemühe? Solartopia ist so anstrengend, dass ich mich wirklich zusammennehmen muss. Überall Lärm, der die üblichen Geräusche der Natur übertönt – Fahrzeuge und Menschen, Musik und Stimmen aus dem Nichts. Wie ruhig und grün dieser Ort auch wirken mag, in Wahrheit ist er schrill und hektisch. Alles steht kopf, ich fühle mich wie ein Käfer, der in einem Spinnennetz gefangen ist.

Ich seufze. Natürlich hat Finn recht. In irgendwelchen Türstürzen herumzulungern, bringt uns der *Ferula* kein Stück näher. Wir müssen weiter, aber das ist leichter gesagt als getan. Meine Füße tun weh, und meine verletzte Hüfte macht mir zu schaffen. Jeder Schritt fühlt sich an, als würde ich über Brennnesseln laufen. Eigentlich bin ich es gewohnt, den ganzen Tag auf den Beinen zu sein, aber hier ist es etwas völlig anderes als in meinem Garten. Es kommt mir vor, als wären wir schon eine Ewigkeit weg von zu Hause.

Diese Stadt ist gigantisch, noch viel größer, als sie vom Berggipfel aus wirkte. Wir können auf keinen Fall alles durchsuchen, bis es dunkel wird. Vielleicht braucht man ein ganzes Leben lang, um jeden Teil von Solartopia zu besichtigen.

Ich schaue auf und sehe die Sonne durch eine Lücke zwischen den Gebäuden. Nach ihrer Position zu schätzen, ist es ungefähr vier, auch wenn ich wünschte, ich hätte meine Blumenuhr, um sicher zu sein. Um diese Zeit würde das Klöppelkraut gerade aufgehen. Aber ein Stündchen hin oder her, es ist auf jeden Fall schon spät, und ich will nicht die Nacht in Solartopia verbringen müssen. Schon der Gedanke macht mich kribbelig und nervös. Wo sollten wir denn schlafen? Schließlich können wir uns nicht einfach mitten in dieser lauten Stadt voller Maschinen und Menschen zusammenrollen. Da wären wir viel zu ungeschützt.

Ich bin weit weg von meinem Garten, und dieser Ort fühlt sich so fremd an. Wir hätten niemals herkommen dürfen. Mit dem kaputten Segler wird der Rückweg nach Turris kein Leichtes. Würden wir es überhaupt zurück zu den Bergen schaffen? Wir hätten dort bleiben und weitersuchen sollen. So unsicher und orientierungslos war ich noch nie.

Mir schwirrt der Kopf. Ich kann keinen klaren Gedanken fassen. Sollen wir wegrennen und uns verstecken oder an Ort und Stelle zu Boden sinken und weinen? Ich kriege keine Luft, und meine Brust sticht schmerzhaft.

Ich breche unter einem Hornstrauch zusammen, der mich fast komplett verbirgt, und lege den Kopf auf die Knie.

Finn kauert sich besorgt neben mich. »Alles in Ordnung?«

»Ich brauche einen Moment.« Ich versuche, mich aufs Atmen zu konzentrieren. Ein durch die Nase, aus durch den Mund.

»Ich könnte dir einen Witz erzählen.«

Ich schnaube spöttisch. »Du kennst doch nur einen einzigen.«

»Was sitzt auf einem Baum und winkt?«, fragt Finn sanft.

Ich lächle schief. »Ein Huhu.«

»Wir sollten uns geschlagen geben«, sagt er leise. »Ich weiß, es ist schwer zu akzeptieren, aber wenn wir hierbleiben, wird am Ende noch einer von uns beiden richtig schlimm verletzt.«

Ärger wallt in mir auf. Wie kann er so was auch nur denken? Ist ihm Turris völlig egal?

»Wir könnten nach Werkzeug suchen«, fährt er fort. »Aus der Stadt fliehen, zurück zu den Bergen laufen und den Segler reparieren.«

»Als wäre das so einfach!« Ich habe keinen Schimmer, wie man einen Segelflieger repariert, und wir müssten ihn auch erst einmal wiederfinden. Zwischen zusammengebissenen Zähnen presse ich hervor: »Wir sind schon so weit gekommen. Gib der Sache eine Chance.«

»Wir hatten unsere Chance. Fliegen wir zurück nach Turris und …«

»Warten darauf, dass der Smog uns erwischt? Ganz bestimmt nicht, selbst wenn wir es wirklich zurückschaffen.«

Ich wende mich ab, ehe ich etwas sage, das ich später bereue. Mit geschlossenen Augen lege ich mir den Arm übers Gesicht, um das Licht abzuhalten, und versuche, das Gefühlswirrwarr in meinem Inneren zu besänftigen, wie Ma es mir raten würde. Die Pflanzen sind immer für mich da, in ihrer ruhigen, beständigen Art. Ich will mit ihnen in Kontakt treten, in ihrem Gemurmel Frieden finden.

Und plötzlich erkenne ich etwas.

Vorher wirkte es, als würde ihr Summen von überall kommen, aber das stimmt nicht ganz. Aus einer Richtung spüre ich ein stärkeres Ziehen – Tausende Pflanzen, die gemeinsam singen. Mehr, als ich jemals gehört habe. Warum drängen sich so viele an einem Platz?

Ich lege den Kopf schief und konzentriere mich auf das Vibrieren. Es wird immer lauter, bis sich mir die Nackenhaare sträuben. Es ballt sich an einem Fleck gar nicht weit von hier. Und es ist so kraftvoll! Atemlos kappe ich die Verbindung.

»Was ist los?«, fragt Finn.

Ich wische das zermalmte Laub von meinem Kleid und wende mich nach links und rechts, bis ich mir bei der Richtung sicher bin. Dann schirme ich mir die Augen vor der gleißenden Sonne ab.

»Eine riesige Ansammlung von Pflanzen«, antworte ich. »Da drüben.«

Ich deute auf ein goldenes Gebäude, so hoch, dass es den Himmel zu zerteilen scheint. Die Luft vor dem Turm flirrt. Ich kneife die Augen zusammen. Ja, dort glitzern jede Menge Pheromone wie ein verblasster Regenbogen.

»Siehst du das?« Ich lächle Finn an. »Es ist unglaublich!«

So viele Pflanzen auf einmal habe ich noch nie gespürt. Ein Wunder, dass es mir bisher entgangen ist, aber es ist schwer, sich zu konzentrieren, wenn überall Tumult ist. Ich war dermaßen überfordert vom Rummel der Stadt, dass ich die Pflanzenschar als Teil des Hintergrundsummens abgetan habe. Erst jetzt, wo ich entspannter bin, fällt es mir endlich auf. Es muss einen Grund dafür geben, dass unzählige Pflanzen auf einem Haufen wachsen – irgendetwas Besonderes. Das ist unsere beste Spur zur *Ferula*, ich hab's im Gefühl. Die Energie der Pflanzen lockt mich wie Zucker eine Wespe.

»Da lang. Das ist unsere Chance.« Aufgeregt deute ich in die Richtung. »Da lang!« Meine Stimme zittert, und wir rennen beide los.

Die Leute starren uns verwirrt nach, als wir an ihnen vorbeihasten. Aber das kümmert mich gar nicht. Ich sprinte, als wäre mir ein Gewitter auf den Fersen. Je näher wir kommen, desto lauter wird der Ruf der Pflanzen.

Irgendwann erreichen wir eine Mauer. Die Pheromone schwirren durch die Luft wie ein dichter Fliegenschwarm. Wir sind ganz in der Nähe. Was wir suchen, liegt hinter dieser Mauer. Ich kann die Pflanzen hören. Sie tosen wie der Wasserfall von vorhin.

Die Mauer ist glatt, hellgrau und hoch, unmöglich zu erklimmen. Und selbst wenn, oben drauf sitzt eine Kuppel aus blauem Glas, deren schmale Lüftungsschlitze zwar die Pheromone herauslassen, aber für uns zu klein sind. Also wandern Finn und ich an der Mauer entlang, auf der Suche nach einer Tür. Schließlich entdecken wir ein Metalltor, das mit Tausenden zarten Rosen verziert ist.

Unablässig sprudeln die Pheromone aus der Öffnung.

Die Vorbeigehenden scheinen den Teilchenstrom jedoch gar nicht zu bemerken. Sind die Leute hier so daran gewöhnt, dass sie die Pheromone keines Blickes würdigen? Da fällt mir wieder ein, was Ma gesagt hat: dass meine Gabe etwas ganz Besonderes ist. Damals habe ich es nicht begriffen. Aber vielleicht bedeutet es, dass die Bewohnerinnen und Bewohner von Solartopia die Pheromone überhaupt nicht sehen können. Sie tun mir leid. Das wäre, als würde man mir einen meiner Sinne rauben.

Das Summen ist laut, verstärkt von Mauer und Kuppel. Ich muss mich kaum anstrengen, um die Pflanzen zu hören. Es fühlt sich an, als würde ich die Energie des Planeten anzapfen. Dieser Ort ist lebendig und elektrisierend. Ich bin elektrisiert! Meine blauen Flecken, die Schmerzen und müden Beine sind vergessen. Ich könnte alles tun – tanzen, singen, Räder schlagen. Ich hole tief Luft und trete in den Pheromonfluss. Staunend betrachte ich die Stäubchen, die über meine Haut flirren, in mehr Farbnuancen, als ich je für möglich gehalten hätte: Gelb und Rot und Grün und Smaragd und Aprikose und Puder und Kaffee und Saphir und Topas und Violett und Jade und Bronze.

Mir entfährt ein Freudenschrei. Fast hatte ich damit gerechnet, dass mich die Masse an Pheromonen von den Füßen fegt. Aber zu meiner Überraschung kann ich ganz einfach hindurchlaufen.

»Finn! Du leuchtest!«

Er sieht aus, als wäre er von Sternen umgeben.

»Das ist meine sonnige Persönlichkeit«, witzelt er.

Stöhnend konzentriere ich mich wieder auf die Pflanzen. Das Tor steht offen und bittet uns hinein. Dahinter erwartet uns garantiert ein unvergleichlicher Anblick. Wenn wir die *Ferula* irgendwo finden, dann hier.

Über dem Tor hängt ein Schild: *Willkommen im Garten des Lebens.*

Kapitel 11

Ich dachte, Solartopia wäre schon wunderschön, aber der Garten des Lebens spielt in einer anderen Liga. Das ist mein Traumgarten.

Ein breiter Weg führt durch einen weinumrankten Tunnel auf einen großen Platz. Hier gibt es weder Straßenbahnen noch vorbeirasende Autos. Und auch keine Menschenmengen. Endlich habe ich einen Teil der Stadt gefunden, der sich einladend und sicher anfühlt. Überall sind Pflanzen. Also, wirklich überall.

»Ist das nicht unglaublich?«, frage ich Finn flüsternd.

Ich entdecke mehr Arten, als ich mir je hätte erträumen können. So viel mehr, als ich erkenne. Von gewaltigen Seerosenblättern, die so groß sind wie meine Hängematte, bis zu baumhohen Farnen. Blumen in allen Farbtönen, schwefelgelb und eisblau, himbeerrot und tintenschwarz. Darüber erheben sich mächtige Eichen und Tannen, Zedern und Pappeln, deren Kronen gegen die Glaskuppel drängen. Der knorrige Stamm einer Hainbuche ist mit Flechten und zarten Orchideen geschmückt. Ich weiß gar nicht, wo ich zuerst hinschauen soll. Ringsum erspähe ich Neues und Faszinierendes. Summende Bienen und fliegende Ameisen.

Flatternde Schmetterlinge, die kommen und gehen – glitzernde blaue Riesen und winzige Pünktchen Neongelb. Vogelgezwitscher erfüllt die Luft. Mein Körper bebt vom Chor der Pflanzen. Und über allem der Pheromonschleier. Davon wird mir ganz schwindelig.

Eine kühle, ruhige Stimme gurrt: »*Willkommen im Garten des Lebens, dem Herzen von Solartopia, einem Ort für alle. Der Garten versorgt die gesamte Stadt mit Essen, Wasser, Medikamenten und sauberer Luft.*«

Ich wirble herum, um die Quelle der Stimme ausfindig zu machen, aber wieder ist niemand da.

Dafür bemerke ich eine fünf Meter hohe Skulptur, die das Gesicht eines Mannes zeigt und komplett aus Pflanzen besteht. Der Mann wirkt weise und gelassen. Neben ihm ragt eine riesige Mooshand aus dem Boden, die einen goldenen Globus hält.

»*Der Garten hat von acht bis achtzehn Uhr geöffnet. Schöpfen Sie Ruhe und Frieden.*«

Die Stimme kommt aus dem gigantischen Gesicht. Fast, als würde der Pflanzenmann mit uns sprechen. Mit einem Mal wird mir klar, dass es sich um eine Art Aufnahme handeln muss, wie bei der Musik, die Ma manchmal abgespielt hat. So war es bestimmt auch bei der Männerstimme in dem kleineren Garten. Wie dumm von mir, dass ich es nicht gleich begriffen habe.

»Los«, drängelt Finn, der die Blätterskulptur misstrauisch beäugt. »Suchen wir unsere Pflanze. Von dem Ding da kriege ich Gänsehaut.«

»Pst!« Ich kichere. »Nicht, dass er dich hört.«

Bei den unzähligen Pflanzen weiß ich gar nicht, wo ich anfangen soll. Die Unmöglichkeit der Aufgabe überwältigt mich.

Als ich mich weiter auf den offenen Platz wage und nach oben schaue, erhasche ich einen ersten Eindruck vom wahren Ausmaß dieses Orts. Die riesige Glaskuppel wölbt sich über den gesamten Garten. In der Mitte des Platzes steht einer der Stützpfeiler. Ungläubig starre ich ihn an. Er ist breiter als mein Gewächshaus in Turris. Und jeder Zentimeter ist mit einer anderen Pflanze bedeckt. Es würde schon einen vollen Tag dauern, nur diesen Pfeiler abzusuchen, und selbst wenn wir jeden Fleck erreichen könnten – das wäre bloß ein winziger Teil des Gartens. Wie sollen wir je den ganzen durchkämmen?

An der Spitze teilen sich die Pfeiler in Hunderte Äste, die eher wie Wurzeln aussehen, so als würde alles auf dem Kopf stehen. Brücken verbinden die einzelnen Pfeiler, und auch daran hängen Pflanzen, die bis zum Boden reichen und sanft im Wind wehen, graugrün und geisterhaft.

Ein Wasserfall rauscht von einem Vorsprung in der Mitte des Pfeilers in einem dichten Vorhang in ein tiefes, von Laichkraut und Moos gesäumtes Becken. Kein Bach führt davon weg. Anscheinend wird das Wasser unterirdisch abgepumpt, vielleicht wieder die Säule hinaufbefördert. Das erscheint mir schrecklich verschwenderisch, aber womöglich erfüllt es ja eine Funktion, die ich nicht kenne.

Wir wandern eine halbe Ewigkeit durch den Garten

und schaffen es trotzdem nur, einen Minibruchteil abzuklappern. Als die Sonne tiefer sinkt und den Himmel in Spindelbeerentönen schimmern lässt, gehen Lichter an. Um die Pfeiler sind Leuchtfäden geschlungen, deren Farbe von Rosa zu Blau zu Gelb wogt. Sie erhellen die Pflanzen und werfen seltsame Schatten, wodurch der Ort noch magischer wirkt. Unter der Glaskuppel funkeln sternengleich Tausende und Abertausende Lämpchen, aber in pulsierendem Blau und Lila.

Plötzlich zischt es, und Dunstschleier rollen kaskadenartig aus den Lüftungsschlitzen im Dach herunter durch die Pflanzenschichten. So wird der Garten wohl bewässert.

»Da rüber.« Finn führt mich zu einem breiten Weg, der von Trauben überwachsen und damit ein wenig geschützt ist. Mir macht der Sprühregen nichts aus, aber Finn wird nicht gerne nass.

Wir können unsere Suche genauso gut hier fortsetzen. Ich betrachte das vielfältige Blattwerk, das unter den Weinreben wächst. Ein paar der Pflanzen erkenne ich aus Mas Notizbüchern und ihren Nachschlagewerken wieder. Die allermeisten stoßen vertraute Pheromonsignale aus, wie meine Pflanzen zu Hause, und glitzern zufrieden grün. Andere Gewächse allerdings wirken völlig fremd und wild. Selbst ihre Pheromone sind ungewöhnlich, fast als würden sie eine andere Sprache sprechen, durchgängig ockerfarben. Ich beobachte einen der Partikel genauer. Er vollführt eine Art zuckenden Tanz in komplexen Mustern. Könnten diese Muster eine neue Form der Kommunikation sein, die auf dem Summen der Pflanzen aufbaut?

»Ich glaube, der Regen hat aufgehört.« Finn späht hinauf zur Glaskuppel. »Machen wir weiter.«

In der Nähe des Tors sind noch ein paar andere Leute herumspaziert, aber weiter drin scheinen wir die Einzigen zu sein. Wie seltsam. Wenn ich in dieser Stadt wohnen würde, wäre ich ständig hier. Wie stellen sie sicher, dass die Pflanzen gesund bleiben, wenn sich niemand um sie kümmert? Was machen die Menschen den ganzen Tag, wenn sie nicht im Garten des Lebens sind? Bei einem Ort von dieser Größe müssten doch Hunderte Leute nach den Blumen schauen. Jungpflanzen brauchen immer viel Hilfe und Unterstützung, jede Kleinigkeit kann ihnen schaden, und hier gibt es unendlich viele Jungpflanzen. Der gesamte Garten vibriert von ihrer kraftvollen, eifrigen Energie. Deswegen war auch das Summen so laut und hat mich so stark angezogen.

Als wir uns tiefer in den Garten vorarbeiten, sehe ich endlich jemanden – einen Mann, der das Beet einer Azalee harkt. Er trägt ein schlichtes blassgelbes Hemd und eine Hose in derselben Farbe. An seinen Ärmeln prangen grüne Streifen und auf seiner Brust ein grüner Kreis. Wir machen einen großen Bogen um ihn und konzentrieren uns auf unsere eigene Aufgabe. Doch als wir um die nächste Ecke biegen, ist er wieder da und trimmt eine Eibe. Verfolgt er uns? Schnell eilen wir davon. Aber überall, wo wir hinkommen, ist auch er. Bis ich zwei gleichzeitig entdecke, wie sie Algen aus einem Teich schöpfen.

Wieder einmal fühle ich mich schrecklich dumm. Wir werden nicht verfolgt. Das ist überhaupt nicht dieselbe Person. Die Leute sehen sich nur ähnlich, weil sie die gleichen Kleider tragen. Wie merkwürdig! Zumindest scheinen sie sich mehr für die Pflanzen als für uns zu interessieren und beachten uns kaum.

Wir schlagen uns weiter und weiter in den Garten des Lebens. Immer noch keine Spur von der *Ferula*. Finn wird zunehmend ungeduldig. Unterwegs bemerke ich hin und wieder unzufriedenes Summen und weiße Notpheromone inmitten des grünen Glitzers. Dann halte ich an, um zu helfen, auch wenn Finn sich beschwert, dass wir für so etwas keine Zeit haben. Ich kann die Pflanzen schließlich nicht leiden lassen.

Ich befreie einen jungen Apfelbaum, der von einer Heckenrose erstickt wird, und hole mir dabei ein paar ordentliche Dornenpikser. Um den Schmerz zu lindern, sauge ich an meinem Finger.

Kurz darauf verrücke ich einen schweren Stein, der einem Blaubeerkeimling das Licht nimmt.

Finn seufzt theatralisch. »Könnten wir bitte bei der Sache bleiben? Das hier ist nicht unser Garten. Wir müssen uns um Turris kümmern.«

Er hat recht, aber es geht gegen mein gesamtes Wesen, eine Pflanze in Not zu ignorieren.

Plötzlich tritt eine Frau in diesen blassgelben Kleidern an ein junges Paar heran, das an einem Kaskadenbrunnen sitzt. Sie sagt etwas zu ihnen, das ich nicht verstehe.

Schnell richte ich mich auf und gebe mich unschuldig. Was sie wohl davon halten würde, dass ich an den Pflanzen herumdoktere? Wäre sie froh oder verärgert? Ich würde nicht wollen, dass Leute bei mir zu Hause reinschneien und irgendwas verändern, weil sie meinen, besser für meine Pflanzen sorgen zu können. Allein der Gedanke macht mich schon wütend.

Als die Frau mich entdeckt, eilt sie mit entschlossener Miene auf mich zu. Ich schnappe nach Luft und trete die Flucht an, doch sie hat mich bald eingeholt.

»Zeit, sich in Richtung Ausgang zu begeben.« Sie gestikuliert hinter sich. »Der Garten schließt bald.« Sie mustert mich von oben bis unten und hebt eine Augenbraue, sagt aber nichts.

»Der Garten schließt?«, wiederhole ich verwirrt.

Wie kann ein Garten denn schließen? Die Sonne sinkt hinter eins der Hochhäuser und taucht die gesamte Stadt in Gold. Das ist die beste Zeit des Tages. Wer würde jetzt nach Hause gehen wollen?

»Niemand darf über Nacht im Garten sein«, erwidert sie.

»Warum das denn?«

Sie runzelt die Stirn. »So lauten die Regeln des Gärtners. Um die Pflanzen zu schützen. Abends erledigen wir einen Großteil unserer Arbeit.«

»Aber wir …«, fange ich an.

»Lass es«, unterbricht Finn mich. »Gehen wir.«

Doch beim Gedanken an die Stadt draußen mit all den

Leuten und dem Lärm und Geplapper steht mein Entschluss fest. Ich habe nicht vor zu gehen. Wir bleiben genau hier.

Unter dem wachsamen Blick der Frau steuern wir in die Richtung, in die sie gezeigt hat. Aber kaum sind wir außer Sichtweite, biege ich mit aller Kraft die dicken Stängel dichter, grasartiger Pflanzen auseinander, damit wir uns dahinter verkriechen können. Wir zwängen uns hindurch und finden eine kleine Lücke, wo wir uns hinsetzen. Die Stängel haben weit auseinanderliegende waagrechte Verdickungen und sind hoch wie Baumstämme. Im Dämmerlicht verschmilzt mein Kleid erstaunlich gut mit ihrer gelben Färbung. Wenn ich mucksmäuschenstill halte, entdeckt mich sicher niemand.

»Der Garten schließt in zehn Minuten.«

Die dröhnende Stimme lässt Finn und mich zusammenzucken, bis wir das mehrfache Echo in der Ferne hören. Wieder eine Aufnahme.

»Schwer zu glauben, dass wir heute Morgen noch in Turris waren«, flüstert Finn. »Das kommt mir ewig her vor.«

Ich weiß genau, was er meint. Ich spüre ein seltsames Ziehen in der Brust, das vorher nicht da war. »Es fehlt mir jetzt schon. Ob die Pflanzen wohl durchhalten?«

»Du solltest dir mehr Sorgen über das zerbrochene Fenster machen. Und die ganzen Insekten, die reinfliegen …«

»Der Garten des Lebens ist geschlossen. Bitte begeben Sie sich unverzüglich zum Ausgang.« Die Ansage wird noch dreimal wiederholt, ehe sie verstummt.

Es wird still. Zu hören sind nur der zischende Wassernebel und die Tropfen, die von den Blättern auf die reichhaltige Erde fallen. Die Lichter verdunkeln sich zu einem sanften Schimmer, und der fahle, fast volle Mond scheint durch die Glaskuppel über uns. Ich warte noch eine Weile, um sicherzugehen, dass wir wirklich allein sind, ehe ich mich aus unserem Versteck wage. Jetzt können wir in Ruhe weitersuchen, ohne aufzufallen, solange wir keinem Arbeitspersonal begegnen.

Wir folgen einem Pfad, der sich einen Hügel hinaufschlängelt. Ich beuge mich zu einer Pflanze hinunter, die auf den ersten Blick wie die *Ferula* wirkt, aber ihre Blätter sind viel zu klein und nicht in gegenüberliegenden Paaren angeordnet. Frustriert schnaube ich und beschwöre mich, nicht die Hoffnung zu verlieren. Wir werden sie finden. Ich muss nur Geduld haben.

Hinter uns ertönen Schritte. Als ich mich umdrehe, sehe ich Leute auf uns zusteuern. Finn reißt ängstlich die Augen auf. Wir springen in ein Blumenbeet und rollen uns unter einen Busch mit wächsernen Blättern und prächtigen rosafarbenen Blüten.

Sie nähern sich. Ihre dunklen Kleider wirken völlig fehl am Platz in Solartopia: schwarze Hose, hohe Stiefel und eine ärmellose schwarze Weste mit aufgestelltem Kragen. In der einen Hand schwingen sie einen schweren Stock wie eine Waffe, und sie bewegen sich so selbstbewusst, als gehörten sie genau hierher und als sollte ihnen besser niemand in die Quere kommen. Ihre muskulösen Arme glänzen.

Wer braucht an so einem Ort Waffen? Mein Herz schlägt

schneller. Plötzlich muss ich an Yorick denken und seine Sorge, dass Schutzsuchende gefangen genommen und in Strafkolonien gesteckt werden.

Ich bin eine Händlerin aus der Stadt, wiederhole ich im Kopf. Das werden wir ihnen sagen. Wir sind nur Händler, die nach Hause zurückgekehrt sind.

»Das war viel zu knapp«, flüstert Finn, als wir wieder allein sind.

Ich nicke. »Vielleicht sollten wir uns einen Schlafplatz suchen und morgen weitermachen?«

So ungern ich auch nur eine Minute länger von meinem Garten getrennt bin, wir können es nicht riskieren, erwischt zu werden. Wir müssen uns in irgendeiner abgelegenen, schattigen Ecke verstecken.

Wir schleichen durch die Blumenbeete, treten vorsichtig zwischen die Pflanzen, um keine zu beschädigen. Wenn wir uns von den Wegen fernhalten, werden wir hoffentlich nicht so leicht entdeckt. Wir kommen an einem weiteren dicken Pfeiler vorbei, der von einer Spirale sanft glitzernder Sterne erhellt wird. Hier gibt es keinen Wasserfall, aber noch einen Teich rings um den Fuß. Leuchtende Kugeln treiben in trägen Kreisen auf dem Wasser.

Ich höre ein Geräusch und zerre Finn unter die Zweige eines Baums mit unerbittlichen Nadeln. Einen Augenblick später wimmeln die Wege von den Menschen in den blassgelben Kleidern.

Sie schieben Wagen vor sich her, die lautlos ein paar Zentimeter über dem Boden schweben. Wie ist das möglich?

Was hält sie in der Luft? Ich habe noch nie etwas gesehen, das sich auf diese Weise bewegt. Wie gern würde ich mir die Wagen von nahem anschauen, aber dann würde man mich sofort entdecken.

Die Wagen sind bis zum Rand mit Pflanzen gefüllt. Einer nach dem anderen schwebt an uns vorbei. Wo sollen sie hin? Der Garten platzt doch schon aus allen Nähten. Ein Arbeiter bleibt ganz in der Nähe stehen. Ich beobachte ihn aus meinem Versteck hinter hohem Ziergras. Er greift nach einem Spaten und hebelt damit eine Pfingstrose aus dem Boden. Bei genauerem Hinsehen erkenne ich, dass es der Pfingstrose nicht allzu gut geht. Viele ihrer Blätter sind rot oder braun verfärbt – ein klares Zeichen, dass etwas nicht stimmt. Als sie aus dem Boden gezogen wird, kreischt sie förmlich vor Stress und versprüht erschrocken rote und weiße Pheromone. Der Mann schüttelt die Erde von den Wurzeln. Will er sie heilen? Aber so macht er alles nur noch schlimmer.

Er marschiert zu seinem Wagen zurück und befördert die Pfingstrose beiläufig in eine Plastiktonne ganz hinten. Ich unterdrücke einen entsetzten Aufschrei. Er wirft sie weg? Einfach so? Sie ist krank, nicht tot. Diese Pflanze braucht bloß ein bisschen Pflege und Aufmerksamkeit. Stattdessen wird sie behandelt, als wäre sie schon verloren, und aussortiert wie Müll. Finn wirft mir einen Blick zu, der besagt: Misch dich nicht ein. Die Hand auf den Mund gepresst, sehe ich zu, wie der Mann eine komplette Reihe Pfingstrosen entfernt und dann mit einem Beet Erdbeeren weitermacht.

Ich halte das nicht aus. Die Pflanzen haben Angst. Diejenigen, die ich verstehe, summen schrill und senden rote Warnpheromone aus. Aber nichts kann sie retten, auch sie werden aus der Erde gerissen.

Ich muss etwas unternehmen. Ich richte mich auf.

»Bleib hier!«, zischt Finn.

»Aber …«

»Willst du, dass wir erwischt werden? Soll unser Garten auch noch sterben?«

Ich lasse mich wieder zu Boden sinken. Auch wenn ich wünschte, es wäre anders: Er hat ja recht.

Eifrig beginnt der Mann, die ausgerissenen Pflanzen durch neue von seinem Wagen zu ersetzen. Dabei kommt er unserem Versteck immer näher. Solange er da ist, darf ich mich keinen Millimeter bewegen. Meine Beine brennen in der ungemütlichen Hockposition.

Endlich verschwindet er, und ich kippe um. Es dauert eine Weile, bis das Blut mit heißen Nadelstichen in meine Beine zurückkehrt. Ich keuche auf.

In der Ferne entdecke ich eine Gruppe unbeleuchteter Bäume. Sie liegen ein Stück abseits und wirken wie ein guter Schlafplatz für die Nacht. Allerdings müssen wir dafür den Hauptweg überqueren. Ich schaue nach links und rechts. Die Luft ist rein. Wir stürmen los, doch auf halber Strecke bemerke ich eine verwelkte Erdbeerpflanze, die der Mann fallen gelassen haben muss. Zumindest kann ich eine Pflanze retten. Ich hebe das arme Ding auf und lasse es vorsichtig in meine Rocktasche gleiten.

»Keine Sorge«, sage ich sanft und summe beruhigend. »Ich päpple dich wieder auf und such dir ein neues Zuhause.«

Die Baumgruppe erweist sich als Obstgarten voller Äpfel, Birnen, Pflaumen und Kirschen. Der Ort ist schattig und versteckt. Perfekt! Eine dichte Buchenhecke versperrt den Zugang von der anderen Seite.

»Hier können wir schlafen«, flüstere ich Finn zu.

Wir huschen an der Hecke entlang, er voraus, ich hinterher. Die Buchenblätter sind frisch, seidenweich und sattgrün. Ich streiche darüber. Plötzlich knackt etwas hinter mir. Ich bleibe wie angewurzelt stehen und wirble herum. Eine dunkle Gestalt eilt auf uns zu – eine Gestalt, die eben noch nicht da war. Sie bewegt sich zu schnell, um anzuhalten, prallt gegen mich und wirft mich zu Boden. Fluchend purzle ich hintenüber.

Als ich aufschaue, schnappe ich nach Luft.

Vor mir kauert ein junger Mann. Aber nicht irgendein junger Mann.

Sondern der aus dem Helikopter. Der Pilot, der uns nach Solartopia gebracht hat.

Kapitel 12

Er presst mir eine Hand auf den Mund und erstickt damit mein Keuchen. Einen Finger der anderen legt er sich an die Lippen, um mir zu bedeuten, leise zu sein. Dann zeigt er hinter sich und reißt die Augen auf – seine Augen würde ich überall wiedererkennen. Trotz allem, was er gerade tut, bin ich mir sicher, dass er uns nichts Böses will.

Ganz in der Nähe blitzt eine Taschenlampe auf. Schwere Schritte und schwache Stimmen sind zu hören. Der Lichtschein schwingt in unsere Richtung und leuchtet durch die Hecke. Eine der bedrohlichen schwarzen Gestalten! Ist die Hecke dicht genug, um uns zu verbergen? Wir erstarren, reglos wie Laub in einem zugefrorenen Teich. Mein Herz rast, und ich fühle mich, als müsste ich mich gleich übergeben. Endlich entfernen sich die Schritte wieder.

Der junge Mann dreht sich zu mir. Seine Augen weiten sich, als er die Hand von meinem Mund nimmt. Auch er hat mich wiedererkannt. Meine Lippen kribbeln dort, wo seine Finger sie berührt haben. »Du«, sagt er mit leiser, drängender Stimme. »Das Mädchen mit den Samen.«

Er erinnert sich an mich! Mein Herz macht einen Satz, aus Angst und Freude zugleich.

»*Du*«, stoße ich überrascht hervor.

»Verfolgst du uns?«, faucht Finn.

Sein Abschiedsgruß aus dem Helikopter ist erst ein paar Stunden her. In der Hektik der Reise habe ich ihn mir gar nicht richtig angeschaut. Jetzt ist er mir so nah, dass ich es nachholen kann. Er ist ein bisschen älter als ich, glaube ich, aber sicher bin ich mir nicht. Seine braune Haut ist sauber, sein Gesicht bedächtig und aufmerksam, halb versteckt unter dem Wust dunkler Locken. Seine spitze Nase und die noch spitzeren Wangenknochen verleihen ihm etwas Ernstes und Eindringliches, aber sein Lächeln ist neckisch.

Als mein Blick seinen strahlenden Augen begegnet, muss ich grinsen. Meine Wangen werden warm, und mein Herz schlägt schneller. Er zieht mich an. Was ist los mit mir? Ist das dieses Gefühl, von dem all die Bücher berichten? Schmetterlinge im Bauch? Erdbeben und Engelsgesang? Liebe? Quatsch! Ich kenne ihn doch kaum. Vielleicht werde ich krank. Reiß dich zusammen, Nova.

»Was treibst du hier nach Sonnenuntergang?«, flüstert er. »Nicht die klügste Idee, wenn man nicht auffallen will.«

»Bisher hab ich mich ganz gut geschlagen«, verteidige ich mich.

Er schmunzelt. »Du trägst nicht mal Schuhe!«

Zum Glück ist es so dunkel, dass er nicht sieht, wie rot ich werde. Ich schaue an mir hinunter. An meinen Knöcheln kleben noch Blätterreste von der improvisierten Fußbekleidung. Plötzlich komme ich mir wieder dumm vor, und ich würde mich am liebsten verkriechen, bis er weg ist.

»Was hast du dir dabei gedacht, dich gerade im Garten des Lebens zu verstecken?«, fragt er. »Hier gilt eine der wenigen Zugangsbeschränkungen in der Stadt. Die meisten Leute kriegen nie eine Wache zu Gesicht, aber hier laufen sie jede Nacht Patrouille. Wenn du als Zivilistin durchgehen willst, hast du dir den denkbar schlechtesten Ort ausgesucht.«

Zivilistin? Was heißt das?

»Los, hauen wir ab«, zischt Finn. »Wir können ihm nicht trauen.«

Hat er da recht? Ich weiche ein Stück zurück. Der junge Mann verengt die Augen und beobachtet uns wie ein Habicht seine Beute. Wobei, das stimmt nicht ganz. Sein Blick ist besorgt, nicht kalt. Er hat uns in die Stadt gebracht und auf seine Bezahlung verzichtet. Nicht einmal unsere Samen wollte er haben. Die hat er wahrscheinlich nur aus Höflichkeit angenommen.

»Ich verstecke mich nicht«, erwidere ich. »Ich muss etwas erledigen.«

»Kein Wort mehr!«, warnt Finn.

Der junge Mann wirft ihm einen Blick zu, beachtet ihn aber sonst nicht weiter. Stattdessen mustert er mich auffordernd. Will er Details? Die wird er nicht kriegen.

»Und warum bist du hier, wenn es doch verboten ist?«, drehe ich den Spieß um.

»Ich muss was erledigen«, wiederholt er meine Worte grinsend.

Keine Ahnung, warum er ständig lächelt, aber sein Lächeln ist wirklich hübsch. Und ansteckend. Ich schaue ihm in die Augen. Er starrt schweigend zurück. Sagt er noch was? Erwartet er, dass ich irgendwas tue?

Da erregt ein rotes Funkeln hinter ihm meine Aufmerksamkeit. Gleich neben seinem Kopf klettert ein Geißblatt an einem jungen Apfelbaum empor. Das Geißblatt scheint Probleme zu haben. Es versprüht rote Notpheromone. Ich beuge mich vor, um es genauer zu untersuchen. Das arme Ding ist von Blattläusen bevölkert. Kein Wunder, dass es sich nicht gut fühlt. Sie saugen es bestimmt völlig aus. Zu Hause würde ich die Pflanze mit Seife und Öl aus den Samen meines Niembaums behandeln, so wie Ma es mir gezeigt hat. Aber hier?

»Hast du Seife?«, frage ich.

»Seife?« Er schüttelt den Kopf und runzelt verständnislos die Stirn.

Finns Grummeln wird immer lauter.

»Oder eine Zitrone?«, hake ich hoffnungsvoll nach, ehe mir einfällt, dass es noch zu früh für reife Zitronen ist.

»Jetzt bin ich echt verwirrt. Wofür willst du eine Zitrone?«

»Diese Pflanze braucht Hilfe.« Ich zeige ihm den dicken Teppich aus fahlgrauen Blattläusen, der den gesamten Stängel überzieht. »Ist dir das gar nicht aufgefallen? Vielleicht reichen auch Zitronenblätter.«

»Aber wozu?« Er fixiert mich ratlos.

Weiß er es tatsächlich nicht? Vielleicht geht es ihm wie mir früher, bevor Ma mir alles über Pflanzen beigebracht hat.

Ma und ich sind auf dem Dach. Sie pflanzt ein paar junge Radieschen ein und erklärt mir, wie man ihnen den besten Start ins Leben gibt. Ich löchere sie mit Fragen: Warum? Warum? Warum? Ich will den Grund für jede Kleinigkeit erfahren, wie alles funktioniert.

Ma lacht über meinen Durst nach Antworten, obwohl die Antwort manchmal einfach nur »darum« lautet.

Ich hätte nie gelernt, wie man sich um Pflanzen kümmert, wenn Ma es mich nicht gelehrt hätte. Möglicherweise ist es bei ihm ja genauso. Obwohl ich mich dann frage, wie er so lange überlebt hat, ohne Schädlinge beseitigen zu können.

»Der Saft vertreibt die Blattläuse, damit die Pflanze wieder gedeihen kann«, erkläre ich. »Aus den Blättern könnte ich vielleicht einen Sud herstellen.«

»Nein, ich meine … warum interessiert dich diese Pflanze überhaupt? Ist sie dir wirklich so wichtig?«

Ich wechsle einen verwirrten Blick mit Finn. Natürlich ist sie mir wichtig. Finn zuckt mit den Schultern, als würde er es auch nicht verstehen, deshalb nicke ich dem jungen Mann zur Bestätigung zu.

»Warte hier.« Er krabbelt aus unserem Versteck in die Dunkelheit.

Und kehrt lange nicht zurück. So lange, dass ich mir schon Sorgen mache, dass er gar nicht mehr kommt. Oder hat ihn eine Wache erwischt? Beim Gedanken an die Gestalten mit den schweren Stöcken verziehe ich unwillkürlich das Gesicht.

»Lass uns verschwinden«, drängt Finn.

Ich schiebe die Hand in die Tasche und streiche zur Beruhigung über Mas Notizbuch.

»Gib ihm noch eine Minute.«

»Vergiss nicht, was deine Ma gesagt hat. Wir können niemandem trauen.«

»Vielleicht sind nicht alle Menschen böse. Die, die wir bisher getroffen haben, waren ganz unterschiedlich.«

»Ja, zum Beispiel die Furie in diesem Haus ...«

»Aber auch Ada. Die war nett zu uns. Vielleicht sind Menschen wie Pflanzen. Manche ...«

Da höre ich ein leises Rascheln. Er ist zurück, mit einem breiten Lächeln auf dem Gesicht. Er kniet sich vor mich und öffnet vorsichtig die Hände. Darin liegt eine leuchtend gelbe Zitrone.

Vor Überraschung reiße ich die Augen auf. Wie kann sie jetzt schon reif sein? Mit einem kleinen Freudenschrei greife ich danach, aber er zieht sie lachend weg.

Ich schnappe nach Luft und weiche zurück. »Warum darf ich sie nicht haben?« Die Kränkung lässt sich nicht aus meiner Stimme verbannen.

»Hier! Tut mir leid! Das war nur ein Scherz«, meint er entschuldigend.

»Sollen Scherze nicht eigentlich lustig sein?«, brummt Finn.

»Bitte.« Mit einem Blick auf ihn hält der Pilot mir die Zitrone wieder hin. »Sie gehört dir.«

Langsam strecke ich die Hand danach aus. Halb rechne

ich mit einem weiteren Trick, aber er drückt sie mir in die Finger.

Ich spüre, wie er mich beobachtet, während ich die Nägel in die Frucht bohre und die Schale abziehe. Dann presse ich das saftige Innere über den Teilen des Geißblatts aus, wo die Blattläuse sich festgebissen haben. Der Saft läuft mir die Handgelenke hinab und hinterlässt eine klebrige Spur. Schließlich reiße ich die Schale in kleine Stücke und vergrabe sie rings um die Pflanze, um einen weiteren Befall zu verhindern.

Eigentlich sollte ich einen Sud herstellen und die ganze Pflanze damit besprühen. Aber mehr kann ich unter diesen Umständen nicht tun. Ich schlecke mir die Finger ab und genieße den sauren Geschmack, während ich warte. Die roten Notsignale lassen langsam nach und weichen grünen Funken. Die Pflanze weiß, dass man sich um sie kümmert und es ihr bald besser gehen wird. Ich streichle eins ihrer Blätter.

»Alles wieder gut?«, hake ich lächelnd und zufrieden nach.

»Glaubst du, sie kann dich hören?« Der junge Mann schaut mich mit seinem wachen Blick an.

Was ist das denn für eine Frage, denke ich, ehe mir wieder einfällt, dass er wahrscheinlich nicht meine Gabe hat.

»Warum hast du geholfen?«, fragen Finn und ich ihn gleichzeitig – er aus Argwohn, ich aus Neugier.

»Weil ich so nett bin?«, antwortet der Pilot mit einem Schmunzeln. »Wobei, jetzt wo ich drüber nachdenke, könnte ich selbst ein bisschen Hilfe gebrauchen. Wenn es dir nichts ausmacht.«

»Vergiss es«, gibt Finn zurück.

»Was brauchst du?«, frage ich und starre meinen Freund böse an. Das Mindeste, was wir tun können, ist, ihn anzuhören.

Der junge Mann winkt mich zu einer Lücke in der Hecke und deutet auf ein Gebäude. Es ist ein kleines Gewächshaus mit Kuppeldach. Im Gegensatz zum Rest des Gartens ist es völlig unbeleuchtet. Ich habe keinen Schimmer, wofür es gut sein soll. Warum braucht man ein Gewächshaus in einem Gewächshaus? Davor steht noch eine von diesen Gestalten mit den schwarzen Kleidern und den großen Muskeln.

»Ich muss da rein«, sagt der Pilot frustriert. »Ich habe es schon mal versucht, hier gelegen und auf meine Chance gelauert, aber es ist immer eine Wache da. Die muss ich ablenken, und das geht mit ein bisschen Hilfe leichter.« Er sieht mich an, erwartungsvoll, flehend.

Finn flüstert, dass ich nicht auf ihn hören soll, dass es ganz offensichtlich eine Falle ist. Ich bringe ihn zum Schweigen. Der Pilot blickt fragend zwischen uns beiden hin und her.

Er hat mir jetzt schon zweimal geholfen.

Vielleicht ist die *Ferula* ja in diesem Gewächshaus, zusammen mit dem, was er sucht. Aber das ist nicht der eigentliche Grund, warum ich ihn unterstützen will. Er wirkt wie ein guter Mensch. Anders als viele, denen wir begegnet sind. Und trotz Mas Warnung mag ich ihn irgendwie. Ich mag sein Lächeln, wie sicher ich mich bei ihm fühle. Und die Vorstellung, dass er verschwindet und ich ihn nie wiedersehe, gefällt mir kein Stück.

»Warum hast du uns in die Stadt gebracht?«, frage ich.

Er lächelt. »Ich bringe viele Menschen hierher.«

»Warum?«

Er zuckt mit den Schultern. »Jeder hat das Recht, hier zu leben. Warum sollten wir Geflüchtete abweisen? Wenn eine so tolle Stadt wie Solartopia nicht noch ein paar mehr Leute aufnehmen kann, dann ist sie vielleicht gar nicht so toll. Außerdem … Ist ja nicht so, als könnten diese Menschen irgendwo anders hin.«

»Aber ich hatte nicht einmal Geld.«

Noch ein Schulterzucken. »Wahrscheinlich war es wie bei der Pflanze hier. Du hast ausgesehen, als wärst du in Schwierigkeiten, als bräuchtest du einen Freund.«

Während Finn hinter mir noch nörgelt, schaue ich dem jungen Mann in die Augen. »Was sollen wir tun?«

Kapitel 13

»Ich bin Jett«, stellt der junge Mann sich vor und hebt einen Finger an die Stirn, wie vorher im Helikopter.

Ich bin seltsam nervös. Mein Name will mir kaum über die Lippen. Keine Ahnung, warum. »Nova«, sage ich schließlich.

»Nova«, wiederholt er murmelnd.

Ich mag, wie mein Name aus seinem Mund klingt, wie ein Seufzen. Ein Kribbeln überläuft mich.

»Und was ist mit deinem Freund?«, fragt er.

»Finn.«

Finn ist plötzlich ganz wortkarg. Ich sehe ihm an, dass er nicht mit Jett reden will.

Jett lächelt. Finns Ablehnung scheint ihm nichts auszumachen.

Anschließend erklärt er: »Okay, folgender Auftrag: Das Gewächshaus ist abgeschlossen, man braucht einen Code, um reinzukommen, und es steht immer mindestens eine Wache davor. Ich habe einen Arbeiter bestochen, damit er mir den Code verrät. Jetzt brauchen wir nur noch eine Ablenkung, um die Wache wegzulocken. Dann öffnen wir die Tür. Ich würde es auch allein schaffen, aber zu zweit ist es einfacher und weniger riskant. Also, was sagst du? Du musst nicht, wenn du nicht willst. Denk ruhig noch kurz drüber nach, während ich die Lage erkunde.«

Er schleicht davon, damit Finn und ich uns besprechen können. Wir könnten entdeckt werden, aber ich will ihm helfen, und mir fällt auch kein besserer Weg ein, um in das Gewächshaus zu gelangen.

»Ich mach da nicht mit«, verkündet Finn kategorisch. »Ohne mich. Ich traue ihm nicht.«

»Komm schon, Finn. Sei nicht so. Jett wirkt wie ein netter Kerl.«

»Du denkst doch wohl nicht ernsthaft drüber nach, oder?«

Ich zucke mit den Schultern und nicke.

»Tja, ich warte hier, bis du zurückkommst. *Falls* du zurückkommst.« Finn lehnt sich gegen einen Pflaumenbaum.

Ich weiß, dass jede Diskussion zwecklos ist, wenn er seine Launen hat. Trotzdem gefällt mir die Vorstellung nicht, ihn zurückzulassen und ohne ihn loszuziehen.

»Na schön«, erwidere ich leise. »Pass auf dich auf und lass dich nicht erwischen.«

Der Busch raschelt. Jett ist wieder da. »Bist du dabei?«, fragt er.

»Was kann ich tun?«

Er reicht mir ein paar dünne Stöcke mit langen Röhren dran und eine kleine Schachtel. Bei beidem habe ich nicht den geringsten Schimmer, was es ist. Ich drehe die Sachen hin und her und beäuge sie misstrauisch.

»Feuerwerk«, erklärt er. »Steck es da drüben in den Boden und lass es fliegen.«

Verständnislos starre ich die Gegenstände an, schüttle sie, versuche, in die Röhren zu lugen. »Fliegen lassen? Meinst du werfen?«

Er hebt eine Augenbraue. »Gibt es in den Siedlungen kein Feuerwerk? Du nimmst einfach eins von den Streichhölzern, zündest es an und hältst es ... ach, schon gut. Du öffnest die Tür. Ich kümmere mich um die Ablenkung. Kurz bevor ich loslege, pfeife ich. Dann läufst du in Richtung Tür. Dort findest du ein Tastenfeld mit Zahlen drauf. Der Code lautet 91574.«

»91574«, wiederhole ich einmal laut und danach wieder und wieder im Flüsterton.

Jett schlüpft in die Dunkelheit. Ein paar Minuten später höre ich einen leisen Pfiff.

Ich bringe mich an der Lücke in der Hecke in Stellung.

Ein schrilles Kreischen ertönt, gefolgt von einem donnernden Knall, der mich halb zu Tode erschreckt. Als ich aufschaue, entdecke ich eine Fontäne grüner Sterne, die sich von der Glaskuppel zu ergießen scheint, wunderschön und hypnotisierend, wie Pflanzenpheromone, nur sehr viel größer. Ein lautes Prasseln holt mich zurück in die Gegenwart. Gerade noch rechtzeitig, um die Wache vor dem Gewächshaus in Richtung des Lärms davoneilen zu sehen.

Mit einem schnellen Eulenruf lasse ich Jett wissen, dass die Wache zu ihm unterwegs ist, ehe ich mich durch die Hecke zwänge und auf die Tür des Gewächshauses zusprinte.

Es ist nicht weit, doch als ich ankomme, bin ich aus der Puste.

Neben der Tür ist ein erleuchtetes Feld, auf dem die Ziffern 1 bis 9 prangen. Mit bebenden Fingern tippe ich den fünfstelligen Code ein und warte atemlos, ob es funktioniert hat. Ein Piepen ertönt, ein rotes Licht blitzt auf, und nichts passiert. Fluchend rüttle ich an der Tür, doch sie bewegt sich nicht.

Hat Jett mir nicht den richtigen Code gegeben? Oder hat meine Hand so stark gezittert, dass ich eine falsche Taste gedrückt habe?

Ein Blick über die Schulter. Niemand da. Ich versuche es noch einmal, obwohl ich jede Sekunde erwischt werden könnte. Diesmal wird das Licht grün, und die Tür klickt. Erleichtert seufze ich. Ich drücke den Griff hinunter und stoße die schwere Tür auf. Im Inneren ist es warm und dampfig. Es riecht stark nach Pflanzen, Wasser und feuchter Erde. Lautes Summen umgibt mich. Warum diese Gewächse wohl so streng bewacht werden? Ich schließe die Tür bis auf einen Spaltbreit hinter mir und spähe hinaus. Mit einem weiteren *Schuhu* gebe ich Jett Bescheid, dass ich drin bin. Endlich huscht eine dunkle Gestalt auf mich zu.

»Jett?«, wispere ich.

Als ich sein Gesicht erkenne, atme ich auf. Ich öffne die Tür weiter, und er schlüpft herein. Kurz bevor die Wache zurückkehrt, schieben wir die Tür wieder zu.

»Das war knapp«, flüstere ich.

Jett presst sich einen Finger an die Lippen und zieht mich weg von der Glastür, tiefer hinein ins Gewächshaus.

»Immer schön in Deckung bleiben«, zischt er. »Unterm Radar fliegen. Treffen hier in To + 30? Ich muss da nach was suchen.«

Radar? To + 30? Noch mehr Wörter, die keinen Sinn ergeben. Soll ich ihn um eine Erklärung bitten? In seiner Gegenwart komme ich mir komplett ahnungslos vor.

»Okay, äh ... ich auch«, erwidere ich schließlich leise.

Bevor er davonschleicht, greift er nach meiner Hand und drückt sie leicht. »Danke für deine Hilfe.«

Meine Haut prickelt, und ich starre ihm knallrot nach, während er zwischen den Pflanzen verschwindet.

Ich halte mich an den Rand des Gewächshauses und arbeite mich einmal rundherum. Das Licht ist aus, aber von draußen dringt genug herein, um mich einigermaßen zu orientieren. Ohne Finn fühle ich mich nervös und seltsam verletzlich. Ich streite nicht gerne mit ihm, aber Solartopia scheint unserer Beziehung nicht besonders gutzutun.

Überall, wo ich hinschaue, drängen sich wärmeliebende Pflanzen. Ich spüre förmlich, wie meine Poren sich öffnen und die feuchte Luft einsaugen, als wäre ich eine von ihnen. Manche ragen bis zur Decke auf und hängen voller schwerer, leuchtend orangefarbener Früchte, andere sind kaum größer als meine Hand. Einige sehen aus wie dicke Kröten, Porzellanteller oder Steine. Andere haben Blüten, die winzigen Menschen ähneln oder schillernden Insekten. Wieder anderen wachsen unheilvolle, stachlige Blätter. Ich erkenne kaum eine von ihnen. Trotz der unglaublichen Vielfalt überfällt mich Enttäuschung, weil keine *Ferula* dabei ist.

Die Pflanzen wirken zufrieden und gut gepflegt, auch wenn sie nicht die vertrauten Pheromone aussenden, sondern diese ockerfarbenen, die hypnotisierend tanzen und zucken. Alle scheinen jung und kräftig, die Erde ist frisch umgegraben. Wie viele wurden wohl kürzlich erst umgesetzt? Ich verstehe immer noch nicht, wieso jemand kerngesunde Pflanzen ausreißen und wegwerfen sollte. Oder warum die Gewächse hier in einem abgetrennten, bewachten Gebäude stehen.

Ich drehe eine komplette Runde, finde aber keine Spur von der *Ferula*. Zurück an der Tür kann ich Jett nicht entdecken. Stattdessen zeichnet sich durch den Wasserdampf auf dem Glas der verzerrte Umriss der Wache ab, die zurück auf ihrem Posten ist. Schnell verdrücke ich mich außer Sichtweite. Bin ich zu früh dran? Oder zu spät? Ohne Jett habe ich keinen Schimmer, wie ich an der Wache vorbeikommen soll. Ich sitze hier fest. Also kann ich nur warten.

Ich beiße mir auf die Lippen, um nicht die Nerven zu verlieren. Hat Jett mich im Stich gelassen? Hatte Finn recht?

Links von mir knirscht es leise, und ein Schatten erscheint. Ich atme erleichtert auf. Jett ist zurück. Er wirkt niedergeschlagen. »Was gefunden?«, flüstert er rau.

Ich schüttle den Kopf.

»Ich auch nicht.« Er klingt erschöpft.

Er wirft einen Blick in Richtung Tür und Wache. »Komm, wir nehmen besser den anderen Ausgang.«

Er führt mich zu einer zweiten Tür, die laut ihm nur von innen geöffnet werden kann. Sie glänzt golden, wie Jetts Helikopter, ist jedoch mit diagonalen roten Streifen bemalt und von roten Lichtern erhellt. Angeblich ist sie für Notfälle, zum Beispiel, wenn es brennt. Rot ergibt Sinn – diese Farbe haben auch die Warnpheromone der Pflanzen. Aber ein Feuer wäre doch ziemlich unwahrscheinlich.

Ich lache auf. »Brennen? Hier drin? Da ertrinken wir eher. Und wer erfindet bitte eine Tür, die nur in eine Richtung aufgeht?«

Glucksend legt Jett eine Hand an das Gold. Mit einem diskreten Klicken schwingt die Tür auf. Er späht hinaus, schaut sich nach Wachen um, ehe er mit einer ausladenden Geste sagt: »Nach dir.«

Im Vergleich zum Gewächshaus fühlt sich die Luft draußen kühl und trocken an. Die Tür fällt leise hinter uns zu. Ihre Umrisse verschmelzen mit dem glatten Metall, bis man kaum mehr erkennen kann, dass hier überhaupt ein Durchgang ist. Ich drücke mit der Hand dagegen, so wie Jett vorhin, aber nichts passiert.

»Das ist …«, fange ich an.

Jett packt meinen Arm. »Schnell, hier rein.« Er zerrt mich in den Blätterkäfig eines Hainbuchengebüsches, gerade als eine Wache in Sicht kommt.

Zwischen den silbern gestreiften Stämmen ist kaum Platz für uns beide. Die kleinste Bewegung, und die Wache entdeckt uns. Eine von Jetts Händen liegt stützend auf meinem unteren Rücken, die andere ist mit meiner Hand verschränkt. Die Berührung seiner weichen Haut schickt eine Hitzewelle durch meinen Körper, mein Herz rast, und das liegt nicht an der nahenden Wache.

Während Jett zwischen den Ästen hindurchlugt, betrachte ich sein Gesicht. Auf seiner Wange bemerke ich eine kleine runde Narbe und ein paar Leberflecke. Unter seinen klugen Augen prangen dunkle Schatten, als hätte er zu wenig geschlafen. Plötzlich möchte ich ganz dringend über seine Lippen streichen. Doch bevor ich den Arm bewegen kann, verschwindet die Wache wieder.

»Wir sollten wohl zur Sicherheit noch ein bisschen warten.« Jett dreht sich zu mir und erwischt mich beim Starren. Schnell wende ich mich ab. Aber unsere Finger sind noch immer miteinander verflochten.

Kapitel 14

Jett zieht mich tiefer ins Dickicht, weg vom Weg.

»Warum laufen hier so viele Wachen herum?«, frage ich. »Sind die Pflanzen in Gefahr?«

Er zuckt mit den Schultern. »Ich schätze mal, sie haben was zu verbergen. Ganz ehrlich, die meisten Leute in Solartopia kriegen wirklich nie eine Wache zu Gesicht. Ihr ganzes Leben lang nicht. Manche glauben nicht mal, dass es sie gibt.«

»Und du suchst nach dem, was sie verbergen?«

Seufzend fährt er sich durch die Haare. »Keine Ahnung, warum ich dir das erzähle …« Er holt tief Luft. »Ich kenne dich ja kaum. Aber irgendwas an dir ist anders. Du bist sauber, oder?«

Ich schaue an mir hinab. Ich habe mich gewaschen, falls er das meint. Also nicke ich mit pochendem Herzen und schaue ihm fest in die Augen.

»Also kann ich dir vertrauen?«

Kurz verschlägt es mir die Sprache. Ich bin nicht böse wie die anderen Menschen. Ich bin bloß … Nova. War er etwa die ganze Zeit genauso argwöhnisch wie ich? »Ja. Warum solltest du mir denn nicht vertrauen können?«

Noch einmal holt er Luft. »Mein Vater ist verschwunden. Harlin Bergmann. Er arbeitet hier im Garten als Botaniker.«

Aufregung wallt in mir auf. Ma war auch Botanikerin! Aber eigentlich will ich Jett ja nichts von Ma erzählen, und jetzt ist sowieso nicht der richtige Zeitpunkt, das merke sogar ich.

»Verschwunden? Das tut mir schrecklich leid«, sage ich stattdessen.

Jett zieht ein abgegriffenes Foto aus der Hemdtasche und reicht es mir. Der Mann darauf sieht ihm sehr ähnlich, nur dass er deutlich älter ist. Er steht in einem Garten und strahlt in die Kamera.

»Eines Tages ist er nicht nach Hause gekommen. Ich bin zu seinen Vorgesetzten, und die meinten, er sei auf einem Arbeitseinsatz und würde bald zurückkehren.« Sein Kiefer mahlt. »Aber irgendwas fühlt sich faul an. Paps würde nie einfach so abhauen, ohne mir Bescheid zu sagen.«

Ich drücke seine Hand, ermuntere ihn weiterzusprechen.

»Bevor er verschwunden ist, hat er sich ziemlich eigenartig verhalten.« Jetts Stimme ist leise und rau. »Wenn ich ihn was gefragt habe, hat er mir gar nicht zugehört. Als wären bei ihm die Lichter aus.«

Die Lichter aus? Als würde er im Dunkeln stehen? Oder schlafen? Das ergibt Sinn.

»Und du hast gedacht, er wäre in diesem Gewächshaus?«

Er schüttelt den Kopf und schweigt eine Weile, weil die nächste Wache sich nähert.

»Unter dem Garten liegt eine Laboranlage«, flüstert er dann.

Labor! Das Wort kenne ich. Ma hat immer davon geträumt, eines Tages ein richtiges, voll ausgestattetes Labor zu haben, um ihre Pflanzen zu untersuchen.

»Ich weiß, dass es irgendwo einen Eingang gibt«, fährt Jett fort. »Aber ich erinnere mich nicht mehr, wo. Ich war einmal da, als kleines Kind. Und weil das Gewächshaus so streng bewacht ist, habe ich den Eingang dort vermutet. Aber Fehlanzeige.«

Seufzend lässt er meine Hand los, die Stirn enttäuscht gerunzelt. Und mir wird plötzlich sehr bewusst, dass es hier nicht genug Luft gibt und wir viel zu dicht beieinanderstehen.

»Tut mir leid«, ist alles, was mir einfällt.

Ich weiß nicht, wie ich ihm helfen kann. Der Garten des Lebens ist riesig. Millionen Orte, um ein Labor zu verstecken. Ich sollte Jett meine Unterstützung anbieten, aber ich muss auch an meinen eigenen Garten denken. Und an Finn.

»Ich schleiche mich jede Nacht her und suche. Tagsüber kann ich nicht, weil ich da alte Frachtmühlen zum Außenposten fliege, um die anderen Siedlungen zu versorgen.«

Ich kapiere nur die Hälfte von dem, was er sagt, aber wenn er das Wort »fliegen« benutzt, redet er wohl von seinem Helikopter.

»Wie bist du dazu gekommen, den Flüchtenden zu helfen?« Ich will den ersten neuen Menschen verstehen, mit dem ich mich je richtig unterhalten habe.

Er streicht sich die Haare aus dem Gesicht. »Ich fliege ständig über die Dörfer. Ich sehe die Leute hungern, wenn ihre Ernte mal wieder schlecht war. Aber was können sie dafür, dass ihre Erde nicht von so guter Qualität ist wie unsere hier in Solartopia?«

»Warum will dann nicht jeder helfen?«

Jett hebt die Augenbrauen. »Du bist anscheinend von richtig weit weg. Solartopia ist ein perfektes geschlossenes System. Wir erzeugen alles selbst, sauberes Wasser, Essen, Medikamente, Energie. Alles wird recycelt, und es reicht für die ganze Bevölkerung. Die meisten hier denken, ein Flüchtlingsstrom würde die Stadt aus dem Gleichgewicht bringen. Sie glauben, diese Leute gehören nicht hierher.«

Urplötzlich werde ich an Mas Flaschengarten erinnert, mit dem sie mir den Wasserkreislauf erklären wollte. Ein großes, bauchiges Glasgefäß voller Moos, Farn und ein klein wenig Wasser. Ich weiß noch, wie ich dabei geholfen habe, die Öffnung zu verschließen. Nichts rein, nichts raus. Bei dem Gedanken überläuft es mich kalt.

»Natürlich ist das Problem in letzter Zeit noch viel gravierender geworden«, fährt Jett fort. »Seit die giftigen Smogwolken in der Nähe der äußeren Siedlungen aufgetaucht sind, sterben die Leute entweder oder fliehen. Und ich kann sie nicht einfach krepieren lassen.« Er verzieht das Gesicht.

In letzter Zeit? Warum ist der Smog ein neues Problem?

»Deswegen schmuggeln ein paar von uns sie in die Stadt«, erklärt er. »Aber wenn das jemand rausfindet, sitzen wir richtig in der Scheiße. Bei Solartopia ist nämlich auch nicht alles Gold, was glänzt. Ein Freund von mir wurde erwischt, und wir haben nie wieder was von ihm gehört. Dafür ist die Bezahlung da … Damit wir die Flugsicherheit bestechen können und sie ein Auge zudrückt, wenn wir von unseren Routen abweichen.«

Ich muss an Yorick denken und seine Befürchtungen, dass die Schutzsuchenden in Strafkolonien landen. Als ich Jett davon berichte, wirkt er entsetzt.

»O Mann, hoffentlich stimmt das nicht. Ich will den Leuten nur helfen.«

Er bringt sich selbst in Gefahr und verlangt keine Gegenleistung dafür. So etwas hätte auch Ma getan. Wenn ich das Finn erzähle … Dann muss er zugeben, dass er zu streng mit Jett ins Gericht gegangen ist. Oder er wirft mir vor, ich würde mich von Jetts Lügen einlullen lassen.

»Danke noch mal für deine Hilfe«, sagt Jett jetzt. »Tut mir leid, dass du auch nichts gefunden hast. Was auch immer du suchst.«

Er zögert. Schweigen macht sich zwischen uns breit.

»Tja …« Er fährt sich durch die Haare. »Es wird langsam spät. Ich sollte los. Ich muss morgen früh raus. Kommst du alleine klar?«

Ganz allein bin ich ja nicht. Ich habe Finn, und zu dem sollte ich allmählich zurück, bevor er sich Sorgen macht. Doch irgendwie will ich nicht, dass Jett geht. Ich bin gerne in seiner Nähe. Einen Moment lang überlege ich, ob ich ihm von der *Ferula* erzählen soll, nur damit er noch bleibt.

Aber das ist nicht nur mein Geheimnis, sondern ebenso sehr Finns, deswegen fühlt es sich nicht richtig an. Noch nicht.

»Ja«, antworte ich.

»Du kannst auch mit zu mir, wenn du willst. Ich meine, ich müsste dich wahrscheinlich vor meiner Mutter verstecken, aber das sollte nicht allzu schwer sein. Die bemerkt ja kaum mich.« Seine Stimme klingt angespannt.

»Warum bemerkt sie dich nicht?«

Er lacht kurz auf und macht eine wegwerfende Geste, als wäre es keine große Sache.

Ein Teil von mir ist versucht, mit ihm zu gehen. Ich bin neugierig, wo er wohnt und wie die Häuser in Solartopia aussehen – wenn ich nicht gerade davongejagt werde.

»Ich glaube, ich übernachte besser hier im Garten«, erwidere ich schließlich.

So kann ich weiter nach meiner Pflanze suchen.

»Hier?«, fragt er ungläubig. »Sicher? Kann ich dann wenigstens vor der Arbeit nach dir schauen?«

»Warum?

Er grinst verschmitzt. »Ich will dich wiedersehen. Bei Sonnenaufgang an diesen Obstbäumen, wo wir uns begegnet sind?«

Mein Magen schlägt einen Salto, und ich bringe gerade noch ein Nicken zustande, ehe er in die Dunkelheit davonschlüpft.

Finn ist genau dort, wo ich ihn zurückgelassen habe, und schmollt.

»Puh! Na endlich!«, ruft er aus. »Du warst ewig weg.«

»Tut mir leid, wir mussten warten, bis die Wachen verschwunden sind«, erkläre ich.

»Und, hast du die Pflanze gefunden?«

Ich schüttle den Kopf.

Wir suchen noch ein bisschen, aber wir sind beide müde, also einigen wir uns darauf, am nächsten Morgen weiterzumachen, um nicht erwischt zu werden. Wir steuern zurück zu den Obstbäumen. Die schienen wie ein guter Schlafplatz für die Nacht. Und die roten Johannisbeeren waren reif, damit ist auch gleich für Frühstück gesorgt. In Gedanken bin ich bei Jett und unserem baldigen Wiedersehen, so dass ich meiner Umgebung nur wenig Aufmerksamkeit schenke.

»He, du da! Stehen bleiben!« Die scharfe Stimme einer Frau hinter uns.

Ich wirble herum. Grelles Licht blendet uns. Die Frau ist nur ein paar Meter von uns entfernt, ein dunkler Umriss hinter der Taschenlampe. Eine Wache. Instinktiv packe ich Finn am Arm, und wir sprinten los.

Die Frau kommt immer näher. Meine nackten Füße trommeln über die harten Pflastersteine der Wege. Sie scheint überhaupt nicht müde zu werden, aber ich bin schon völlig außer Atem. Finn hält mit mir Schritt, aber ich weiß nicht, wie lange ich noch kann. Ich renne so schnell wie möglich. Meine Lunge brennt, mein Atem geht keuchend. Ich male mir aus, was passiert, wenn sie uns einholt, wie wir weggebracht und eingesperrt werden. Die Angst verleiht meinen Beinen neue Energie. Ich schwenke nach links auf einen

Nebenweg und umrunde einen Brunnen. Vor uns liegt der Obstgarten. Die Wache ist noch nicht um die Kurve gebogen. Hastig springen wir zwischen die Bäume.

Das Licht ihrer Taschenlampe hüpft über den Weg. Sie hält direkt auf uns zu.

Mit wachsendem Entsetzen wird mir klar, dass die Bäume und Büsche hier zu schütter sind, um uns zu verbergen. Sobald sie in unsere Richtung leuchtet, wird mein knallgelbes Kleid aufblitzen wie eine Sternschnuppe. Uns bleibt vielleicht noch eine halbe Minute. Verzweifelt schaue ich mich nach einem anderen Versteck um. Die Bäume sind noch zu jung, um sie zu besteigen, ihre Äste würden abbrechen. Hinter uns ist die Hecke, und hinter der Hecke das Gewächshaus. In diese Richtung können wir also nicht, sonst sieht uns die Wache, die dort stationiert ist. Wir sitzen in der Falle.

»Wir müssen weiterrennen«, flüstert Finn.

Ich halte ihn zurück. »Nein.« Wenn wir jetzt wieder loslaufen, schnappt sie uns auf jeden Fall. Außerdem habe ich Seitenstechen und atme schwer. Wahrscheinlich könnte ich gar nicht mehr rennen, selbst wenn ich wollte.

Was sollen wir tun?

Goldene Pheromone erregen meine Aufmerksamkeit. Sie stammen von dem Geißblatt, dem ich vorhin geholfen habe. Jetzt, wo die Schädlinge weg sind, sieht es schon viel besser aus. Sein Summen wird lauter, und es sprüht noch mehr goldene Funken in meine Richtung. Sie schweben um meinen Kopf herum wie Distelwolle und legen sich auf meine Haut, ehe sie langsam verblassen. Anscheinend spürt die Pflanze meine Not. Wenn sie könnte, würde sie mir bestimmt helfen.

Vielleicht kann sie das ja sogar!

Ich denke daran zurück, wie die Kohlköpfe auf Turris mich zugedeckt haben in der ersten Nacht nach Mas Tod.

Die Wachfrau durchsucht methodisch jedes Blumenbeet und rückt immer näher. Panik erfasst mich. Kann das überhaupt funktionieren? Ich greife nach einem Blatt der Pflanze und streichle es sanft, während ich meinen Geist öffne. Dann balle ich all meine Angst und Verzweiflung zusammen und schicke sie zu ihr. Es fühlt sich an, als würde ich mir das Herz aus der Brust reißen und es offen zur Schau stellen.

»Bitte versteck uns, bitte versteck uns«, wispere ich flehend.

Ich höre Schritte ganz dicht bei uns, aber ich lasse die Augen zugekniffen und konzentriere mich. Die Wache ist fast da. Doch plötzlich wird das Knirschen ihrer Stiefel von einem anderen Geräusch überlagert, wie Blätter, die im Wind rauschen. Die Ranken des Geißblatts strecken sich, neue Triebe schießen hervor, schlingen sich um meinen Arm und hinunter zum Boden.

»Nova, du hast es geschafft!«, flüstert Finn.

Ich öffne die Augen.

Frische grüne Blätter entfalten sich, eins nach dem anderen. So schnell habe ich noch nie eine Pflanze wachsen sehen, nicht einmal Ma konnte sie dazu bewegen. Finn und ich sind von Grün umhüllt, als wären wir geißblattüberwucherte Statuen, die hier schon seit tausend Jahren stehen.

Die Wachfrau spürt die Bewegung der Pflanze und wirbelt zu uns herum.

Ich erstarre. Wird es reichen? Durchschaut sie unsere Tarnung? Während sie sich vorbeugt, warte ich atemlos darauf, dass sie gleich Verstärkung herbeiruft.

Ihre Taschenlampe verharrt auf unseren blätterbedeckten Beinen, und es fühlt sich an, als würde die Zeit stillstehen. Ich beiße mir auf die Lippen, um nicht loszuschreien. Sie flucht leise. Dann wandert das Licht weiter. Und ihre Schritte verhallen in der Ferne.

Sie ist weg.

Ich hab's geschafft! Unglaublich! Ich habe tatsächlich mit der Pflanze gesprochen, und sie hat mir geholfen. Am liebsten würde ich einen Freudentanz aufführen, aber das kann ich auf keinen Fall riskieren.

Nachdem wir uns vorsichtig vom Geißblatt befreit und ihm mit einer Erfrischung aus dem nahegelegenen Brunnen gedankt haben, legen wir uns hin und schlafen erschöpft ein.

Kapitel 15

Bsssssss!

Das hartnäckige Geräusch reißt mich aus meinem Traum. Ich saß in einem kaputten Segelflieger und wollte aus dem Garten des Lebens entkommen. Ich klappe die Augen auf.

Wieder dieses Summen, nur schwächer und kläglicher. Was ist das?

Plötzlich fällt mir siedend heiß die Erdbeerpflanze in meiner Tasche wieder ein.

»O nein, tut mir leid, entschuldige«, flüstere ich.

Ich hole das arme Ding vorsichtig heraus und wiege es behutsam in den Händen. Es sieht schlimm aus. Es ist ganz welk, und die weißen Blüten haben alle Blätter verloren. Ich könnte mir in den Hintern treten, weil ich es nicht früher eingepflanzt habe.

Finn gähnt und schaut mich fragend an. Das Geißblatt ist über Nacht weitergewachsen, hat sich über ihn geschlängelt und eins seiner Beine umschlungen.

»Ich habe die Erdbeere komplett vergessen«, erkläre ich traurig.

»Dieser Jett hat dich verändert.« Er lacht, aber in seiner Stimme liegt eine Schärfe, die vorher nicht da war. »Das sieht dir gar nicht ähnlich, eine Pflanze in Not zu vergessen. Vielleicht verwandelt dich diese Stadt in einen der bösen Menschen.«

»Es war viel los«, gebe ich ein bisschen zu barsch zurück. Vielleicht, weil ich mich schuldig fühle. Vielleicht, weil ich gerade erst aufgewacht bin und es noch zu früh ist für Finns Miesepeterigkeit. Oder vielleicht, weil ich weiß, dass er recht hat.

»Vergiss nur nicht, wer deine wahren Freunde sind.«

Die Wurzeln der Erdbeere sind mit einem Gewebe umwickelt, das dem Fuß einer alten Strumpfhose ähnelt. Wofür soll das bitte gut sein? Kein Wunder, dass die Pflanze gestresst ist. Sie erstickt langsam. Wahrscheinlich wollte sie verzweifelt Früchte ausbilden, um noch schnell ihre Samen zu verteilen, bevor sie stirbt. Sie ist völlig ausgelaugt und braucht dringend Hilfe. Warum tut jemand einer Pflanze so etwas an? Vorsichtig entferne ich den Stoff und lockere die zarten Wurzeln, damit sie sich frei durch die Erde schlängeln und Nährstoffe aufnehmen können. Die Erdbeere seufzt förmlich auf.

Vorsichtig spähe ich hinter dem Geißblatt hervor. Hat der Garten des Lebens schon geöffnet oder patrouillieren die Wachen noch? Der Himmel ist hell, und die rosa schimmernden Schäfchenwolken verheißen einen wunderschönen Tag, aber die Sonne lässt noch auf sich warten. Ohne meine Blumenuhr kann ich nur schätzen, wie spät es ist – wahrscheinlich zwischen sechs und sieben. Die Mooslilien dürften demnach noch nicht wach sein, aber hier sind keine, damit ich nachschauen könnte. Die Stimme beim Eingangstor meinte, dass der Garten um acht aufmacht. Also bin ich besser vorsichtig, nur für den Fall. Da ich niemanden entdecken kann, schiebe ich den Geißblattvorhang beiseite und danke ihm noch einmal für seine Hilfe. Dann grabe ich ein kleines Loch in die weiche Erde, an einem Ort, wo die Erdbeere viel Sonne abbekommt.

»Das ist ein gutes Plätzchen, um Wurzeln zu schlagen«, erkläre ich ihr. »Die Apfelbäume und das Geißblatt passen auf dich auf.«

Sanft setze ich die Erdbeere in das Loch und presse die Erde rund um ihre Wurzeln fest, ohne eins ihrer Blätter zu begraben. Anschließend husche ich zum Brunnen, wasche mir schnell das Gesicht und schöpfe mit den Händen Wasser, um es zurückzutragen. Das meiste rinnt mir durch die Finger, ehe ich die Erdbeere erreiche, aber zumindest kann ich sie ein wenig gießen.

»Jetzt wird alles gut«, sage ich. »Und bald gehen hoffentlich auch die Sprinkler an, so dass du ordentlich trinken kannst.«

Die Pflanze scheint schon ein bisschen munterer. Es ist mir echt ein Rätsel, wie der Garten so üppig und lebendig wirken kann, während gleichzeitig so viele Pflanzen ein klägliches Dasein fristen. Eine ganze Armee von Leuten kümmert sich um sie, trotzdem werden sie offenbar schlechter gepflegt als mein Garten auf Turris. Das passt doch nicht zusammen!

Ich pflücke eine Handvoll Johannisbeeren und teile mein

säuerliches Frühstück in einvernehmlichem Schweigen mit Finn. Irgendwann sehe ich die ersten Spaziergänger auf den Wegen in der Ferne. Der Garten des Lebens muss offen sein. Ich atme erleichtert auf. Endlich nicht mehr vor den Wachen davonrennen …

Ein Schwarm Vögel flattert von Baum zu Baum und sucht die Äste nach Insekten ab. Blaumeisen, Baumläufer und eine Spechtmeise zwitschern laut. Aus einem Busch ertönt das Lied einer Amsel. Der Klang ist so vertraut, dass er mich sofort nach Hause zurückversetzt. Heimweh überrollt mich. Hoffentlich geht es meinen Pflanzen gut.

Ein winziger Zaunkönig und ein streitlustiges Rotkehlchen schließen sich dem Chor an. Und ohne nachzudenken, stimme ich freudig mit ein, so wie auch in Turris immer.

Während ich Mas altes Lied pfeife, trete ich aus dem Obstgarten und strecke die Arme hinauf zum Himmel, hinauf zur wärmenden Sonne. Ich fühle mich ausgeruht – der Boden war weich –, bereit loszulegen. Einen Moment lang vergesse ich, wo ich bin, und singe den Text mit, schmettere die Worte aus voller Kehle. Singen lässt mich alle Sorgen vergessen. Wir werden die *Ferula* finden und nach Turris zurückkehren, um unseren Garten zu retten.

Plötzlich höre ich Gelächter. Zwei Jungen, ungefähr so alt wie Jett, beobachten mich vom Brunnen aus.

»Was für ein Gejaule!«, ruft einer und kommt auf mich zu. Seine Haut ist rosig, und er hat schiefe Zähne. Seine dunkle Brille blitzt in der Sonne. Er trägt einen weißen Overall, der zu seinen schlohweißen Haaren passt.

Der andere lacht. »Hältst du dich für ne Sängerin?« Er hat die Augen verengt und einen Mundwinkel verächtlich hochgezogen, als hätte er etwas Fieses gerochen. Seine Haut ist braun, und seine Haare sind raspelkurz. Er trägt ein sauberes hellblaues Hemd, das brandneu wirkt.

Warum lachen sie mich aus und sagen so gemeine Sachen? Auf einmal komme ich mir vor, als hätte ich etwas falsch gemacht. Aber was ist falsch an Singen? Meine Wangen brennen. Am liebsten würde ich wegrennen und mich verstecken, nur damit sie mich nicht mehr so spöttisch anstarren können. Wieso fühle ich mich so schrecklich?

Bevor ich mich zwischen die Pflanzen schlagen kann, taucht Jett auf. Er wirft mir einen Blick zu. Seine Augenbrauen sind zusammengezogen, seine Lippen aufeinandergepresst. Ist er wütend auf mich? Da stürmt er auf den Typen in Blau zu und schubst ihn. Also ist er auf die beiden sauer! Der mit den weißen Haaren hebt lachend die Arme, ein breites Grinsen auf dem Gesicht. Er will Jett auf die Schulter klopfen, doch Jett weicht zurück und murmelt kopfschüttelnd etwas vor sich hin.

»Ich habe euch doch gesagt, dass wir uns am Brunnen treffen.« Seine Miene ist immer noch düster.

»Ja, da waren wir auch«, erwidert der Weißhaarige. »Aber dann haben wir dieses irre Piepsen gehört.« Er hebt gleichzeitig Augenbrauen und Stimme. »Und als wir uns umgedreht haben, stand die Tante plötzlich da.«

»Klang wie ein Vogel in Not.« Der andere wedelt mit den Armen und prustet los.

»Das reicht!«, faucht Jett. »Hört auf, sie auszulachen.« Er dreht sich zu mir. »Alles okay, Nova?«

»Nova, hm? Die wolltest du wohl vor uns geheim halten.« Der Weißhaarige klimpert mit den Wimpern. »Hast du dir eine aufgerissen?«

Der andere schnaubt. »Typisch Jett, findet unter jedem Busch ein Mädchen.«

»Hey, schau dir mal ihre Klamotten an. Jett, ist das etwa eine von den Geflüchteten …«

»Klappe!«, zischt Jett. »Haut ab und wartet vorne am Tor.«

Ich schlinge mir die Arme um den Körper, gleichzeitig verlegen, traurig und wütend. Jett hat mich verteidigt. Bei dem Gedanken wird mir ganz warm vor Glück. Aber ich verstehe immer noch nicht, warum die beiden anderen so gemein zu mir waren. Sie kennen mich doch gar nicht.

»Na schön, wie du willst«, erwidert der mit dem blauen Hemd. »Aber beeil dich.«

Sie stapfen davon, halten jedoch beim Brunnen an. Blauhemd setzt sich auf den Rand und wippt gefährlich weit hin und her. Fast bin ich versucht, rüberzulaufen und ihn reinzuschubsen.

»Tut mir leid«, meint Jett. »Die beiden sind Idioten. Aber keine Sorge, sie erzählen niemandem von dir. Dafür sorge ich. Sicher, dass es dir gut geht?«

Ich lächle und bemühe mich, die Jungen aus meinem Kopf zu verbannen. Jett ist zurück. Ich habe kaum zu hoffen gewagt, dass ich ihn je wiedersehe. »Danke, dass du gekommen bist.«

»Hast du's etwa nicht geglaubt?«

»Doch, klar.« Mir bleiben die Worte im Hals stecken. Ich will ihm noch so viel mehr sagen, aber ich weiß nicht, wo ich anfangen soll.

»Ich muss los, die Stechuhr wartet. Aber die hier sind für dich.« Er reicht mir eine Tasche.

Stechuhr? Ich schmunzle über das seltsame Wort. Jetzt stelle ich mir vor, wie Jett einer Degen schwingenden Uhr ausweicht.

In der Tasche liegt ein Bündel Stoff in hellen Farben. Ich schaue ihn fragend an.

»Ersatzkluft. Hoffentlich passt alles. Bei der Schuhgröße war ich mir nicht sicher, aber so gehst du immerhin als Zivilistin durch.«

»Was ist eine Kluft? Und eine Zivilistin?«

Er kichert leise. »Eine Kluft sind Kleider – damit du wie eine Stadtbewohnerin aussiehst, also eine Zivilistin. Sorry, manchmal vergesse ich, dass nicht jeder Pilotenjargon spricht.«

»Danke«, stoße ich hervor, beiße mir nervös auf die Lippen und schaue zu Boden, wo meine Erdbeere sich erholt. »Kannst du mir erklären, warum die Leute hier Pflanzen wegwerfen?«

Ich berichte Jett, was ich gestern Abend gesehen habe, und beschreibe die blassgelbe Aufmachung.

Er nickt langsam, und ein Stirnrunzeln huscht über sein

Gesicht. »Das sind die Gartenpfleger. Sie kümmern sich um die Pflanzen. Aber eigentlich sollten sie …«

»Los, Jett! Corin wartet!«, ruft der Junge mit den weißen Haaren. Die beiden beobachten uns vom Brunnen aus.

Der andere stößt ihm den Ellbogen in die Rippen. »Nee, Corin hatte doch die Nachtschicht. Aber ich komm garantiert nicht zu spät zum Einstechen, bloß weil Jett ne Freundin hat.«

»Sorry.« Jetts verlegenes, schiefes Lächeln verschlägt mir den Atem. »Ich muss jetzt wirklich gehen, aber ich schaue nach der Arbeit noch mal vorbei, dann können wir über alles reden. Und tut mir echt leid wegen …« Er deutet auf seine Freunde. »Die beiden sind ganz nett, wenn man sie erst besser kennt, aber absolut keine Blitzbirnen.«

Ist das noch mehr Pilotenjargon? Was haben Blitze und Birnen damit zu tun, wie sich jemand benimmt?

»Danke«, murmle ich erneut. »Für die Kluft und deine Hilfe.«

»Gern. Also dann, viel Glück noch bei deiner Suche nach … was auch immer.«

Irgendwie nagt das schlechte Gewissen an mir, dass ich ihm nicht erzählt habe, warum ich hier bin. Weil ich ihm die Wahrheit verschweige? Er war mir gegenüber offen und ehrlich. Ich habe vieles für mich behalten. Aber das muss ich auch, um uns und unseren Garten zu beschützen. Dafür sollte ich mich nicht schuldig fühlen. Jett muss nicht wissen, warum ich hier bin. Ich denke daran zurück, wie ich einmal Ma angelogen habe. Ich hatte die Wände in meinem

Zimmer bemalt. Sie hat mich gefragt, wer es war, und ich habe die Schuld auf Finn geschoben. Aber das hat sie gleich durchschaut.

»Zu denen, die dir was bedeuten, solltest du immer ehrlich sein.«

Bei ihren Worten fällt es mir wie Schuppen von den Augen. Fühle ich mich deshalb so mies? Weil mir Jett etwas bedeutet?

Er zögert noch einen Moment, scheint nicht aufbrechen zu wollen, und ich bin kurz davor, nach seiner Hand zu greifen und ihn zum Bleiben zu bewegen. Doch dann beordert ihn ein weiterer Ruf des Jungen mit dem blauen Hemd fort. Er schenkt mir ein letztes schiefes Lächeln.

Ich kehre zurück unter die Bäume. Finn sitzt immer noch neben dem Geißblatt, um Jett zu meiden.

»Seine Freunde sind ja nicht gerade sympathisch«, brummt er jetzt.

»Zumindest hat Jett mich verteidigt«, erwidere ich. »Und wo warst du?«

Ich drehe ihm den Rücken zu und ziehe die seltsamen Kleider an, die Jett mir mitgebracht hat. Ich brauche ein paar Versuche, um herauszufinden, wie man die weite Hose und die Wickeltunika zubindet. Der lavendelfarbene Stoff ist so zart und glatt, als würde man über Wasser streichen. Ich schiebe Mas Notizbuch in eine der Hosentaschen und schlüpfe in die flachen cremefarbenen Schuhe. Sie sind weich und schlicht, aber ein bisschen zu groß. Kaum mache ich einen Schritt, rutschen meine Füße hin und her.

»Tut mir leid, Finn, für dich ist nichts dabei. Vielleicht hättest du ein bisschen netter zu Jett sein sollen.«

Er zuckt die Achseln, als wäre ihm das piepegal. Zumindest wirkt sein hellblaues Shirt hier nicht allzu fehl am Platz.

Ganz unten in der Tasche entdecke ich zwei runde braune Klumpen, die in Wachspapier eingewickelt sind. Ich packe einen aus und beschnuppere ihn misstrauisch. Er ist weich und nachgiebig und riecht süß, wie Obst, aber sieht anders aus als alles, was ich kenne. Ich breche ihn auseinander. Das weiße Innere ähnelt dem Schwamm, mit dem ich mich wasche. Eingebettet in den Schwamm sind blassere, feste Klümpchen.

»Glaubst du, das ist was zu essen?«, frage ich Finn und zeige ihm den Klumpen.

»Mich brauchst du gar nicht anzuschauen. Ich rühr das nicht an!«

»Wenn es gefährlich wäre, hätte Jett es uns nicht gegeben.« Ich pople eins der Klümpchen heraus und beiße vorsichtig hinein. Ein vertrauter Geschmack breitet sich in meinem Mund aus. »Apfel!«

Aber das weiße Schwammzeug schmeckt völlig fremd. Während die klebrige Hülle an meinen Zähnen und meinem Gaumen haftet, ist das Innere fluffig. Und so süß, dass mir der Kiefer schmerzt.

»Probier mal«, fordere ich Finn auf.

»Auf keinen Fall!«

Während ich den zweiten Klumpen verputze, treffe ich

eine Entscheidung. »Wenn Jett später wieder da ist, erzähle ich ihm alles. Warum wir hier sind.« Ich schlecke mir die süßen Finger.

»Das kannst du nicht machen! Das ist zu gefährlich!«

»Er verdient es, Bescheid zu wissen. Außerdem kann er uns doch vielleicht helfen. Immerhin ist sein Vater Botaniker.«

»Ich fasse es nicht, dass du ihm vertrauen willst. Wachen!«, ruft Finn. »Sperrt uns ein!«

»Pst!« Ich kichere. »Lass das!«

»Was denn? Dann können wir es direkt hinter uns bringen.« Unter seinem heiteren Tonfall liegt Groll.

Ich wünschte, ich könnte ihn davon überzeugen, Jett mit meinen Augen zu sehen. Jett würde uns niemals verraten, das spüre ich aus tiefster Seele, das erkenne ich in allem, was er bisher gesagt und getan hat. So etwas habe ich noch nie gefühlt. Aber wie erkläre ich das Finn?

»Kommst du?«, frage ich und versuche, meinen Frust zu verscheuchen. »Ich suche weiter nach Mas Pflanze.«

»Geh ruhig ohne mich. So fällst du weniger auf in deinen neuen Kleidern.« Finns Stimme ist so bitter wie Löwenzahnblätter.

»Schön, wie du willst«, fauche ich einen Tick zu schnell. »Dann treffen wir uns später wieder hier.«

»Du siehst schon aus wie ein Stadtklon«, knurrt er noch, als ich mich abwende.

Ich würdige ihn keiner Antwort. Soll er doch in seinem Selbstmitleid schmoren.

Kapitel 16

Schuhe sind schrecklich! Kaum glaubst du, du hast den Bogen raus, rutschen sie dir wieder von den Füßen. Ich muss die ganze Zeit die Zehen einrollen, damit sie bleiben, wo sie sind. Meine gesamte Aufmerksamkeit ist auf meine Füße gerichtet statt auf die Pflanzen. Die reinste Qual! Aber ich muss die Schuhe anbehalten, wenn ich nicht auffallen will. Ich betrachte die Leute ringsum. Sie wirken so glücklich in ihren Schuhen, als würden sie gar nicht darüber nachdenken. Zumindest scheinen sie sich die Dinger nicht ständig von den Füßen reißen und im nächsten Teich versenken zu wollen. Warum sollte irgendwer freiwillig das Gefühl von Gras und Erde gegen diese Folterwerkzeuge eintauschen?

Dafür sind die Kleider super, so kühl und sauber auf meiner Haut. Außerdem sehe ich damit aus wie alle anderen. Niemand schenkt mir einen zweiten Blick. Mit gestrafften Schultern und erhobenem Kopf kann ich hinschlendern, wo ich will – solange die Schuhe es zulassen. Ich wandere über die Wege und untersuche die Pflanzen. Aber es ist schon eigenartig, dass nur andere Kleider nötig waren, um akzeptiert zu werden. Ist das der ganze Unterschied zwischen den Leuten von draußen und denen in der Stadt?

Auf einmal entdecke ich in einiger Entfernung den gigantischsten Baum, den ich jemals erblickt habe. Größer als er ist bestimmt nichts in diesem Garten. Wie konnte ich ihn gestern Nacht bloß verfehlen? Mir erscheint er mindestens so hoch wie manche der glänzenden Türme draußen. Sein Stamm ist sicher so breit wie mein gesamtes Badezimmer in Turris. Es handelt sich um einen Riesenmammutbaum. So einen habe ich noch nie in echt gesehen. Im Gegensatz zu den seltsamen Pflanzen mit den ockerfarbenen Pheromonen strotzt dieser Baum nur so von den kräftigen Grün- und Goldtönen, die ich kenne. Er wirkt wie das Herz des ganzen Gartens – und ein Schild daneben bestätigt meinen Eindruck.

Dieser Riesenmammutbaum steht genau in der Mitte des Gartens. Er wird auch der Baum des Lebens genannt und war das Erste, was je in Solartopia gepflanzt wurde. Damit symbolisiert er die Wiedergeburt der Menschheit.

Unter dem Text befindet sich eine Zeichnung, die ich schnell als Karte identifiziere. Der Garten des Lebens ist in viele verschiedene Bereiche aufgeteilt. Die meisten davon sind einfach als *Mischgebiet* gekennzeichnet, aber es scheint auch welche für bestimmte Pflanzenarten zu geben. Ich entdecke einen Bereich für Obst, für Frühlingsgemüse und für Wildblumen, ein Feuchtgebiet, einen Baumgarten und einiges mehr. Nichts davon klingt prädestiniert für die *Ferula*, aber das Feuchtgebiet kann ich wohl ausschließen, immerhin weiß ich, dass meine Pflanze es trocken mag. Wahrscheinlich sind die Mischgebiete am erfolgversprechendsten. Und zumindest kann ich dank dieser Karte meine Suche systematisch angehen.

Ich komme an einem Geißblatt vorbei, das mit blendend weißen Blüten übersät ist und mich an die Ereignisse der letzten Nacht erinnert. Irgendwie habe ich mit einer Pflanze kommuniziert und ihr mitgeteilt, dass wir dringend Hilfe brauchen. Es war unglaublich, wie die Ranken auf mich reagiert haben. Keine Ahnung, wie mir das gelungen ist. Ma war so gut darin, Pflanzen zum Wachsen zu überreden. Mir erschien das immer wie Zauberei. Sie meinte, irgendwann würde ich auch mit ihnen sprechen können. Jetzt habe ich es geschafft, aber wie? Ich muss rausfinden, ob es nur Zufall war oder noch einmal funktioniert.

Ich suche mir eine ruhige Bank, die ein wenig abseits steht, so dass ich nicht gestört werde. Es tut gut, zu sitzen und die Schuhe loszuwerden, sei es auch nur für ein paar Minuten. In einem Metallkübel neben mir wächst eine Blaubeere, die gerade erst zu blühen begonnen hat. Was, wenn ich sie davon überzeugen könnte, Früchte zu bilden?

Ich schließe die Augen und atme ein paarmal tief ein und aus, während ich die Finger in die Erde rund um ihre Wurzeln grabe.

»Wachse für mich«, flüstere ich.

Ich spüre nichts. Klappt es? Ich öffne ein Auge einen Spaltbreit. Nichts. Die grünen Pheromone schweben weiter träge vor sich hin.

»Wachse. Bitte wachse!«

Ich bettle, flehe, verhandle, aber die Blaubeere lässt sich

nicht beeindrucken. Irgendwann summt sie schrill auf und stößt weiße Funken aus. Wäre sie ein Mensch, würde sie sich die Finger in die Ohren stecken und mir den Rücken zudrehen.

Vielleicht war gestern Nacht ja ein Glückstreffer. Vielleicht habe ich nicht das Zeug dazu. Vielleicht funktioniert es nur, wenn ich Angst habe und verzweifelt bin. Ich stöhne frustriert und zwänge mich wieder in die verhassten Schuhe.

Zeit weiterzuarbeiten.

Unglaublich, wie viele Wege es hier gibt – und wie viele Blumen. Gemüse, Kräuter, Heil- und Zierpflanzen wachsen nebeneinander in gefälligen Mustern. Sie so zu vermischen, macht die Ernte bestimmt schrecklich zeitaufwendig.

Jedes Mal, wenn ich etwas entdecke, das der *Ferula* auch nur im Entferntesten ähnelt, weil es zum Beispiel goldene Blütenähren oder gefiederte Wedel hat, schlägt mein Herz einen kleinen Salto, nur um gleich darauf eine harte Bruchlandung auf dem Boden der Realität hinzulegen. Stundenlang wandere ich durch den Garten, suche und suche, bis die Pflanzen vor meinen Augen verschwimmen und ich schon fürchte, direkt an der *Ferula* vorbeizulaufen.

Gestern ist es mir gar nicht aufgefallen, aber hier werden kaum goldene Pheromone ausgestoßen. Grüne ja, aber keine goldenen. In Pflanzensprache heißt das so viel wie: Mir geht's ganz gut, aber das Leben könnte besser sein. Wenn ich mich konzentriere und hinter das Summen, die Energie und den prächtigen Pheromonregenbogen blicke, erkenne ich den unterschwelligen Stress, der den gesamten Garten beherrscht. Eingezwängte Wurzeln, Überfüllung, Pflanzen, die mitten in der Nacht ausgerissen werden – müsste ich hier wachsen, wäre ich auch gestresst. Und den Pflegerinnen und Pflegern ist offenbar auch bewusst, dass alles nicht so wächst, wie es sollte, wenn sie kranke Pflanzen sofort abtransportieren. Aber warum gehen sie so mit ihrem Garten um? Furcht hilft Pflanzen kein bisschen. Sie brauchen Liebe und gutes Zureden, um zu gedeihen.

Ich erreiche eine weite Rasenfläche. Große Vögel stolzieren durch das Gras und breiten ihre prachtvollen blau-grünen Federn zu gewaltigen Fächern aus. Am anderen Ende der Wiese steht ein rundes Gebäude mit hellen Mauern und einem goldenen Schrägdach. Eine Gruppe Jugendlicher tritt heraus und steuert in meine Richtung. Es müssen mindestens dreißig sein. Aus der Ferne unterscheiden sie sich nur in Größe und Hautfarbe. Alle tragen die gleichen weißen Kleider: lockere Tuniken und Hosen, ähnlich wie meine. Um ihre Hüften sind schwere Gürtel voller Werkzeug geschlungen. Und in den Händen haben sie je eine Pflanze im Topf. Als sie näher kommen, entdecke ich die goldenen Sonnensymbole auf ihrer Brust. Sie erinnern mich an den goldenen Globus, den die Skulptur am Eingang des Gartens hält.

Angeführt werden die Jugendlichen von einem gebeugten alten Mann mit grauen Haaren. Er läuft langsam, bleibt immer wieder stehen, um auf eine Pflanze zu deuten und der Gruppe etwas darüber zu erzählen. Dann versammelt er alle in einem Kreis und weist auf die Töpfe in ihren Händen. Einer der Jugendlichen tritt vor. Der alte Mann hebt dessen Topf in die Höhe und gibt der Gruppe Anweisungen – allerdings bin ich zu weit weg, um ihn zu verstehen. Was haben sie vor?

Schließlich verteilen sie sich auf dem Rasen, suchen sich einen Platz weit weg von allen anderen. Der alte Mann schlurft zurück zum Gebäude.

Eins der Mädchen setzt sich in meine Nähe. Sie scheint mich gar nicht zu bemerken, so gefesselt ist sie von ihrer Pflanze. Es ist eine Tomate mit fleckigen lilafarbenen Früchten. Eine von den komischen mit den merkwürdigen Pheromonen. Die ockerfarbenen Teilchen zucken in schnellen, geometrischen Mustern umher. Die Pflanze versucht ganz offensichtlich, etwas zu sagen, nur was? Ich habe eine Vermutung. Ihre Blätter sind welk, und es geht ihr eindeutig nicht gut. Das Mädchen starrt die Tomate eine volle Minute lang nur an, betrachtet die Blätter, dreht sie hierhin und dorthin. Am Ende lässt sie stirnrunzelnd die Schultern sinken. Warum hilft sie der Pflanze nicht?

Sie murmelt vor sich hin: »Komm schon, was ist los mit dir? Du hast genug Wasser, so viel Sonne, wie du dir nur wünschen kannst. Was fehlt dir?«

Wahrscheinlich Nährstoffe und mehr Platz, schätze ich. Sitz hier nicht bloß dumm rum. Ich schüttle den Kopf. Wie merkwürdig diese Stadt doch ist. Die Leute in Solartopia scheinen kaum etwas über die Pflanzenwelt um sie herum und deren grundlegende Bedürfnisse zu wissen.

Wie können sie so nur überleben? Das ist mir ein absolutes Rätsel.

Aber wie Finn mir gerne in Erinnerung ruft: Ich muss mich um meinen eigenen Garten kümmern. Ich habe keine Zeit, jede einzelne Pflanze in Solartopia zu retten. Irgendwann kommt das Mädchen schon selbst dahinter. Also wende ich mich den Beeten am Rand der Wiese zu und suche weiter. Ich finde Karotten, Rote Bete und bunten Mangold zwischen hohen Gräsern und zarten Blüten, aber nicht meine *Ferula*.

Auf einmal höre ich hinter mir ein Schluchzen. Das Mädchen hat den Kopf in den Händen vergraben, und ihre Schultern beben. Ihre Tomate braucht dringend Unterstützung. Und zwar ziemlich sicher nicht in Form von Tränen – Wasser hat sie genug. Seufzend trete ich näher. Ich weiß, dass ich nicht mit ihr reden dürfte. Ich sollte einfach weitergehen und sie gar nicht beachten. Das würde Finn tun. Aber irgendwie kann ich das nicht. Wie bei einer Pflanze widerstrebt es mir offenbar auch bei einem Menschen in Not, untätig danebenzustehen, wenn ich etwas unternehmen könnte. Finn wird bestimmt stinksauer sein. Im Geiste höre ich ihn schon all die Risiken herunterbeten. Je schneller ich dem Mädchen helfe, desto schneller kann ich mit meiner eigenen Suche weitermachen.

Inzwischen bin ich direkt vor ihr, aber sie hat mich immer noch nicht bemerkt. Als ich mich leise räuspere, blickt sie erschrocken auf. Ihre Augen sind groß und stehen weit auseinander, ihr Gesicht ist lang und gelbbraun. Ihre Gliedmaßen springen in seltsamen Winkeln aus dem schlanken, kantigen Körper hervor. Sie erinnert mich an eine Sonnenblume, die zu schnell und nicht ganz gerade gewachsen ist.

»Puh, ein Glück. Ich dachte schon, du wärst Doktor Rhodes.« Sie wischt sich mit dem Handrücken die rot geweinten Augen.

»Doktor?« So nennt man Wissenschaftlerinnen und Wissenschaftler manchmal, das weiß ich aus Mas Notizbüchern. »Bist du Wissenschaftlerin?«

»Schön wär's. Ich gehe noch zur Schule. Wahrscheinlich für immer und ewig, wenn das so weiterläuft.«

Jetzt ergibt alles Sinn. Der Doktor muss ihnen etwas über Pflanzen beigebracht haben, so wie Ma mir früher. Kein Wunder, dass das Mädchen nicht weiß, was der Pflanze fehlt. Sie hat es noch nicht gelernt.

»Kann ich helfen?« Ich deute auf die Tomate.

»Niemand kann mir helfen«, jammert das Mädchen und schlingt die Arme um den Topf, als könnte die Pflanze jederzeit davonfliegen. »Das ist unmöglich. Ich kriege es nie raus.«

»Wahrscheinlich liegt es an den Wurzeln.« Ich strecke wartend die Hände aus.

Sie schaut sich sorgfältig um. Als sie sieht, dass Doktor Rhodes und die anderen nicht in der Nähe sind, nickt sie zögernd. »Ich schätze mal, du kannst auch nicht mehr Schaden anrichten als ich.« Sie reicht mir die Pflanze und betupft sich die Nase.

Die ockerfarbenen Pheromone bewegen sich so schnell,

dass ich ihnen kaum folgen kann, huschen in Kreisen und Zickzacklinien durch die Luft. Ich wünschte, ich könnte sie verstehen. Warum sind sie so anders als bei anderen Pflanzen? Hätte ich bloß Zeit, sie genauer zu untersuchen … Aber das Mädchen beobachtet mich bang. Selbst wenn ich die Pheromone nicht interpretieren kann, etwas tun kann ich trotzdem.

Die Erde ist feucht, aber nicht zu nass. Insekten, Parasiten, Schimmel oder augenfällige Verletzungen erkenne ich nicht.

Behutsam drehe ich die Tomate um und befreie sie aus dem Topf.

»Was treibst du da?«, ruft das Mädchen aus.

»Vertrau mir.«

Die Pflanze löst sich. Zum Vorschein kommt ein verheddertes weißes Wurzelwirrwarr. Genau wie ich gedacht habe. Diese Tomate steckt schon zu lange in einem Topf, ihre Wurzeln recken und strecken sich verzweifelt nach Nährstoffen und finden nichts. Sie haben so wenig Bewegungsfreiheit, dass sie schon versuchen, aus den Löchern im Topfboden zu flüchten.

»Pflanzen brauchen Platz zum Wachsen – drüber und drunter.« Ich lächle bei der Erinnerung daran, wie Ma diesen Satz früher immer gepredigt hat. »Was unter der Erde passiert, ist genauso wichtig wie das über der Erde.«

Ich zeige dem Mädchen, wie sie die Wurzeln sanft entwirren kann, damit die Pflanze sich erholt. Anschließend schlakst sie beschwingt los, um mehr Erde und einen größeren Topf aus dem Gebäude mit dem Golddach zu holen. Zusammen setzen wir die Tomate vorsichtig in ihr neues Zuhause.

Der rastlose Tanz der Pheromone wird zu einer fast trägen Acht. Das bedeutet vermutlich, dass sie glücklich ist. Und die Tränen des Mädchens sind auch getrocknet.

Sie strahlt mich an. »Danke! Vielen Dank! Du hast mich gerettet. Nein, im Ernst. Ich bin Kay. Eine der Solaris.« Sie spricht so schnell, dass sie die Hälfte ihrer Sätze verschluckt. Stolz deutet sie auf die goldene Sonne an ihrer Brust, als müsste ich wissen, wofür die steht.

Was ist eine Solaris? Irgendwie kommt es mir vor, als hätte ich das Wort schon mal gehört. Aber Jett hat es nicht erwähnt, da bin ich mir sicher. Plötzlich fällt es mir wieder ein. Ada, die Frau aus dem Lager im Wald, wollte, dass ihre Tochter eine Solaris wird. Damals habe ich mich gewundert, was sie meint, aber am Ende schien es nicht so wichtig, immerhin musste ich mir um tausend andere Dinge Gedanken machen. Also sind Solaris Leute, die Pflanzen erforschen?

Das Mädchen scheint auf eine Reaktion zu warten.

»Das ist was Gutes, oder?«, frage ich.

Kay lacht. »Das weißt du nicht? Dabei ist es die beste Schule in der ganzen Stadt. Ich hatte riesiges Glück, dass ich einen Platz an der Akademie ergattert habe. Verdienen tu ich ihn nicht. Ich fürchte ständig, dass sie irgendwann merken, wie mies ich bin, und mich wieder rauswerfen. Wo bist du?«

Ich zucke die Achseln und deute auf den Garten. »Hier?«

Kay lacht noch einmal, hell und melodisch, ganz anders als ich mit meinem rauen Elsterngackern, für das Finn mich immer aufzieht. »Du bist komisch«, erwidert sie. »Aber auf eine gute Art.«

»Warum warst du so traurig?«, erkundige ich mich, um schnell das Thema zu wechseln.

»Uff, ich bin so was von gestresst.« Sie zieht die Nase kraus. »Nur die besten zehn können vorzeitig ihren Abschluss machen und einen der angepriesenen tollen Jobs einheimsen. Die Auserwählten und ihre Familien kriegen sogar Luxusapartments mit Blick auf den Garten des Lebens. Das ist eine großartige Möglichkeit. Aber die Entscheidung fällt schon diese Woche.« Kay hält kaum lang genug inne, um Luft zu holen. »Die zehn Glücklichen sind dann fertig mit der Schule, während der Rest von uns noch mindestens ein Halbjahr hier mit dem ollen Professor Rhodes festsitzt. Mein Freund und meine beste Freundin sind mit Sicherheit dabei. Und danach sind sie viel zu beschäftigt mit ihrem coolen neuen Job, um sich mit mir abzugeben, und mein Leben wird un-er-träg-lich.« Das letzte Wort zieht sie in die Länge und betont jede Silbe. »Sie prüfen uns, um ihre Wahl zu treffen. Damit ich eine Chance habe, muss ich in den nächsten paar Tagen was echt Großes leisten.«

»Also war die Tomate hier eine Art Prüfung?«, hake ich nach, als sie endlich eine Pause macht.

»Genau! Ist das zu fassen? Total unfair. Ich will Heilerin werden, keine Gartenpflegerin. Woher soll ich das mit den Wurzeln wissen? Dabei müsste ich eigentlich was über Tinkturen und Medikamente lernen.«

»Sollte eine Heilerin nicht auch Pflanzen heilen können?«

Sie schaut mich an, als wäre das eine ziemlich dumme Frage. »Wir heilen Menschen mit Hilfe von Pflanzen, nicht andersrum. Aber das ist längst noch nicht alles. Wir müssen die Geschichte der Pflanzen büffeln, ihre Entwicklung, traditionelle Anwendungen, wie man durch Kreuzbestäubung neue Arten erschafft …«

Das klingt, als wüsste sie eine Menge über den Garten und die Pflanzen, die darin wachsen. Vielleicht auch, wo ich *meine* Pflanze finde? Ich suche schon ewig und stehe immer noch mit leeren Händen da. Jede Minute, in der ich weg bin, leidet mein Garten. Ich werde Kay um Hilfe bitten. Ich beiße mir auf die Lippen. Ob ich ihr wohl trauen kann? Schließlich hole ich tief Luft und ziehe Mas Notizbuch aus der Tasche. Nachdem ich sanft über den türkisen Einband gestrichen habe, schlage ich die Seite mit der *Ferula* auf.

»Ähm … Hast du so was schon mal gesehen?« Mein gesamter Körper spannt sich an, während ich auf ihre Antwort warte.

Bei den detaillierten Anmerkungen werden Kays Augen ganz groß. Sie lehnt sich vor und legt den Kopf schief. »Ich denke, ja!« Sie nickt begeistert.

»Und weißt du auch, wo es wächst?« Ich kann mich nicht zurückhalten, ich springe auf, packe ihre Hand und zerre sie ebenfalls auf die Beine.

»Ich glaube schon. Aber wofür brauchst du das? Für die Schule?«

»Nein, für …« Ich verstumme. Mein Kopf ist leer. Ich bin in Panik geraten. Ich hätte einfach ja sagen sollen. Was erzähle ich ihr denn jetzt? »Ich meine, ja, genau, für die Schule.«

Kay strahlt mich an. Offenbar ist ihr meine plumpe Lüge gar nicht aufgefallen. »Dann komm mit. Es ist gar nicht weit.«

Kapitel 17

»Mir nach!«

Kurz überlege ich, Finn Bescheid zu geben. Er sollte dabei sein, wenn wir die *Ferula* finden. Aber so, wie ich ihn kenne, schmollt er immer noch und wäre bestimmt auch nicht erfreut darüber, dass ich Kay unser Geheimnis verraten habe. Also warte ich lieber, bis ich die *Ferula* habe, und entschuldige mich hinterher – nicht, dass ich irgendwas falsch gemacht hätte.

Kay quasselt den gesamten Weg über pausenlos. Sie ist wie ein kompletter Schwalbenschwarm.

»Das ist der Baumgarten.« Sie deutet auf ein schattiges Wäldchen. »Da stehen Bäume aus der ganzen Welt. Die Samen haben die Stifter hergebracht. Alles, was du hier siehst, stammt von den Stiftern. Ist das nicht unglaublich?«

Was genau ist denn ein Stifter? Hat das was mit Stiften zu tun, zum Schreiben? Aber Kay liefert keine Erklärung und erwartet offenbar auch keine Antwort.

»Guck mal, Bilsenkraut.« Sie deutet auf eine hüfthohe Pflanze mit weißlich-violetten Blüten. »Das kann Schmerzen lindern. Solange man nicht zu viel davon nimmt. Meine beste Freundin Zosia macht daraus eine tolle Tinktur.«

»Was passiert denn, wenn man zu viel nimmt?«

Kay streckt die Zunge raus und verdreht die Augen, während sie ein Geräusch macht, als würde sie ersticken. »Man kratzt ab.« Sie wirft den Kopf zurück und lacht, und ich kann nicht anders als einzustimmen, auch wenn es sich komisch anfühlt.

Wir kommen an einem Apfelbaum vorbei. »Hier habe ich mal einen von draußen gesehen«, erzählt Kay. »Aus den Siedlungen. Der hat sich in die Stadt geschlichen und Äpfel geklaut. Wir mussten ihn natürlich melden.«

Mir wird heiß. Hoffentlich merkt Kay nicht, dass ich auch eine von draußen bin. »Warum musstet ihr ihn melden?«

»Na, weil das Essen hier für die Bewohnerinnen und Bewohner von Solartopia ist. Wenn wir denen von draußen alles überlassen, haben wir nicht mehr genug für uns, und die Stadt gerät aus dem Gleichgewicht.«

Ich würde sie gern fragen, was die Leute sonst tun sollen, wenn sie verhungern, aber das Risiko ist zu hoch.

Jäh hält Kay an. »Wir sind da.«

Wir stehen am Fuß eines der baumgleichen Pfeiler, die die Glaskuppel tragen. Eine von Moos und Farn überwucherte Treppe windet sich daran empor, hinter einem Wasserfall, der mit ohrenbetäubendem Rauschen herabstürzt. Je höher wir steigen, desto nasser und glitschiger werden die Stufen.

Kay betritt eine der Brücken, von denen die Pfeiler miteinander verbunden werden. Sie schaukelt leicht, als ich einen Fuß darauf setze. Beim Blick nach unten wird mir flau im Magen. Im höchsten Stock von Turris zu wohnen, hat mir nichts ausgemacht, aber hier wirkt der Boden so nah und tödlich. Ich zwinge mich, wieder geradeaus zu schauen. Von der Brücke aus sieht man die ganze Stadt, glänzende Türme, so weit das Auge reicht, wie gigantische Spargelstangen, nur majestätischer.

Kay führt mich die Brücke entlang, die über und über mit Epiphyten und Pflanzkörben behängt ist. Zumindest wird so die Sicht in die Tiefe verdeckt. Auf halber Strecke deutet sie auf eine Pflanze in einem Topf am Geländer mit gefiederten Wedeln und dichten gelben Blütenähren.

»Das ist sie, oder? Die Pflanze, die du suchst?« Kay strahlt.

Ich hole mein Notizbuch raus. Die Pflanze sieht der *Ferula* zum Verwechseln ähnlich. Mein Herz schlägt schneller. Ich kann kaum glauben, dass ich sie wirklich gefunden habe. Um einen besseren Blick zu bekommen, beuge ich mich über das Geländer. Und stelle mit wachsender Bestürzung fest, dass der Stiel lila gestreift ist und die Wedel nur dreimal unterteilt sind, während Mas Zeichnung ein sehr komplexes Blatt zeigt, das vierfach oder noch öfter gefiedert ist.

Ich sinke zusammen. »Nein, leider nicht.« Ich kann die Enttäuschung in meiner Stimme nicht verbergen.

Kay kniet sich betreten neben mich. Sie kann mir kaum in die Augen schauen. »Tut mir total leid. Die beiden gleichen sich wie ein Ei dem anderen. Ich hab dir Hoffnungen gemacht, oder? Das mit der Erkennung versaue ich ständig.

Wahrscheinlich gehöre ich deswegen nicht zu den besten in meinem Jahrgang. Kann ich es irgendwie wiedergutmachen? Vielleicht geht ja eine andere Pflanze, wenn du mir erzählst, wofür du sie brauchst? Warum ist sie so wichtig? Oder ist das auch eine Prüfung? Ja? Musst du genau diese Pflanze finden?«

Ich weiß nicht recht, was ich sagen soll. Jede Erklärung wäre entweder eine Lüge, oder ich müsste ihr von meinem Garten erzählen, dem Smog und dass ich nicht aus der Stadt stamme. Und ich habe ja gehört, was sie von Leuten von draußen hält, auch wenn sie sonst nett wirkt.

Bevor ich antworten kann, dringen Stimmengewirr und aufgeregtes Quieken zu uns herauf.

Wir spähen über das Brückengeländer. Ein Mann spaziert über einen der Hauptwege zu dem Platz unter uns.

Er hat lange Locken, die über seine Schultern wallen, und trägt eine fließende fliederfarbene Robe.

Kay keucht leise auf und hüpft herum, bis die Brücke wackelt.

Der Mann erinnert mich an irgendwen, aber ich kann es nicht genau sagen. Dann fällt mir auf, dass er keine Schuhe trägt, anders als jeder andere in Solartopia. Ruhig und stetig läuft er auf uns zu.

Alle, an denen er vorüberkommt, drehen sich um und schauen ihm nach. Entweder bleiben sie wie angewurzelt stehen oder eilen zu ihm und murmeln ein paar Worte. Eine Frau vor ihm ist zitternd erstarrt.

Beinahe schluchzend wiederholt sie immer wieder:

»Danke, danke.« Sie verbeugt sich vor ihm, und er berührt kurz ihren Hinterkopf. Das Lächeln, mit dem sie ihm hinterherblickt, ist tief verzückt.

Wer ist dieser Mann? Er wirkt überhaupt nicht besonders. Warum freuen sich alle so über ihn?

Er schenkt den Versammelten ein Lächeln, hält jedoch nicht an. Er scheint sich nur für die Pflanzen zu interessieren. Zu denen beugt er sich hinunter, reibt ihre Blätter zwischen den Fingern oder riecht an ihren Blüten.

»Wer ist das?«, frage ich Kay.

Als ich sein Gesicht genauer betrachte, wird mir plötzlich klar, woher ich ihn kenne. Die Pflanzenskulptur am Eingang des Gartens. Das ist er.

»Hast du noch nie den Gärtner gesehen?« Kay mustert mich ungläubig.

»Nein«, antworte ich nervös.

»Ich dachte, den würde jeder kennen.« Sie verengt die Augen.

Ich zucke mit den Schultern und hoffe, sie bohrt nicht weiter nach.

»Er ist für den Garten des Lebens verantwortlich und gehört dem Rat an.« Sie runzelt die Stirn. »Dem Rat. Den kennst du aber, oder? Oder lebst du hinterm Mond?«

»So halb …« Ich lache nervös.

»Hm, okay …« Sie legt den Kopf schief. »Das sind die Männer und Frauen, die die Stadt führen: der Gärtner, die Architektin, der Ingenieur, die Chemikerin und der Heiler.« Bei meiner verständnislosen Miene fährt sie fort: »Sie halten uns am Leben und die Stadt im Gleichgewicht. Ich habe schon immer davon geträumt, eines Tages die Heilerin zu sein. Stell dir das mal vor …« Mit einem träumerischen Ausdruck auf dem Gesicht starrt sie den Gärtner an.

Ich weiß nicht, warum sie so beeindruckt ist. Er hat ganz offensichtlich keine Ahnung, was er tut. Wenn er der Chef hier ist, sollte er sein Pflegepersonal nicht all die kranken Pflanzen ausrupfen lassen, sondern sie retten.

»Aber der Garten ist nicht im Gleichgewicht«, brumme ich selbstvergessen. »Das ist dann also seine Schuld?«

»*Wie bitte?*« Kay reißt entsetzt die Augen auf.

»Na ja …«, stammle ich. »Weil die Pflanzen so gestresst sind und …« Ich gestikuliere hilflos in seine Richtung. Einige Gewächse auf seinem Weg versprühen rote und weiße Notsignale, aber er bleibt nicht einmal stehen. Ein guter Gärtner würde seine Pflanzen niemals leiden lassen. Er ist nicht einmal ansatzweise so talentiert wie Ma.

Kays Wangen sind dunkel angelaufen, ihre Lippen fest zusammengepresst. Sie schnauft. »Du kannst doch nicht …«

»Jemand sollte ihm verraten, dass sein Garten krank ist«, meine ich. Wenn dieser Gärtner hier das Sagen hat, ist er in der Lage zu helfen. Ich kann nicht zusehen, wie sich Tausende und Abertausende Pflanzen quälen. Ich kann nicht zulassen, dass sie weggeworfen werden, als wären sie Müll. Er muss erfahren, dass es einen besseren Weg gibt.

Kay packt mich am Arm und hält mich zurück. »Das geht nicht!«, stößt sie hervor. »Er wird nicht gern gestört, vor allem nicht, wenn er den Garten besucht. Erweis dem

Mann, der das Scharlachmassaker gestoppt hat, ein bisschen Respekt.«

»Keine Ahnung, was das sein soll. Ich weiß nur, dass …«

»Das *musst* du doch wissen.« Sie lässt meinen Arm los und weicht entsetzt zurück. An ihrem scharfen Tonfall merke ich, dass ich einen Fehler gemacht habe. »W-Warum weißt du das nicht?«

»Scharlachmassaker? Ach, klar. Entschuldige, ich hab nicht richtig zugehört«, lüge ich schnell. »J-Ja, darüber weiß ich natürlich Bescheid. Schreckliche Sache.«

Kay schüttelt den Kopf, die Hand am Mund. »Der grässliche Massenmord?« Ihre Stimme ist schrill und gepresst und wird immer höher. »Wie der Gärtner die Schuldige gestellt hat? Bedeutet dir das gar nichts? Dieser Mann ist ein Held, und er leidet immer noch unter dem Verrat. Das weiß jeder.«

Er hat eine Mörderin aufgehalten? Wie ein Ermittler in einem Krimi? Mit neu gewonnenem Respekt blicke ich zu ihm hinunter. Vielleicht ist er nicht so firm im Gärtnern wie meine Ma, aber wer einer Mörderin das Handwerk legt, hat eine gute Tat vollbracht.

Als der Gärtner unter uns vorbeigeht, ist Kay kurz abgelenkt. Eine Menschentraube folgt ihm. Widerstrebend bleibe ich, wo ich bin, obwohl ich immer noch glaube, dass er gerne erfahren würde, wie sein Garten gerettet werden kann. Welcher Gärtner wollte das nicht? Wir schauen ihm nach, bis er außer Sichtweite ist.

»Ähm, ich mache mich besser auf den Weg«, sage ich.

»Ich muss noch was … Danke für deine Hilfe.« Beim Reden bewege ich mich schon unauffällig rückwärts, was auf der wackligen Brücke gar nicht so leicht ist, aber ich will Kay nicht noch eine Möglichkeit geben herauszufinden, wie wenig ich über Solartopia weiß.

»Oh, okay. Sorry, dass es nicht geklappt hat.« Sie streckt die Arme aus und geht einen Schritt auf mich zu. Kurz denke ich, sie möchte mich packen.

Instinktiv weiche ich zurück und hebe die Hand. Ich schaffe es zwar noch, die Geste in ein unbeholfenes Winken zu verwandeln, aber erkenne zu spät, dass sie mich eigentlich umarmen wollte. Jetzt runzelt sie wieder die Stirn. Schnell eile ich davon, rufe noch eine Verabschiedung über die Schulter und wünsche ihr Glück bei den Prüfungen.

Irgendwie ist es schon später Nachmittag. Ich sehe wohl besser mal nach Finn. Vielleicht hat er inzwischen lange genug geschmollt, um ein wenig verträglicher zu sein. Es tut mir ehrlich leid, wie es heute Morgen gelaufen ist. Er ist mein bester Freund. Wir sollten zusammenhalten, nicht zanken.

Finn ist genau dort, wo ich ihn zurückgelassen habe. Keine Ahnung, ob er sich überhaupt vom Fleck bewegt hat. Dabei hatte ich fast damit gerechnet, dass er sich verzogen hat. Bisher hat er kein Stück bei der Suche geholfen, aber vielleicht ändert sich das ja, wenn wir uns versöhnen.

»Immer noch sauer?«

»Hey«, erwidert er. »Das mit den Klamotten war nicht so gemeint.«

Ich lächle. »Schon okay. Ich fühle mich wirklich ein bisschen verkleidet. Du hast recht, das bin so gar nicht ich. Aber ich habe ein Mädchen namens Kay getroffen, die mich für eine Stadtbewohnerin gehalten hat.«

Ich erzähle ihm alles – wie dicht davor ich war, die *Ferula* zu finden, und dass dieser seltsame Gärtner sich überhaupt nicht um seinen Garten zu scheren scheint. Aber Finn interessiert sich vor allem für Kay.

»Die klingt netter als dieser Jett. Der weiß zu viel über uns.«

»Jett will uns helfen. Wir können ihm vertrauen. Wir haben ihm noch nichts von der *Ferula* erzählt und …«

»Und so sollte es auch bleiben«, brummt Finn finster.

Wir drehen uns im Kreis. Ich weiß nicht, was ich noch tun soll, um ihn davon zu überzeugen, dass Jett ein guter Kerl ist. Jedes Mal, wenn das Gespräch auf ihn kommt, fangen wir an zu streiten. Finn ist mein bester Freund, aber er behandelt mich, als wäre ich ihm egal. Ich hole tief Luft und wechsle das Thema zur Reparatur des Seglers, aber selbst das endet in Streit. Irgendwann rolle ich mich einfach unter dem Geißblatt zusammen und halte ein Nickerchen.

Jett kehrt vor Sonnenuntergang zurück, genau wie versprochen.

Ich freue mich so, ihn zu sehen, dass ich bis über beide Ohren lächle. Beinahe stürme ich auf ihn zu und werfe ihm die Arme um den Hals, aber ich kann mich gerade noch zusammenreißen.

»Hi! Du bist immer noch hier.« Er lächelt ebenfalls.

»Na toll«, grummelt Finn.

Ich werfe ihm einen warnenden Blick zu, damit er sich benimmt.

Jett fährt sich durch die Haare, scharrt mit den Füßen und schaut verlegen zur Seite. »Ich dachte, ich gucke mich mal im Waldgebiet um. Baldowere aus, ob Paps' Labor dort ist. Willst du mit?«

»Ausbaldowern?« Das Wort spricht sich komisch.

»Ach, das ist, wenn man einen Ort auskundschaftet – gründlich erkundet.«

In dem Teil des Gartens war ich noch nicht, also kann ich genauso gut dort weitersuchen.

»Ich komm auch mit«, meint Finn. »Ich muss dich im Auge behalten.«

Zum Glück hat der Garten noch eine Weile geöffnet, so dass wir nicht herumschleichen müssen. Zu dritt wandern wir einen der Hauptwege entlang, immer tiefer in den Garten hinein. Rankenbedeckte Mauern säumen den Weg. Die herabhängenden lilafarbenen Blüten verströmen einen starken, süßen Duft, wie Geißblatt und Ginster. Eine ist zu Boden gefallen. Jett hebt sie auf. Kurz zögert er, ehe er sie mir hinters Ohr steckt. Seine Finger streichen sanft über meine Haut.

»Perfekt.« Er schaut mir in die Augen.

Mein Herz schlägt einen Salto. Ich kann den Blick nicht abwenden. Die Blume summt noch schwach. Ich streichle ihre weichen Blütenblätter, danke ihr für ihre Gesellschaft.

»Haben wir zu viel Zeit oder was?«, brummt Finn.

Jett grinst. »Weiter geht's.«

Am Ende des Wegs, ganz allein auf einem Sockel, steht eine Pflanze, die ich sofort erkenne. Eine Nova! Ich schnappe nach Luft. Unglaublich! Ich renne los, stolpere fast über meine Schuhe in meiner Hast und strahle übers ganze Gesicht. Als ich näher komme, wird ihr glückliches Summen lauter. Auch ich fühle mich, als würde ich vibrieren. Ich strecke die Hand aus und streiche über ihre Blätter.

»Hallo, alte Freundin«, gurre ich. Als Antwort steigen goldene Funken auf.

Bei meiner Berührung entfalten sich die eben noch geschlossenen Knospen zu wunderschönen weiß-rosafarbenen Strahlenkränzen. Lachend betrachte ich die Pflanze genauer. Sie wirkt gesund und zufrieden. Als wollte sie es beweisen, treiben neue Blätter aus.

»Was zur Hölle?«, ruft Jett aus. Seine Augen sind entsetzt aufgerissen. »Wie machst du das? Wer *bist* du?« Er hat ein paar Schritte entfernt angehalten, als wäre ich ihm nicht geheuer, und die Arme vor der Brust verschränkt.

»Das ist meine Pflanze«, erkläre ich schnell, sprudelnd vor Aufregung. »Meine Ma hat sie gezüchtet und nach mir benannt. Ich hab zu Hause auch eine. Die Früchte schmecken himmlisch!« Ich plappere, genau wie Kay. Normalerweise rede ich nicht so viel, aber es ist einfach wunderschön, etwas Vertrautes zu sehen. Wie ein Zeichen von Ma, dass wir auf der richtigen Spur sind und sie über uns wacht.

»Das ist eine Rosenbeere.« Jett schaut mich komisch an.

»Das ist nicht ihr richtiger Name«, erwidert Finn, als wäre Jett dumm.

Ich runzle die Augenbrauen. »Nein. Das ist eine Nova. Nach mir.«

Ich reibe ihre Blätter und untersuche sie nach Schäden. Die Pflanze streckt freudig einen Zweig nach mir aus und versprüht noch einen Schwall Gold.

»Was … Wie?«, stammelt Jett. »So bewegen sich Pflanzen nicht. Wer *bist* du?«, wiederholt er, diesmal heftiger.

Widerstrebend wende ich mich von der Nova ab. Jett ist geschockt. Und wenn er so reagiert, muss Ma recht gehabt haben: Mit Pflanzen zu sprechen, ist eine außergewöhnliche Gabe. Ich beiße mir auf die Lippen. Ich kann Jett nicht länger nur Halbwahrheiten erzählen. Irgendwann muss ich ihm einfach vertrauen. Und tief im Inneren weiß ich, dass er ein guter Mensch ist und nicht zu den Bösen gehört. Also hole ich tief Luft und beschließe, ein gewaltiges Risiko einzugehen. »Ich komme von einem Ort jenseits der Berge.«

»Nova!«, sagt Finn warnend.

Aber ich rede weiter. »Dort ist es anders. Nicht wie auf dieser Seite. Der Smog rund um Turris ist so dicht, dass er alles erstickt.«

»Was ist Turris?«, fragt Jett, die Stirn in Falten gelegt.

»Das Hochhaus, in dem ich wohne.«

Jett klappt die Kinnlade runter. »Es gibt noch eine andere Stadt?«

»Nein, nein.« Ich schüttle den Kopf. »Entschuldige, ich drücke mich verwirrend aus. Es ist nur ein einzelnes Haus.«

»Aber wie überlebst du da drin, wenn es von Smog umgeben ist?«

»Ganz oben ist es sicher, und ich sammle Wasser und baue meine eigene Nahrung an.«

»Allein?«

»Ich bin auch noch da«, knurrt Finn.

»Ma ist ... gestorben.« Mir versagt die Stimme.

Jetts Blick wird teilnahmsvoll. Er öffnet den Mund, doch ich komme ihm zuvor: »Ma hat mir beigebracht, wie man mit Pflanzen redet. Ich kann sie zum Wachsen ermuntern. Und manchmal hören sie sogar auf mich. Aber Ma war so viel besser als ich.« Mein Lächeln ist traurig.

»Das mit deiner Ma tut mir leid«, meint Jett stockend.

Ich schaue zu Boden. Mit jemandem über sie zu sprechen, der sie nicht kannte, fällt mir sehr schwer.

»Warum bist du von zu Hause weggegangen?«, fragt Jett sanft.

»Der Smog ist zu schlimm geworden«, antworte ich schnell, dankbar für den Themenwechsel.

»Also gab es den Smog bei dir schon immer?«

Ich nicke. »Seit ich denken kann.«

»Aber er ist erst vor kurzem schlimmer geworden?«

»Da bin ich mir nicht ganz sicher.« Ich winde mich schuldbewusst. »Ich hätte regelmäßiger nachgucken sollen.«

»Auf dieser Seite der Berge gibt es ein paar Smogfetzen, aber nichts Vergleichbares zu dem, was du beschreibst. Wenn ich richtig weit rausfliege, entdecke ich ab und zu einzelne Wolken, in letzter Zeit häufiger. In den äußeren Siedlungen wird es allmählich brenzlig – Leute kriegen die Smogkrankheit. Die klingt grauenhaft. Deswegen kommen ja auch immer mehr Schutzsuchende.«

»Der Smog tötet alles auf Turris«, erkläre ich. »Meine Pflanzen färben sich schon schwarz. Ich habe alles versucht, um meinen Garten zu retten. Mir bleibt nur noch eine Hoffnung.«

»Kein Wort mehr«, faucht Finn.

Ich werfe ihm einen verärgerten Blick zu, während ich Mas Notizbuch herausziehe. Das hier ist einfach zu wichtig. Ich kann es Jett nicht länger verschweigen.

»Das Buch hat meiner Ma gehört. Darin hat sie ihre Forschung niedergeschrieben. Ich suche nach einer besonderen Pflanze, die vielleicht meinen Garten vor dem Smog bewahren kann.«

Ich klappe das Buch auf und drücke es Jett in die Hand. Er hält es so vorsichtig wie einen empfindlichen Keimling. Die Anspannung strömt aus mir heraus – ich habe ihm endlich die Wahrheit gesagt.

»Kennst du diese Pflanze?« Atemlos deute ich auf Mas Zeichnung.

Er verengt die Augen und hebt das Buch ins Licht. Dann schüttelt er traurig den Kopf. »Nein, tut mir leid.«

Enttäuscht lasse ich die Schultern hängen. Mein Lächeln erlischt.

»Siehst du?«, meldet sich Finn zu Wort. »Er hat keine Ahnung. Wir hätten ihn nicht einweihen sollen.«

Jett fährt fort: »Aber ich hab eine Idee. Du hilfst mir bei meiner Suche und ich dir bei deiner. Wer weiß, vielleicht versteckt sich deine Pflanze sogar in Paps' Labor. Zusammen finden wir beides. Abgemacht?«

Mit erhobener Augenbraue streckt er mir die Hand hin. Ich greife danach, und er umfasst meine Finger fest und schüttelt sie. Verdutzt über diese seltsame Geste gluckse ich. Mein Lächeln kehrt zurück. Ich glaube, ich habe gerade meinen zweiten Freund überhaupt gewonnen.

Und selbst das Misstrauen auf Finns Gesicht kann meine Freude nicht dämpfen.

Kapitel 18

Wir erreichen das Waldgebiet, als die letzten leuchtenden Farben des Sonnenuntergangs verblassen. Unter den Bäumen ist es dunkler als im Rest des Gartens, aber es gibt genug blinkende Lichter, um sich zurechtzufinden. Seltsame Geräusche erfüllen diesen Ort. Das Knarzen alter Äste, das Scharren fremder Wesen, die sich zum Schlafen niederlassen. Der Wald ist wunderlich und wild, fast vernachlässigt.

»Manche Teile des Gartens sollen mehr der Natur draußen ähneln, vor dem Sechsten Sterben«, erklärt Jett.

Wir suchen stundenlang, finden jedoch weder die Tür zum Labor noch meine *Ferula*. Zwischendurch machen wir nur kurz Pause, um uns noch ein paar von diesen süßen Schwammdingern zu teilen, die Jett Früchteballen nennt. Am Ende ist er so erschöpft, dass er mit uns zurück in den Obstgarten stolpert, statt nach Hause zu gehen.

Finn schläft sofort ein. Jett und ich unterhalten uns flüsternd. Endlich weiß er, wer ich bin und wo ich herkomme, so dass ich meine Ahnungslosigkeit nicht länger verstecken muss, sondern ihn mit all meinen brennenden Fragen über Solartopia löchern kann. Es fühlt sich gut an, in seiner Gegenwart endlich ich selbst zu sein.

»Wie erzeugt ihr Strom?« Wir liegen nebeneinander und schauen uns an. In der Dunkelheit kann ich gerade so sein Gesicht erkennen.

»Mikrosolarkollektoren in allen Wänden«, antwortet Jett schläfrig.

»Die Wände sammeln Energie?«

»Und Wind …«

»Was arbeiten diejenigen, die nicht Helikopter fliegen oder Gärten pflegen?«

»Ähm … Alles Mögliche.« Er gähnt. »Soll ich dir …«

»Was machen die Leute in ihrer Freizeit?«

»Wow, die Liste wird lang …«

»Haben alle Pflanzen? Hast du den Gärtner schon mal getroffen?«

»Ja. Nein.« Jett gluckst.

»Wo kommt das ganze Wasser her? Wie bist du Pilot geworden?«

Wieder gähnt Jett, und ihm fallen langsam die Augen zu. »Schlaf ein bisschen«, murmelt er. »Du kannst mich morgen früh weiterverhören.«

Ich klappe den Mund auf, um etwas zu erwidern, doch da wird sein Atem schon tief und gleichmäßig. Er schläft, und die typische Falte zwischen seinen Augenbrauen glättet sich.

Am nächsten Morgen verkündet er, dass er mir etwas zeigen will. Einen Ort, an dem ich ein paar Antworten kriege. Dann spaziert er zum Brunnen, um sich das Gesicht zu waschen.

Finn wirft mir einen wissenden Blick zu. »War ja klar. Du hast ihm von der *Ferula* erzählt, und jetzt schleift er dich davon.«

Ich schüttle lachend den Kopf. »Wovor hast du solche Angst? Ich vertraue ihm.«

»Also, ich bleibe lieber hier, wenn's dir nichts ausmacht.«

»Komm doch mit! Dann kannst du ihn besser kennenlernen.«

»Da zähle ich lieber Tomatensamen.«

»Viel Spaß beim Schmollen«, ziehe ich ihn auf. »Du kannst ja dem Geißblatt Gesellschaft leisten.«

Nachdem ich beim letzten Mal beinahe überfahren worden wäre, stimmt es mich ein bisschen nervös, den Garten zu verlassen. Aber das muss es gar nicht. Jett passt auf mich auf und stellt sicher, dass ich nicht vor eins dieser rasenden Fahrzeuge springe. Er zeigt mir, wo ich gehen kann und wie man die Straße überquert. Dabei witzelt er, dass er sich wie meine Mami vorkommt. Ich weiß, dass er es als Scherz meint, trotzdem versetzt es mir einen Stich. Es ist schön, sich ausnahmsweise behütet zu fühlen. So was hatte ich schon lange nicht mehr. Ich denke an Ma und werde still.

»Sorry ...«, murmelt er. »Hab nicht nachgedacht. Ich wollte dich nicht traurig machen.«

»Es gibt nichts, wofür du dich entschuldigen müsstest«, erwidere ich erstaunt. »Ich laufe gerne mit dir herum.«

»Ich auch mit dir«, sagt er leise und stößt mich sanft mit der Schulter an. Ein Lächeln breitet sich auf seinem Gesicht aus.

Wir spazieren eine lange Allee entlang. Die hohen Bäume haben zarte, fächerförmige Blätter und dicke, herabhängende Ranken, die stabil genug wirken, um darauf zu schaukeln.

»Wollen wir hochklettern?« Ich ziehe prüfend an einer Ranke.

»Keine Zeit. Wir müssen uns beeilen, wenn ich dir diesen Ort noch vor der Arbeit zeigen will.«

»Wo gehen wir hin?«, frage ich. »Warum tust du so geheimnisvoll?«

Er lacht nur und beschleunigt seine Schritte.

Am Ende der Allee befindet sich ein großer Platz, den noch mehr von diesen Bäumen säumen. Zwischen den Pflastersteinen wächst dichtes, weiches Moos. In der Mitte des Platzes erhebt sich ein Podest. Dahinter ragt eine gewaltige Eiche mit einem massigen Stamm auf – der zweitgrößte Baum, den ich je gesehen habe, nur übertroffen vom Baum des Lebens im Garten. Die Eiche ragt hoch über uns auf. Auf dem Platz ist es ruhig und entspannend, die Blumen duften intensiv, die Büsche sind in verschlungene Formen geschnitten. Ein Brunnen versprüht feinen Wassernebel.

»Komm weiter«, drängt Jett.

»Wo sind wir hier?«

»Auf diesem Platz wurden früher Stadtversammlungen abgehalten, ganz am Anfang, als noch alle Bewohnerinnen und Bewohner draufgepasst haben.«

Ich schaue mich staunend um. Solartopia ist so riesig,

ich kann gar nicht glauben, dass es mal eine Zeit gegeben hat, als sich die gesamte Stadt auf diesen Platz quetschen konnte.

»Jetzt werden die Versammlungen auf der Bühne gefilmt.« Er deutet auf das Podest. »Und die meisten Leute schauen von zu Hause aus.«

Gefilmt. Das Wort ruft eine längst vergessene Erinnerung wach. Ma hatte auf einem alten Tablet Filme, die wir uns zusammen angeguckt haben, aber das Gerät ist schon vor Jahren kaputtgegangen. Ich habe noch irgendetwas mit magischen Wesen und bösen Feen und Musik und Tanz im Kopf.

Für diese frühe Uhrzeit ist hier ziemlich viel los. Menschen sitzen auf den Bänken ringsum, genießen ihr Frühstück und beobachten die Vorübergehenden. Ein Pärchen unterhält sich, während es sich einen großen Korb Essen teilt.

»Igitt, der ist verbrannt.« Ein eben herausgeholter Keks landet in einem Abfalleimer in der Nähe.

Eine alte Frau bläst in eine Tasse Tee. Eine Mutter versucht, zwei Mädchen weiterzutreiben, aber die beiden wollen am Brunnen spielen, sie werfen Hände voll saftige Beeren ins Wasser und sehen zu, wie sie auf und ab tanzen. Die Mutter sagt nichts dazu, sondern zerrt die Mädchen einfach weg. Holt sie die Beeren nicht wieder raus? Das ist doch Verschwendung. Ein Mann läuft mit einem Tablett voll glänzenden Dingern vorbei, die den Früchteballen von Jett ähneln. Mir läuft das Wasser im Mund zusammen.

Um mich herum ist mehr Essen, als ich in einem Jahr vertilge.

»Feiern die Leute irgendwas?«, frage ich Jett mit kugelrunden Augen.

Er folgt meinem Blick zu zwei jungen Männern, die sich etwas Flaches und Helles einverleiben. »Was, die beiden? Nein, die frühstücken nur. Viele treffen sich vor der Arbeit mit Freunden.«

»Warum essen sie nicht auf?«, hake ich nach, als einer seine halbe Mahlzeit neben sich abstellt.

Jett schaut mich an, als wäre das die seltsamste Frage aller Zeiten.

In Solartopia wird Essen so beiläufig und verschwenderisch behandelt. Für mich ist das richtig schockierend. Sie weisen Schutzsuchende ab, weil sie angeblich nicht genug zum Teilen haben, aber dann vergeuden sie so viel.

Jett winkt mich zur Eiche hinter der Bühne. In den Stamm ist etwas eingeschnitzt – Handabdrücke, die ringsherum reichen.

»Das ist der Baum der Gemeinschaft. Der Baum des Lebens wurde zuerst gepflanzt, als Symbol für unsere Fähigkeit zu überleben. Danach kam der hier, als Symbol für die neue Gemeinschaft, die die Stifter aufbauen wollten.«

Ich weiß nicht, was ich von Schnitzereien in einem Baum halten soll. Das erscheint mir so schädlich und zerstörerisch. Wäre es nicht besser gewesen, den Baum einfach in Ruhe zu lassen?

Ich versuche, eine Verbindung zu ihm herzustellen. Er

summt leise, ebenso träge wie die Pflanzen im Gebirge, aber er wirkt ganz zufrieden. Was mehr ist, als ich erwartet hätte, nach dem, was ihm angetan wurde.

Grinsend führt Jett mich um den Baum herum zu einer kleinen Tür.

Dahinter befindet sich ein Raum mit einer gepolsterten Bank und einem weiteren Brunnen, diesmal aus goldenem Metall, so wie Jetts Helikopter. Gegenüber der Bank hängt eine große weiße Leinwand. Als wir eintreten, erwacht sie flackernd zum Leben, und das Licht wird dunkler.

»Was ist das?«, frage ich.

»Pst. Ein Film. Schau einfach zu.«

Mein Bauch kribbelt vor Aufregung. Ein Film? Mit Singen und Tanzen? Wir machen es uns auf der Bank bequem, und ich beuge mich gespannt vor und fiebere dem Anfang entgegen. Bald erscheint eine leuchtende Sonne in der Mitte der Leinwand, die sich in das Logo von Kays Tunika verwandelt. Eine Stimme beginnt zu sprechen, während Aufnahmen der Stadt gezeigt werden.

»Früher, vor dem sechsten Massenaussterben, lebte die Menschheit nicht im Einklang mit der Umwelt.«

Die Erzählerin klingt ruhig und nüchtern. Bisher gibt es leider keinen Gesang, aber das ändert sich hoffentlich noch.

Bilder blitzen auf: unglaublich hohe Müllberge, Menschen, die Essen wegwerfen, Tiere, die geschlachtet und dann einfach liegen gelassen werden, bis sie verrotten, tote Fische in einem See. Ich keuche entsetzt auf und halte mir die Hände vor die Augen, linse zwischen den Fingern hindurch.

»Rohstoffe wurden verprasst, als wären sie unerschöpflich. Die Gier der Menschen sorgte für eine unkontrollierte Verschmutzung und die Erwärmung des gesamten Planeten. Das führte irgendwann zum Sechsten Sterben.«

Eine Katastrophe nach der anderen erscheint: Monsterwellen, tosende Stürme, die Dächer von Häusern reißen, ein brennender Berghang, knochendünne, hungernde Menschen, Kranke in endlosen Bettreihen.

Ich will wegschauen, aber diese Informationen sind wichtig. Jett beobachtet meine Reaktion.

»Fast alle Menschen auf der Welt starben«, fährt die Stimme fort. *»Nur eine Handvoll konnte sich retten.«*

Nun sind drei Männer und zwei Frauen zu sehen. Sie stehen auf einem großen, glänzenden Schiff inmitten eines strahlend blauen Meeres, tragen Weiß und wirken kerngesund verglichen mit den Sterbenden von vorhin.

»Die Stifter träumten davon, im Gleichgewicht mit der Natur zu leben, bedacht mit ihrer Umwelt umzugehen und nur das Nötigste zu verbrauchen.«

Da ist wieder dieses Wort: Stifter. Die fünf Männer und Frauen grillen an einem Strand lachend Fisch über dem Feuer.

»Das ist der Stiftungsrat«, flüstert Jett zu mir gelehnt. »Er hat die Stadt gegründet.«

Also hat es nichts mit Schreibstiften zu tun, denke ich leicht verlegen.

»Zu Anfang war die Stadt noch klein, nur einige wenige Gebäude.« Ein paar Häuser inmitten von Bäumen und Feldern tauchen auf. *»Doch als nach dem Sechsten Sterben wieder Ruhe einkehrte, begann die Bevölkerung zu wachsen. Aus einer winzigen Gruppe Überlebender wurde die große Hoffnung der Menschheit: Solartopia.«*

Eine schnelle Abfolge von Bildern zeigt die Stadt von oben. Sie wird immer weiter und immer höher, die Gebäude nehmen komplexere Formen an.

»Der Stiftungsrat hielt an seiner Vision fest: Solartopia sollte niemals in die Exzesse der früheren Menschheit verfallen.«

Jetzt scheint das heutige Solartopia zu sehen zu sein – der Garten des Lebens und die Skulptur des Gärtners, eine kurze Sequenz von Gebäuden in der Bauphase, Menschen, die durch die Stadt spazieren, spielende Kinder. Alle wirken überglücklich.

»Die Stadt wird allein mit Wind- und Solarenergie betrieben. Wir bauen unsere eigene Nahrung an, und unser Wasser wird gereinigt, wiederverwendet und mit frischem Wasser aus den Bergen aufgefüllt. Wir sind durch und durch nachhaltig. Diese Vision wurde von Rat zu Rat weitergegeben, bis zum aktuellen, der mit dem Schutz der Stadt und aller darin betraut ist. Es ist seine Aufgabe, das Gleichgewicht zu wahren. Unsere Zukunft liegt in seinen Händen. Er wird diesen Planeten und unsere Lebensweise für die kommenden Generationen erhalten. Er sichert das Überleben der Menschheit.«

Der Film endet mit einem weiteren Bild der Sonne, und das Licht geht wieder an.

»Hat dir das geholfen?« Jett lehnt sich gegen die Wand und streckt die Arme über den Kopf. Seine schlanken Muskeln sind straff gespannt.

Ich sitze da wie betäubt. Das alles ist schwierig zu verarbeiten.

Ma hat mir immer erzählt, dass das Sechste Sterben der Grund ist, warum wir allein sind, dass außer uns niemand überlebt hat. Dabei gab es die ganze Zeit diese riesige Stadt voller Menschen gar nicht weit von uns. Wie sind Ma und ich in Turris gelandet statt in Solartopia oder einer der Siedlungen?

»Natürlich erzählt der Film nicht die gesamte Geschichte. Paps sagt, die Stifter waren nicht so selbstlos, wie sie uns weismachen wollen. Vor dem Sechsten Sterben waren sie Milliardäre, deswegen hatten sie genug Geld, um sich in Sicherheit zu bringen.«

Ich habe noch so viele Fragen. Zum Beispiel, was ein Milliardär ist. Aber die, die mir entschlüpft, klingt laut ausgesprochen schrecklich dumm. »Wozu die Brunnen überall?«

Jett lacht. »Das ist das Erste, was dir auffällt?«

»Na ja, Wasser ist der Schlüssel zu allem Leben. Da macht es doch keinen Sinn, es als … Dekoration zu benutzen. Und noch was, das hast du vorher nicht beantwortet: Warum gibt es hier so viel Essen? Die Leute verschwenden es sogar.«

Jett zuckt mit den Schultern. »Hey, ich bin bloß ein Pilot. Ich leite diese Stadt nicht. Tut mir leid. Ich dachte, der Film würde helfen, ein paar Fragezeichen ausräumen …«

»Danke«, murmle ich. »Mir tut's leid. Der Film hat mir sehr geholfen.«

Aber das meine ich nicht ernst. Ich bin aufgewühlt und angespannt. Nichts in dieser Stadt passt zusammen. Und es gefällt mir nicht, in der Nähe dieser armen Eiche zu sein, an der Menschen ihre Spuren hinterlassen haben. Das fühlt sich falsch an.

»Ich muss jetzt los zur Arbeit. Die Helis fliegen sich schließlich nicht allein. Kann ich dich noch zurückbegleiten?«

Ich springe auf. »Verschwinden wir von hier.«

Beim Gehen denke ich noch, dass der Film mehr Fragen aufgeworfen als beantwortet hat. Welche Art von Menschen würde sich mit diesen oberflächlichen Erklärungen zufriedengeben? Und welche Art von Menschen waren die Stifter?

Kapitel 19

Ich verbringe jede freie Minute mit Jett auf der Suche nach meiner verschollenen Pflanze und seinem verschollenen Labor, aber ein weiterer Tag verfliegt, ohne dass wir eine Spur von der einen oder dem anderen finden. Inzwischen haben wir mindestens den halben Garten durchkämmt.

Der Ackergauchheil, der auf einem Fleckchen Erde neben unserem Obstgarten wächst, öffnet seine roten Blütenblätter. Es muss also acht Uhr sein. Der Garten macht auf.

»Komm schon, Finn, red mit mir. Was ist los?«

Finn ist in letzter Zeit so still. Immer wenn ich Jett auch nur erwähne, wird er sauer und straft mich mit Schweigen.

»Du weißt genau, was los ist«, antwortet er. »Uns läuft die Zeit davon, und du ziehst mit diesem Jett durch die Gegend.«

Glaubt Finn wirklich, das könnte ich vergessen? Natürlich will ich zurück nach Turris, bevor meine Pflanzen sterben, aber wenn ich ehrlich bin, würde ein anderer Teil von mir, tief drin, auch gern hierbleiben, bei Jett. Allein beim Gedanken daran kriege ich Gewissensbisse. In seiner Nähe schlägt mein Herz schneller, und ich kann gar nicht mehr aufhören zu grinsen. Er ist für mich mehr als ein Freund,

und ich weiß nicht, was ich tun soll. So etwas habe ich noch nie selbst empfunden, nur in Büchern gelesen. Aber er empfindet garantiert nicht das Gleiche für mich. Ich wünschte, ich könnte mit Finn über meine Gefühle reden.

»Du lässt dich ablenken«, fährt Finn fort. »Wir sollten lieber zurück in die Berge und dort weitersuchen.«

»Erst suchen wir hier fertig«, sage ich entschlossen. Aber allmählich frage ich mich, ob Finn nicht recht hat. Ist ja nicht so, als hätte ich irgendeine Ahnung, was ich tue, wenn es um Jett geht.

Ich hole Mas Notizbuch heraus in der Hoffnung auf etwas – irgendwas –, das mir hilft, aus meinen Gefühlen schlau zu werden. Doch es ist nur vollgepackt mit Pflanzenratschlägen. Nichts darüber, wie man merkt, ob jemand einen mag, oder was ich machen soll, wenn sich schon bald ein unüberwindbarer und gar nicht sprichwörtlicher Berg zwischen uns auftürmt.

»Ma, du fehlst mir so«, wispere ich den Seiten zu. Sie würde sich bestimmt mit diesem Liebeskram auskennen.

Kurz darauf kommt Jett mit mehr von diesen leckeren, klebrigen Früchteballen wieder. Seine Freunde sind dabei, und ich beäuge sie nervös, während wir uns neben dem Brunnen ins Gras setzen. Wahrscheinlich hat Jett ihnen eingebläut, sich zu benehmen, weil sie erst kaum ein Wort verlieren. Bald jedoch lassen sie sich plaudernd die Früchteballen schmecken und vergessen, dass ich da bin. Jett bietet mir auch welche an, und ich greife dankbar zu.

Sie müssen gleich los für einen frühen Flug. Wie es wohl

ist, so viel Zeit im Himmel zu verbringen? Mein Versuch war ein einziges Desaster. Finn und ich hatten Glück, dass wir nicht draufgegangen sind.

Zac – der mit den schiefen Zähnen, der blassen Haut und den hellen Haaren – sagt laut: »Nicht mehr lange, dann steig ich auf.«

Ich runzle die Stirn, weil ich ihm nicht folgen kann.

Jett, der meine Verwirrung spürt, beugt sich herüber, und unsere Knie berühren sich. Es fühlt sich an, als würde dort plötzlich ein Feuer entzündet. Meine Haut summt wie ein aufgeregter Keimling.

»Wir fliegen von Solartopia zum Außenposten«, erklärt er. »Wenn man die längeren Strecken macht, noch weiter raus, verdient man mehr Geld. Dafür braucht man aber eine höhere Sicherheitsfreigabe.«

Ich höre kaum ein Wort, ich kann an nichts anderes denken als sein Bein, das er noch nicht bewegt hat.

»Ja, und Jetts Sicherheitsfreigabe ist so niedrig, dass er nen Bückling machen muss. Kapiert?« Zac lacht schallend.

Mir sträuben sich die Haare. Verspottet er Jett gerade? Aber Jett lacht gutmütig mit, also ist es wohl nicht so schlimm.

»Wollen wir wetten, dass ich es vor euch beiden schaffe?«, fragt Zac.

»Die Wette gilt«, erwidert Matteo. »Ich freu mich schon auf dein Gesicht, wenn du verlierst.«

Die beiden sind laut und rüpelig. Sie grinsen, aber zwischen ihnen herrscht so viel Konkurrenzkampf. Ständig rechne ich damit, dass sie sich gegen mich wenden. In ihrer Nähe tut mir der Kopf weh, und ich höre die Pflanzen nicht mehr. Vielleicht kann ich mich einfach zurück zu meinem Obstgarten schleichen, ohne dass sie es merken? Ich versuche gerade, Jetts Blick zu erhaschen, um ihm Bescheid zu geben, als ein Mädchen auf uns zuschlurft.

»Kay!«, rufe ich aus.

Aber sie lächelt nicht, als sie mich sieht. Liegt es an meinen Bemerkungen über den Gärtner? Als sie näher kommt, erkenne ich die Tränen in ihren Augen.

»Was ist los?«, frage ich.

Die Jungs unterbrechen ihre Kabbelei lange genug, dass ich Kays Antwort verstehe.

»Ich war nicht unter den besten zehn.« Sie sackt neben mir zu Boden. »Zosia macht ihren Abschluss ohne mich, und Alden hätte es auch fast geschafft. Aber ich war eine der Schlechtesten. Bestimmt wird Alden bald fertig, und dann bin ich ganz allein.«

Als sie das letzte Mal geweint hat, wusste ich, wie ich ihr helfen kann. Aber was soll ich diesmal tun? Sie weitererzählen lassen? Sie zum Lachen bringen? Sie umarmen? Das macht Finn immer, wenn ich weine. Unbeholfen strecke ich die Hand aus und streichle ihren Arm. Sie schenkt mir ein schwaches Lächeln.

»Du bist eine Solaris?« Matteo nickt bewundernd in Richtung der goldenen Sonne auf ihrem Oberteil. »Wow! Wie ist das so?«

Er beugt sich vor, um kein Detail zu verpassen. So reagieren die Leute wohl normalerweise. Meine fehlende Begeisterung muss Kay echt komisch vorgekommen sein.

»Hey, mach dir nichts draus«, meint Jett. »Du kriegst deine Chance garantiert noch.«

»Ja, diesmal hat es vielleicht nicht geklappt.« Matteo rutscht näher und schaut sie mitfühlend an. »Aber du musst schon krass klug sein, um überhaupt einen Platz an der Akademie ergattert zu haben.«

»Also gib dich nicht mit diesen Idioten ab, sonst sinkt dein IQ direkt«, scherzt Zac.

Erwartungsgemäß boxt Matteo ihn dafür in den Arm.

»He!«, ruft Zac. »Benimmt man sich so etwa vor einer der zukünftigen Führerinnen von Solartopia?« Er neigt den Kopf in Kays Richtung und vollführt eine seltsame Winkbewegung, bei der er die Hand mehrfach im Kreis dreht und anschließend schwungvoll zur Seite schwenkt.

Kay wischt sich lächelnd die Augen. Irgendwie scheint sie das aufgemuntert zu haben. Vielleicht sind Zac und Matteo ja doch nicht nur schrecklich.

Das Band an Jetts Handgelenk piept ein paarmal schrill, und er wirft einen Blick darauf. »Ach du Schande, schon so spät?«

Erkennt er darauf die Zeit? Ich dachte, das wäre nur Schmuck.

Er springt auf. »Wir müssen los, sonst dürfen wir den ganzen Tag Motorteile reinigen.«

Sie rufen uns noch ein »Tschüs!« zu, während sie davonwetzen.

»Der ist süß«, sagt Kay, sobald sie außer Hörweite sind.

»Wer?« Meine Wangen werden wärmer.

»Na, der mit den dunklen Locken, der nicht aufhören konnte, dich anzuhimmeln. Ist das dein Freund?«

Jetzt werde ich richtig rot. »Ach, Jett? Nein, der ist nur *ein* Freund.«

»Er maaaaag dich«, neckt sie. »Ich wette, er fragt dich bald nach einem Date.«

Mein Herz singt wie die Vögel am Morgen.

»Nicht ablenken lassen«, schaltet Finn sich ein. »Konzentrier dich auf deine Aufgabe.«

Seine Worte versetzen mir sofort einen Dämpfer. Ich will ihm widersprechen, aber er hat ja recht.

Am Abend suchen Jett und ich stundenlang weiter. Finn möchte uns mal wieder nicht begleiten.

Neben einem der Wasserfälle legen wir eine Pause ein. Es ist kurz vor Sonnenaufgang, und wir haben noch einen Ort vor uns. Ich weiß, wie spät es ist, weil der Raue Löwenzahn auf der Wiese neben uns sich langsam öffnet.

Jett schöpft sich eine Handvoll Wasser in den Mund und verteilt die Hälfte auf seinem Hemd, was mich zum Lachen bringt.

Ich bin hundemüde, aber im Gegensatz zu ihm kann ich wenigstens tagsüber schlafen. Und ich will mich einfach nicht von ihm trennen. Sobald wir die *Ferula* gefunden haben, verlasse ich die Stadt, deshalb ist jeder gemeinsame Augenblick kostbar. Ich betrachte sein Gesicht, das mir wie die Sonne vorkommt. Seine bloße Nähe wärmt mich und stimmt mich lebensfroh. Am liebsten würde ich über seine nackte Haut streichen, ihn an mich pressen und küssen. Solche Gedanken schießen mir ständig durch den Sinn. Ich sollte mich eigentlich darauf konzentrieren, meinen Garten zu retten, aber stattdessen schlägt mein Magen jedes Mal Purzelbäume, wenn seine Hand die meine streift. Ich wünschte so sehr, ich könnte in seinen Kopf gucken. Alles wäre leichter, wenn er eine Pflanze wäre – dann könnte ich einfach dem Summen seines Herzens lauschen. Menschliche Gefühle sind so viel komplizierter.

Er lehnt sich an mich und legt seinen Kopf auf meine Schulter. Eine Schockwelle nervöser Spannung zuckt durch meinen Körper. Er muss doch spüren, welche Wirkung er auf mich hat.

»Wir haben schon so viel Zeit miteinander verbracht, und trotzdem kenne ich noch nicht einmal dein Lieblingsessen, deine Lieblingsfarbe oder sonst irgendwas«, sagt er. »Was ist deine Lieblingspflanze?«

»Die Nova – äh, Rosenbeere. Alle Farben, wie sollte man sich für eine entscheiden? Und wieder die Nova«, antworte ich lächelnd der Reihe nach.

Vor der nächsten Frage zögert er kurz, und seine Stimme wird leiser. »Du musst nicht antworten, wenn du nicht willst, aber was ist mit deiner Ma passiert?«

»Es gab einen Unfall während eines Gewitters, als ich sechs war«, erkläre ich traurig.

»Sechs? Himmel, das ist ja schrecklich. Also mussten dein Vater und du allein zurechtkommen?«

Ich schüttle den Kopf. »Den habe ich nie kennengelernt. Er ist vor meiner Geburt gestorben.«

Jett setzt sich auf und schaut mich mit aufgerissenen Augen an. »Wer hat dich dann großgezogen?«

Ich hebe die Schultern. »Ich mich selbst. Was ist mit deiner Mutter?«, frage ich, um das Thema zu wechseln.

»Nova, ich ... ich hatte ja keine Ahnung. Das war sicher ...« Er beißt sich auf die Lippen.

»Echt schwer.« Meine Stimme zittert. Zum ersten Mal kann ich jemandem erzählen, was wir durchgemacht haben, aber all die jahrelang aufgestauten Gefühle drohen hervorzubrechen, deshalb lenke ich schnell ab. »Und deine Eltern?«

»Die haben sich schon vor Jahren getrennt.« Er rupft einen Grashalm aus und wickelt ihn sich um die Finger. »Ich wohne bei meiner Mutter, aber sie ist kaum zu Hause, weil sie einen hohen Posten hat und ständig arbeitet. Paps ist Botaniker, das weißt du ja, trotzdem ist er stolz auf mich, dass ich meinen eigenen Kurs verfolgt habe und Pilot geworden bin. Das ist ein wichtiger Job, sagt er. Mama war natürlich dagegen. Sie wollte, dass ich mehr wie sie werde.« Er zieht ein wenig zu fest, und der Grashalm zerreißt. »In letzter Zeit ist die Stimmung zwischen ihr und mir ziemlich angespannt. Sie pflaumt mich nur an für alles, was ich falsch mache.«

Das verstehe ich nicht. Er kann Helikopter fliegen, ist loyal und ein guter Freund. »Du hilfst denen, die leiden. Sie sollte auch stolz auf dich sein.«

»Ha! Das kann ich ihr nicht verraten.« Er hebt belustigt

die Stimme. »Sie arbeitet für den Rat. Wahrscheinlich würde sie mich verstoßen.«

»Dafür, dass du Gutes tust? Das glaube ich nicht.«

Kopfschüttelnd steht Jett auf. »O Mann, da jammere ich ausgerechnet dir von meiner Mutter vor. Komm, suchen wir weiter.« Er zieht mich auf die Beine.

Wir steuern auf ein kleines Wäldchen zu, unseren letzten Halt für heute Nacht. Alles ist mit Moosteppichen, Farnen und einem Meer Buschwindröschen bedeckt. Wir arbeiten schnell, suchen nach Spuren eines versteckten Labors. Das ist gar nicht so einfach, weil Jett sich überhaupt nicht mehr an den Eingang erinnern kann. Er glaubt aber, dass das Labor unter der Erde liegt, deshalb schauen wir überall nach, hinter Büschen, unter Steinen, in Blumenkübeln, und dann nehmen wir die einzelnen Pflanzen genauer unter die Lupe, um zu sehen, ob die *Ferula* dabei ist. Wir geben schon ein ziemlich gutes Team ab.

In der Mitte des Wäldchens befindet sich ein großes Gebilde, das von Efeu und Geißblatt und Wildrosen überwuchert ist. Irgendetwas daran wirkt seltsam. Von nahem bemerke ich, dass die Pflanzen an einer Wand mucksmäuschenstill sind. Kein Summen. Keine Pheromone. Kurz denke ich entsetzt, der Smog hätte den Garten des Lebens erreicht, doch als ich einen der Zweige auf den schwarzen Saft hin untersuche, fühlt er sich ganz merkwürdig an, nicht rau, sondern glatt, fast wie … Plastik! Diese Pflanzen sind künstlich. Aber sie sehen so überzeugend aus, so täuschend echt, dass ich beinahe darauf hereingefallen wäre.

»Guck dir das an«, rufe ich Jett zu. »Jemand hat diese Wand mit Plastikpflanzen überzogen!«

»Du bist ein Genie! Du hast es gefunden!« Er rennt herbei und fliegt mir um den Hals. Ich bin zu geschockt, um zu reagieren.

Anschließend tastet er ein bisschen an der Wand herum und zieht ein paar Blätter zur Seite. Dahinter kommt dunkles Mauerwerk zum Vorschein und ein kleines Rechteck mit einem roten Licht darüber. Es ähnelt dem Tastenfeld an der Tür des Gewächshauses, nur dass auf diesem hier keine Zahlen stehen.

»Und ich dachte noch, dass ich diesen Ort irgendwoher kenne …« Er zieht eine dünne Metallkarte heraus, die genau in seine Handfläche passt. Der Name Harlin Bergmann und ein Gesicht sind hineingeprägt. Diese Karte drückt er auf das Rechteck.

Ein Summen ertönt, und hinter dem grünen Vorhang verschwindet die gesamte Wand im Boden.

»Wow!« Ich weiche überrascht zurück.

Eine Treppe führt unter die Erde. Kaum haben wir die Stufen betreten, gleitet die Wand hinter uns wieder an ihren Platz. Mir entfährt ein Schreckensschrei.

»Keine Sorge«, meint Jett. »Wir sind nicht eingesperrt.«

Sanft leuchtende Lichter in den Stufen erhellen das kahle Grau ringsum.

»Ich erinnere mich an diesen Ort«, flüstert Jett. »Leise, falls hier unten gerade jemand arbeitet.«

Rasch huscht er die Stufen hinab. Ich versuche, in meinen klobigen Schuhen Schritt zu halten, bis ich schließlich aufgebe, sie ausziehe und in meine Taschen stopfe. Am Ende der Treppe biegen wir nach links. Jett führt mich einen Flur entlang, der eigentlich dunkel und unheimlich sein müsste, aber überall sind Lampen eingelassen, und in der Decke befinden sich schummrige Schächte, die Sonnenlicht von draußen hereinleiten, wie Jett mir erklärt. Wir laufen an Räumen mit Glasfronten vorbei, in denen jede Menge weiße Tische, aber keine Menschen sind. Viele der Tische sind beladen mit Fläschchen und seltsamen Apparaten. Hin und wieder sehe ich auch Regale mit Pflanzen unter hellem elektrischem Licht. Ich drücke mir die Nase an der Scheibe platt, um vielleicht die *Ferula* zu entdecken.

»Lass uns erst nachschauen, ob wir eine Spur von meinem Paps finden«, meint Jett. »Dann gucken wir uns die Pflanzen genauer an. Komm mit … Zu seinem Büro müsste es da lang gehen.«

So sieht also ein Labor aus. Ma hätte sicher gewusst, wofür man all die geheimnisvollen Instrumente verwendet. In ihren Notizen tauchen ständig Geräte mit merkwürdigen Namen auf, die sie bauen wollte. Vielleicht gibt es hier ein paar von denen.

Nach mehreren Abzweigungen – nicht alle davon richtig – deutet Jett auf eine Tür. »Ich glaube, das ist es.« Er hält die Karte daran. Dahinter verbirgt sich ein chaotisches Büro. Es wirkt fast, als wäre ein Sturm durchgefegt. Überall sind Unterlagen verstreut, Schreibtisch und Stuhl liegen auf dem Boden, Schubladen wurden ausgekippt.

Jett schnappt nach Luft. »Jemand hat alles durchwühlt.« Er eilt zum Schreibtisch und kauert sich daneben. »Sein Kommunikator!« Er zieht ein glänzendes schwarzes Ding, ungefähr so groß wie seine Hand, unter ein paar Zetteln und dem umgestürzten Stuhl hervor. »Jetzt ist die Sache klar. Den würde Paps niemals zurücklassen. Irgendwas ist faul.«

Er schaut sich weiter um, sucht nach Hinweisen auf den Verbleib seines Vaters. Ich nehme unterdessen ein Bücherregal in Augenschein. Ganz oben thronen Auszeichnungen und Fotos. Ein Bild ist ganz hinten versteckt. Ich strecke mich danach, um es mir genauer anzugucken – und keuche erschrocken auf. Auf dem Foto steht meine Ma neben Jetts Vater und einer anderen, deutlich älteren Frau mit grauen Haaren. Wie ist das möglich? Meine Hände werden feucht, und meine Beine fühlen sich an wie welke Stiele. Es ist so lange her, seit ich sie das letzte Mal gesehen habe. Warum hat Jetts Vater ein Bild von meiner Mutter? Haben die beiden einander gekannt? Mir dreht sich der Kopf. War meine Mutter schon einmal in Solartopia?

Mit zitternden Fingern hebe ich das Foto hoch. »Jett, was …?«

Hinter mir stürmen zwei Männer herein.

»KEINE BEWEGUNG!«, schreien sie im Chor.

Ich zucke zusammen, bin aber so geistesgegenwärtig, das Bild flugs in die Falten meiner Tunika zu schieben. Ich kann nicht riskieren, dass es mir abgenommen wird, dafür ist es zu wertvoll. Dann drehe ich mich um.

Einer der Männer stiefelt auf mich zu und packt mich

brutal am Arm. Ich schreie vor Schmerz auf und will mich loswinden, aber seine Umklammerung ist eisern. Der andere Mann hält Jett fest. War's das? Werden wir jetzt weggesperrt?

»Das ist das Büro von meinem Vater«, ruft Jett. »Lasst mich los! Ich suche nach ihm. Aufhören! Ich habe seine Schlüsselkarte.« Mit der freien Hand greift Jett in seine Tasche und zeigt ihnen den Ausweis.

Sie entspannen sich ein wenig. Mein Wachmann löst zwar seinen Griff nicht, schnürt mir aber wenigstens nicht länger das Blut ab. Jett kommt erst einmal frei, während der andere Mann die Karte genau unter die Lupe nimmt, zwischen Jett und dem Bild darauf hin und her schaut und schließlich ein Gerät an Jetts Armband drückt. Jett wartet nervös, bis das Ding ein leises Piepen ausstößt.

»Na schön, Junge«, brummt der Mann. »Ihr könnt gehen. Aber der Ausweis wird beschlagnahmt.« Er verstaut die Karte in seiner Jacke. »Und noch ein gut gemeinter Rat: Haltet euch von hier fern.«

»Wo ist mein Vater?«, bohrt Jett nach.

»Auf Dienstreise«, knurrt mein Wachmann.

»Aber wo genau?«

»Das ist geheim«, meint sein Wachmann. »Er kommt bestimmt bald zurück.«

Die beiden geleiten uns zum Ausgang. Ich werfe sehnsüchtige Blicke auf die pflanzengefüllten Regale, an denen wir vorbeigeschoben werden. Jetzt werde ich sie nie durchsuchen können.

Als wir draußen abgesetzt werden, ist die Sonne schon aufgegangen, und die ersten Besucherinnen und Besucher sind da.

»Das war knapp«, bemerkt Jett, während wir zurück zum Obstgarten hasten, wo Finn noch tief und fest schläft.

»Tut mir leid, dass wir nicht mehr über deinen Paps erfahren haben«, sage ich, als wir wieder unter den Bäumen sitzen.

Jett zückt den Kommunikator.

»Den konnte ich rausschmuggeln. Vielleicht sind darauf Hinweise.« Er grinst. »Danke, Nova.«

Mir fällt das Foto in meiner Tunika wieder ein, und ich ziehe es eifrig heraus. Doch ehe ich es ihm zeigen kann, schlingt er die Arme um mich. Er riecht nach Holzrauch. Die Lücke zwischen unseren Körpern ist winzig. Ich rühre mich nicht. Lasse ihn nicht los. Halte den Atem an.

»Ich mein's ernst«, wispert er mir ins Ohr, was meinen Rücken mit Gänsehaut überzieht. »Wenn du nicht wärst, hätte ich den Eingang niemals entdeckt. Jetzt habe ich den Beweis, dass sie mich angelogen haben. Und eine Chance, ihn zu finden.«

Seine dunklen Augen blicken tief in meine. Seine Hand wandert zu meiner Wange und streichelt sie sanft. Meine Beine fühlen sich an wie Wackelpudding, und meine Haut kribbelt unter seinen Fingern.

Ich hebe selbst die Hand, doch darin ist immer noch das Foto.

»Guck dir das mal an«, sage ich aufgeregt, weil ich nicht

länger warten kann. »Das war im Labor deines Vaters. Was hat das wohl zu bedeuten?«

Er betrachtet es flüchtig.

»Das ist bloß ein Foto von ihm. Nova …«

»Aber schau doch, neben wem er steht. Das ist meine Ma!« Ich deute auf sie.

Er runzelt die Stirn und legt den Kopf schief, um einen besseren Blick zu bekommen. Dann rutscht er hastig zurück. Sein Lächeln weicht einem entsetzten Ausdruck.

»Nein«, stammelt er. »Das kann nicht sein. Das ist nicht deine Ma. Unmöglich!« Er ist leichenblass. »Clare Wilde ist deine *Mutter*?«

Kapitel 20

Jett ballt zitternd die Fäuste. »Und du hast nie daran gedacht, das vielleicht mal zu erwähnen?« Seine Stimme klingt vor Wut ganz tief. Das macht mir Angst. Von einer Sekunde auf die nächste wirkt er fast wie ein anderer Mensch. Ich rutsche selbst zurück und schlinge mir die Arme um den Oberkörper, verwirrt von seinem plötzlichen Ausbruch. Warum schreit er mich an?

»Wieso bist du so sauer? Ich habe dir doch nichts getan.«

»Warte mal ...« Jett springt auf, läuft hin und her. Von Erschöpfung keine Spur mehr. »Nur damit ich das richtig verstehe – deine Mutter ist gestorben, als du sechs warst. Wie lang ist das genau her?«

Ich nicke, bekomme aber keinen Ton heraus. Warum ist er wütend auf mich? Meine Augen brennen. Die Fragen ... Er benimmt sich wie die Wachmänner im Labor.

»Wo habt ihr früher gewohnt?« Seine Worte sind spitze Dornen.

Ich will ihm antworten, aber ich weiß nicht, was Ma seiner Meinung nach verbrochen haben soll. Ich habe selbst so viele Fragen. Warum hat sein Vater ein Foto von meiner

Mutter, und wo wurde das Foto aufgenommen, in Solartopia oder auf Turris? Alles, was ich sage, könnte die Sache nur noch schlimmer machen.

»Okay, okay …« Plötzlich hält Jett an, dreht sich zu mir um und fährt sich durch die Haare. »Weißt du irgendwas über das Scharlachmassaker?«

Den Massenmord, von dem Kay mir erzählt hat? »Ein bisschen. Aber was hat das mit …«

Er schnaubt verächtlich, als würde er mir nicht glauben. »Vor sechzehn Jahren war die Einwohnerzahl von Solartopia noch deutlich größer als heute. So viele Menschen konnte die Stadt nicht versorgen. Der Rat diskutierte, wie das Problem gelöst werden könnte. Bis eines Tages, innerhalb weniger Stunden, ein Fünftel der Bevölkerung umgebracht wurde.«

Ich schaue ihn entsetzt an.

Er holt tief Luft und reibt sich das Gesicht. »Jemand hat giftige Beeren in die Essenspakete gepackt. Sie sahen völlig normal aus, genau wie Erdbeeren. Aber sie waren gentechnisch verändert, so dass sie das Gift der Tollkirsche enthielten. Männer, Frauen, Kinder – die Beeren töteten alle, die sie aßen. Das erste Anzeichen war ein Ausschlag wie bei Scharlach. Danach wurde jeder Nerv des Körpers gereizt. Die Opfer fühlten sich, als würden sie bei lebendigem Leib verbrennen.« Seine Stimme bricht. »Am Ende lähmte das Gift ihre Glieder. Sie lagen da, litten qualvoll und konnten sich nicht mehr bewegen, bis ihre Herzen oder Lungen einfach aufgaben.«

Ich schaudere bei seiner Beschreibung. »Wer würde so etwas …?«

»Deine Mutter – Clare Wilde. Die Frau auf diesem Bild.« Er stößt ihren Namen aus, als wären schon die Worte giftig. »Die Beeren wurden zu ihrem Labor zurückverfolgt.«

»Nein!«, rufe ich aus. »Das kann nicht sein. So etwas würde sie nie …«

»Sie haben ihre Notizen gefunden, die detaillierte Arbeit von Jahren. Es gab Proben, Kreuzungsexperimente, Tierversuche. Alle Beweise waren da, in ihrer Handschrift. Sie hat diese Beeren gezüchtet und an die Menschen in Solartopia verfüttert, um die Bevölkerung zu regulieren.«

»Das stimmt nicht.« Das weiß ich tief in meinem Inneren. »Du kanntest sie nicht so wie ich. Sie würde niemals – sie *könnte* niemals jemanden verletzen.«

»Klingt, als hättest du sie selbst kein bisschen gekannt.« Seine Lippen verziehen sich, seine Augen sind verengt.

»Hab ich wohl!« Ich schluchze auf, stinkwütend darüber, dass er diesen Lügen Glauben schenkt. »Du hast doch keine Ahnung! So etwas würde sie nie und nimmer irgendwem antun, geschweige denn einer ganzen Stadt. Sie ist keine Mörderin. Sie ist meine Mutter.«

»Es ist die Wahrheit.« Er kann mich kaum anschauen.

»Vielleicht ist *dein Vater* ja ein Mörder. Vielleicht ist er deswegen weg. Weil er in der Strafkolonie sitzt!«

Kalte Wut blitzt in Jetts Augen auf. »Lass gefälligst meinen Vater da raus! Clare Wilde ist aus der Stadt geflohen und untergetaucht. Sie hat dich ganz allein in einem verlassenen Hochhaus großgezogen, wie in einem kranken Märchen. Sie hat dir nicht mal von Solartopia erzählt! Klingt für mich nicht gerade unschuldig.«

Ich wende mich ab. Ich kriege kaum Luft, so tief getroffen bin ich. Die Worte, die ich sagen will, kommen einfach nicht heraus. Es ist, als würde ich ersticken. Mein Herz rast, und ich war noch nie im Leben so wütend. Unfassbar, dass ich noch vor ein paar Minuten gedacht habe, ich hätte Gefühle für diesen Kerl. Wie gewaltig kann man sich irren? Er sollte mir und meiner Ma vertrauen. Stattdessen glaubt er blind solchen Mist.

Ich drehe mich zu Finn. Schläft er etwa immer noch? Wie kann er in einem solchen Moment stumm rumliegen? Er kennt Ma. Er weiß, dass sie so etwas niemals tun würde.

»Wach auf, Finn! Sag's ihm. Sag ihm, dass das nicht stimmt!«

Jett blickt verwirrt zwischen uns beiden hin und her.

Finns Augen sind offen. Er starrt in die Luft und ignoriert mich, aber wach ist er auf jeden Fall.

»Nova?«, fragt Jett leise.

»Was?«, schreie ich. »Na los, Finn! Sag's ihm!« Ich stupse ihn an, aber er bleibt schlaff und teilnahmslos. »Jetzt red endlich!«

Was ist los mit ihm? Warum sagt er nichts? Ich brauche seine Hilfe. Ich schaffe das nicht ohne ihn.

»Mit wem sprichst du?«, hakt Jett nach.

Ein brennender Schmerz durchfährt meine Brust.

Irgendetwas in mir zerbricht.

Durch meinen Tränenschleier, meine Wut und Verletzung schaue ich zu Finn, schaue ihn wirklich an.

Und sehe zwei unterschiedliche Versionen.

Die eine aus meinem Kopf: meinen besten Freund seit Kindesbeinen. Und die, die andere sehen.

Zum ersten Mal seit langem betrachte ich ihn mit Jetts Augen. Seine abgestoßenen, zerkratzten Knopfaugen. Sein zerzaustes, schmutziges Fell. Den Riss im Stoff, wo die Füllung herausquillt. Den Verband, mit dem ich ihn zusammengeflickt habe. Die schlaffen, langen Hasenohren.

Nein. Nein. Nein, das kann nicht sein. Ich halte mir die Ohren zu und schüttle den Kopf. Das ist nicht Finn. Er ist mein bester Freund. Der einzige Mensch, der mich versteht. Der Junge, der mich beschützt hat, seit Ma gestorben ist. Ohne ihn ... wäre ich die gesamte Zeit allein gewesen.

Nein! Das ist zu viel.

Alles bricht zusammen.

Ich unterdrücke ein Schluchzen. Ich bin allein.

Ich sacke zu Boden, umklammere Finn, presse ihn an mich.

Er ist nur ein Spielzeug. Ein Kuschelhase.

Finn und ich gegen den Rest der Welt. So war es immer. Aber jetzt bin ich ganz allein. Finn war nie echt.

Mit einem Schrei schleudere ich ihn von mir. Er landet mit dem Gesicht voraus auf der Erde unter dem Geißblatt.

Plötzlich erinnere ich mich wieder an den Tag, als ich Finn kennengelernt habe. Nein. Als ich ihn *gefunden* habe.

Damals war er so weich und neu, mit flauschigem wei-

ßem Fell und einem blauen Herzchenoberteil. Die kleine Tasche am Stoff hat mir besonders gefallen, weil ich darin meine Schätze verstecken konnte. Ma und ich haben uns zusammen einen Namen überlegt.

»Nennen wir ihn Finn.«

Ma, die uns beide jede Nacht zudeckt und uns noch eine Geschichte vorliest. Und ich, wie ich mit Finn tuschle, nachdem sie das Licht ausgeschaltet hat. Er ist mein bester Freund auf der gesamten Welt.

Jett starrt mich bestürzt an. Er hält ein paar Schritte Abstand, unsicher, was er sagen oder tun soll. »Nova …«, flüstert er.

»Ich war so allein.« Tränen rollen mir über die Wangen, unaufhaltsam. »Ma war tot, und es gab sonst niemanden …«

Ich erwache in meiner Hängematte. Mir ist kalt, und ich bin allein. Ma ist nicht da – sie ist fort, und sie kommt auch nicht wieder, weil sie gestorben ist. Der Schmerz ist so brutal, dass ich nicht aufhören kann, vor Wut und Verletzung zu brüllen. Sie hat mich verlassen. Ich bin allein.

Ich weiß nicht, was ich tun soll. Ich habe solchen Hunger, aber alles ist schon aufgegessen. Der Dosenöffner funktioniert nicht. Das eingelegte und rohe Gemüse ist komplett leer. Und Ma hat mir eingeschärft, dass ich nie-niemals ein Messer oder den Herd benutzen darf. Ich wüsste sowieso nicht, wie das geht. Unten in den anderen Wohnungen gibt es Essen: Marmelade und Cracker.

Ich muss jetzt versuchen, ein großes Mädchen zu sein.

Ich habe Angst im Dunkeln. Ich habe Angst, allein in die Wohnungen runterzusteigen. Aber ich darf nicht weinen. Ich habe so viel Hunger und Durst.

»Du brauchst keine Angst zu haben«, sagt da eine Stimme. »Ich bin die ganze Zeit bei dir.«

Stimmt. Ich bin gar nicht allein. Ich habe Finn. Also kann ich es schaffen. Zusammen schaffen wir es.

Tränen tropfen in sein Fell. Eigentlich wird er nicht gerne nass, aber diesmal findet er es nicht so schlimm.

Ich muss Jett klarmachen, dass ich nicht verrückt bin. Genauso wenig wie Ma verrückt war. Aber was, wenn er mich auch verlässt? Die Tränen strömen mir übers Gesicht, und ich versuche gar nicht mehr, sie zu unterdrücken.

Ein Gewitter wütet über mir. Das erste seit Mas Tod. Es ist so laut, als wollte es gleich das ganze Haus umstürzen. Ich halte mir die Ohren zu, um den Lärm auszusperren, und Finn flüstert, dass alles gut wird.

Ich wippe vor und zurück. Jetts Schritte entfernen sich. Er verlässt mich. Geh doch! Geh! Lass mich wieder mutterseelenallein.

Ich bin im Garten und pflege die Pflanzen, so gut ich kann, jäte Unkraut und singe vor mich hin. Finn schaut mir zu, unterhält sich mit mir und hilft mir, an alles zu denken.

»Vergiss das Gießen nicht, Nova.«

Aber er ist nur ein Kuscheltier. Ich bin allein dort oben.

Finn ist der Einzige, der für mich da war. Er ist der Einzige, den ich hatte. Und jetzt ist auch er fort. Meine Kleider sind tränennass.

Ich packe, bereite mich auf den Abflug vor, sitze im Segelflieger.

Da bin nur ich. Ich allein. Ich war schon immer allein.

Jett kniet sich neben mich. Er hat etwas Weiches in der Hand. Finn. Er hat ihn gerettet, das Laub von seinem Körper geklaubt, den Dreck abgeschüttelt.

Er reicht ihn mir. Was er wohl denkt?

Dann beugt er sich vor und wischt meine Tränen weg. Will er mich nicht verlassen? Endlich schaue ich ihm in die Augen, voller Furcht vor dem, was ich dort sehen werde. Aber die Wut ist verschwunden. Sein Blick ist sanft und freundlich.

Ich presse Finn an mich. Nun kann ich mir eingestehen, dass er nur ein Kuscheltier ist, ein altes, zerschlissenes Spielzeug. Aber er war auch mein bester Freund. Mein einziger Freund, viele Jahre lang. Ohne ihn hätte ich nicht überlebt.

»Leb wohl, Finn«, wispere ich in seine Schlappohren.

Er antwortet nicht. Ich kann ihn nicht mehr hören.

Es ist, als wäre er gestorben.

Und zusammen mit ihm auch ein Teil von mir, dieses verlorene kleine Mädchen, das um sein Leben kämpfen musste.

Jett sitzt stumm neben mir, schlingt die Arme um mich und hält mich ganz fest, während ich weine. Ich trauere um Finn, um Ma, um das kleine Mädchen auf dem Dach eines Hochhauses, das niemand beschützt. Das allein ist. Jahrelang.

»Alles wird gut«, flüstert Jett mir wieder und wieder zu.

Kapitel 21

Jett hat sich neben mir zusammengerollt und schlummert friedlich. Ich setze mich benommen auf. Ich bin nicht allein. Er hat mich nicht verlassen. Offenbar habe ich mich in den Schlaf geweint, denn es ist schon mitten am Nachmittag. Finn liegt in meinen Armen. Nur ein zerzaustes Schlappohr, das an manchen Stellen Fell verliert und einmal gut gewaschen werden müsste. Ich streichle seine abgewetzten Seiten und vergrabe das Gesicht an seinem Körper.

Jett regt sich, streckt sich gähnend. »Hey«, sagt er und blinzelt in die helle Sonne.

»Du bist geblieben?«

Er lächelt. »Klar. Ich konnte dich doch so nicht alleinlassen.«

Ich beiße mir auf die Lippen. »Hör mal, ich wusste immer, dass Finn nicht echt ist«, gestehe ich leise. »Ich bin nicht übergeschnappt oder so. Aber ich musste mir einfach einreden, dass ich nicht allein bin. Er hat mir durch ziemlich schwere Zeiten geholfen.«

»Du brauchst mir nichts zu erklären.« Seine dunklen Augen blicken tief in meine. »Ich versteh das. Du hast getan, was nötig war, um zu überleben. Das hätten bestimmt nicht viele Sechsjährige so hingekriegt. Du hast dich selbst großgezogen. Das ist echt krass.« Er zögert und senkt den Blick. »Es tut mir leid. Das mit Finn. Was ich deiner Ma alles vorgeworfen habe. Wenn ich es zurücknehmen könnte, würde ich es sofort tun. Ich wollte dich nicht verletzen. Ich war bloß total geschockt. Aber seien wir ehrlich, ich weiß, dass der Rat lügt, was meinen Paps angeht. Also könnten sie auch bei der Sache mit deiner Ma gelogen haben.«

Meine Augen werden wieder feucht, aber ich blinzle die Tränen weg. »Ich begreife einfach nicht, warum jemand so etwas über meine Ma behaupten sollte.«

»Hör zu.« Jett greift nach meiner Hand. »Du sagst, sie würde niemandem weh tun, und ich glaube dir. Vielleicht können wir zusammen herausfinden, was wirklich passiert ist.«

Ich lehne den Kopf an seine Schulter, und er nimmt mich in den Arm. Dort ist es warm und sicher.

»Du hast mir nie erzählt, wie sie genau gestorben ist«, meint er leise.

»Das war bei einem Gewitter.« Mir stockt die Stimme. »Wir wollten die Pflanzen vor dem Wind und dem Regen retten.«

Jett schaudert, als ich den schrecklichen Moment ihres Falls beschreibe. »In der einen Minute war sie noch da, in der nächsten plötzlich fort. Ich hätte nicht hoch aufs Dach laufen sollen. Ich habe sie abgelenkt, dadurch muss sie ausgerutscht sein.« Eine Träne tropft still von meiner

Nase und hinterlässt einen dunklen Kreis auf meiner Tunika.

»Es war nicht deine Schuld, Nova«, versichert Jett und hält mich fest, bis die Tränen versiegen. Dann holt er den Kommunikator seines Vaters hervor und wischt mit dem Finger über den Bildschirm. »Nachdem du eingeschlafen bist, habe ich es geschafft, auf die Arbeitsdateien meines Vaters zuzugreifen.«

»Und?«

»Ich bin mir nicht sicher, aber ich glaube, ich habe jemanden gefunden, der uns beiden Antworten liefern könnte. Ich weiß, ich sollte das nicht fragen, nach allem, was passiert ist ... Ein paar Sachen hier drauf kapiere ich einfach nicht. Vielleicht wirst du daraus schlau. Du musst nicht, wenn es zu viel ist. Aber ein zweites Paar Augen wäre nicht schlecht.«

Ich bin so erleichtert, dass wir wieder miteinander reden und dass er Ma und mich nicht mehr für Ungeheuer hält, ich würde zu allem ja sagen.

»Gib her.«

Ich habe keine Ahnung, was auf diesem Gerät sein könnte, aber wenn es Jett hilft, muss ich nicht lange überlegen. Staunend beobachte ich, wie er auf den Bildschirm tippt und plötzlich Schrift auftaucht.

Sein Kiefer mahlt in grimmiger Entschlossenheit, als er mir den Kommunikator reicht. »Das ist ein Dokument, das Paps markiert hat. Es wirkt wichtig, aber ehrlich gesagt verstehe ich es nicht komplett.«

Er zeigt mir, wie ich mit dem Finger die Schrift nach oben und unten bewegen kann. Was für ein raffiniertes Teil! Es erinnert mich an Mas altes Tablet, nur viel kleiner.

Das Dokument ist ein Forschungsbericht mit dem Titel *Fazit: Entwicklungen in der biotechnologischen Architektur*. Die Sätze sind schwer verständlich und voller langer Fachbegriffe. Als hätte jemand absichtlich kompliziert geschrieben. Aber Ma hatte viele Dokumente und Bücher in ähnlichem Kauderwelsch, das ich mir über die Jahre mühsam angeeignet habe.

Mit gerunzelter Stirn versuche ich, die wissenschaftliche Sprache zu durchdringen. »Hier steht, sie waren in einer Siedlung und haben den Leuten dort erzählt, sie würden einen Smogschutz anbringen.«

Jett nickt. »Ja, den Teil habe ich auch gesehen.«

Ich überfliege das Dokument und schaue Jett entsetzt an. »Sie haben zwei verschiedene Fassadenverkleidungen getestet, die sie A und B genannt haben. Die eine Hälfte der Häuser wurde mit dem einen Material verkleidet, die andere mit dem anderen.« Ich lese laut vor: »›Durch die Einbringung externer Schadstoffe stiegen Symptome und Mortalität stark an. Die verbleibenden Probanden forderten das Ende des Experiments. Doch ein Abbruch der Studie in diesem späten Stadium erschien nicht ratsam.‹ Soll das heißen …«

»Dass sie die Siedlerinnen und Siedler gezwungen haben weiterzumachen, obwohl sie am Smog verreckt sind? Ja, so habe ich das auch interpretiert.« Jett sieht aus, als wäre ihm übel.

Meine Kehle ist trocken.

»Innerhalb von vierundzwanzig Stunden ist jeder in einem mit Material A verkleideten Haus krank geworden und kurz darauf gestorben. Aber Material B …« Meine Augen huschen über die Seite. »Material B hat den Smog aufgehalten. Toller Trost, wenn all deine Freunde, Familienangehörigen und Nachbarn tot sind.«

Rasch lese ich die Zusammenfassung, und meine Wut kocht noch weiter hoch.

Mortalitätsrate bei Material A, Nanobeschichtung: 100 %. Alle Probanden innerhalb von 53 Stunden tot.

Mortalitätsrate bei Material B, Lykoproteinbeschichtung: 15 %.

Mortalitätsrate der Kontrollgruppe: 100 %. Alle Probanden innerhalb von 47 Stunden tot.

Empfehlung: Lykoprotein (Material B) erwies sich im Doppelblindversuch als wirksam. Zur weiteren Reduzierung der Mortalität sind zusätzliche Versuche erforderlich, allerdings zeigen erste Ergebnisse eine fast vollständige Wirksamkeit von Beschichtungsdicken >1 mm. Für Neubauten empfiehlt sich daher der Einsatz von Lykoproteintechnologie.

»Das ist abscheulich!«, rufe ich aus. »Alle, die nicht durch Material B geschützt waren, sind gestorben – bloß für ein Experiment?«

Wer auch immer sich das ausgedacht hat, hat die Siedlerinnen und Siedler gar nicht als menschliche Wesen betrachtet. Sie waren nur Versuchstiere. Mit angewiderter Miene blicke ich zu Jett. »Wer würde so etwas tun?«

Jett ist in Gedanken versunken. »Es gibt ein paar Videos … Ich dachte erst, sie würden nur die Folgen der Smogkrankheit dokumentieren, aber jetzt … Du musst sie dir nicht anschauen. Sie sind … verstörend.« Er verstummt aufgewühlt.

»Was zeigen sie?«, hake ich nach.

»Ärztinnen und Ärzte untersuchen Menschen, die dem Smog ausgesetzt waren.« Jett ballt die Fäuste. »Die Leute kriegen schwarze Beulen, aus denen schwarze Flüssigkeit quillt.«

Ich nicke. »So war das bei meinen Pflanzen auch.«

»Laut den Notizen meines Vaters braucht es bei Menschen eine sehr viel höhere Konzentration«, fährt Jett grimmig fort. »Aber sobald sich die Beulen bilden, gibt es keine Heilung mehr. Dann kann die Leute nichts mehr retten.« Er kneift die Augen zu, als könnte er so die Bilder aussperren. »Es gibt Hunderte Videos, und eine ganze Reihe ist mit ›Mat. A‹ benannt.«

»Also haben sie für ein Experiment absichtlich Menschen dem Smog ausgesetzt.« Mir kommt die Galle hoch.

»Ganz genau«, flüstert Jett und vergräbt den Kopf in den Händen.

Ich denke zurück an alle, die mit mir in die Stadt geschmuggelt worden sind. Leute wie sie wurden für diese Versuche benutzt – Leute, die niemand vermissen würde.

Anscheinend hatte Yorick recht mit seinem Misstrauen gegenüber Solartopia. Als ich den ersten anderen Menschen begegnet bin, dachte ich, das müssten die bösen von früher sein, von denen Ma mir erzählt hat. Aber das sind sie nicht, nicht alle. Die Schutzsuchenden haben mir nichts getan. Ein paar von ihnen haben mir sogar geholfen, als ich ängstlich und wehrlos war. Ich kann nicht zulassen, dass sie dasselbe Schicksal erfahren wie meine Pflanzen. Mir schwirrt der Kopf. Ich fühle mich so hilflos. Eigentlich wollte ich in Solartopia nur die *Ferula* finden und meinen Garten retten, aber irgendwie bin ich in ein sehr viel größeres Problem hineingeraten.

»Die Leute hinter den Experimenten stammen aus Solartopia?«, stoße ich schließlich hervor.

»Es muss der Rat sein«, antwortet Jett. »Niemand sonst hat so viel Macht oder Ressourcen. Ich glaube, mein Paps hat Beweise gesammelt. In ein paar Nachrichten bittet er eine Frau namens Euly Vane um Hilfe.«

»Wer ist das?«

»Sie könnte vielleicht die Antworten haben, die wir beide suchen. Erinnerst du dich noch an das Foto? Das von meinem Vater, deiner Mutter und dieser anderen, älteren Frau. Das ist Euly Vane. Die ältere Frau.«

»Was?«, stammle ich.

Er tippt auf den Kommunikator, und ein weiteres Foto erscheint, diesmal nur von ihr und Jetts Vater vor einem hohen Gebäude.

»Sie war strukturelle Botanikerin und Architektin.«

Ich schaue ihn verwirrt an. »Was bedeutet das?«

»Sie hat viele der Gebäude in Solartopia geplant und Pflanzen in ihre Gestaltung eingebunden. Früher war sie sogar die Architektin im Rat. Aber nach dem Scharlachmassaker ist sie zurückgetreten.«

»Lebt sie noch?«

Jett nickt. »Ja, in einem kleinen Haus am Rand der Stadt. Die Koordinaten habe ich auf dem Kommunikator entdeckt. Paps hat sie jahrelang mit Nachrichten bombardiert, ob er sie besuchen kann. Erst hat sie noch geantwortet und höflich abgelehnt. Aber er hat den Wink mit dem Zaunpfahl nicht verstanden, also hat sie irgendwann einfach gar nicht mehr zurückgeschrieben. Bis er angefangen hat, Fragen zu den Hausverkleidungen zu stellen. Da hat sie nur zwei Wörter geschickt: ›Hör auf.‹ Es kann kein Zufall sein, dass sie unmittelbar nach dem Scharlachmassaker zurückgetreten ist, dass sie Gebäude entworfen hat und dass Paps direkt im Anschluss an diese Nachricht über die Verkleidungen verschwunden ist. Ich weiß noch nicht, wie, aber ich glaube, das hängt alles zusammen: deine Mutter, mein Vater und diese Frau. Es muss einen Grund dafür geben, warum Paps ihr Foto zu dritt all die Jahre aufgehoben hat.«

»Sie könnte gefährlich sein«, murmle ich. »Meinst du, sie hatte was mit dem Massaker zu tun?«

Er zuckt die Achseln. »Vielleicht, aber mein Vater scheint ihr zu vertrauen.«

Ich will unbedingt die Wahrheit erfahren. Ich weiß, dass

Ma keine Mörderin ist, aber sie hat mich angelogen. Oder mir zumindest eine Menge verschwiegen.

Ich greife nach Jetts Hand. Er drückt meine.

Du bist nicht allein, sagt eine Stimme in mir.

Diesmal erkenne ich sie als meine eigene.

Kapitel 22

»Bereit?«, fragt Jett, als er eine Stunde später zurückkehrt.

Ich lasse den Blick durch den kleinen Obstgarten wandern, der in den letzten Tagen mein Zuhause war. Es wird Zeit, dem Geißblatt Lebewohl zu sagen, das mich in der ersten Nacht gerettet hat, der Erdbeere, der es jetzt schon viel besser geht, und den Bäumen, die mir Obdach und Versteck waren. Sie alle versprühen goldene und grüne Glückspheromone.

Ich habe nicht viele Habseligkeiten: Mas Notizbuch, mein Samenpäckchen, meine alten Kleider und natürlich Finn. Die Samen verstaue ich sicher in der Vordertasche seines Oberteils. Sie ist wie ein Herzchen geformt. Die Kleider packe ich in eine neue Tasche, die Jett mir mitgebracht hat, und bette Finn obendrauf. Das Notizbuch stecke ich zurück in meine Tunika.

»Hat Finn es da drin auch bequem genug?«

Ich lächle Jett gerührt an.

Er fährt fort: »Du, ich kann mir gar nicht vorstellen, wie du dich gerade fühlen musst. Vielleicht kommt es dir vor, als hättest du ihn verloren. Aber er ist immer noch da, in dir drin. Und dort bleibt er auch. Er muss nicht fort sein, wenn du nicht willst.«

Ich umarme ihn. Lege den Kopf an seine warme Schulter, die nach Bergluft duftet. Beinahe höre ich Finn grummeln, dass Jett seine Meinung gern für sich behalten kann. Der Gedanke bringt mich zum Kichern.

Vor dem Garten des Lebens hat Jett ein kleines Fluggerät geparkt. Es ist gerade groß genug für zwei. Es ähnelt meinem Segler: glatt und glänzend, mit durchscheinenden Flügeln wie eine Libelle. Doch statt zwei großen Gleitflügeln in der Mitte besitzt es vier kleinere ganz vorne. Dahinter befinden sich zwei Sättel.

»Ich habe mir Corins Flugrad ausgeliehen«, meint Jett. »Ein Kratzer, und er killt mich.«

Das Risiko ist viel zu groß. »Dann sollten wir es auf keinen Fall benutzen!«

»Nein ...« Er lacht. »Das sagt man nur so. Er wäre bloß echt sauer, wenn irgendwas passiert.«

Ich atme erleichtert auf und streiche über die schillernden Flügel. Das Rad ist wunderschön. Natürlich will Corin, dass Jett gut darauf aufpasst. Ob es uns wohl auch bis zurück nach Turris bringen könnte? »Wie hoch fliegt es?«

Jett grinst. »Finden wir's raus.«

Ich schlinge mir die Tasche über die Schulter und stelle sicher, dass Finn nicht rausfallen kann. Jett schwingt sich auf den vorderen Sattel und bedeutet mir, hinter ihm aufzusitzen. Kurz darauf schnurrt der Motor, und die Flügel schlagen surrend, ungefähr eine Million Mal pro Minute.

Das hier ist etwas völlig anderes als der Segler oder Jetts Helikopter. Ich halte mich an seinem Bauch fest und spüre die harten Muskeln unter seinem Shirt.

Mit einem Ruck sind wir in der Luft, schießen an Gebäuden und Türmen vorbei in die Höhe, bis wir über der Stadt sind. Ich kneife die Augen zu und kreische, als Jett uns lachend um die eigene Achse dreht. Ich klammere mich an ihn, aber wir stürzen nicht ab. Ich fühle mich unglaublich frei und lebendig. Fliegt Jett deswegen so gern? Andere Räder und Fluggeräte rauschen an uns vorbei.

Unter uns erstreckt sich der Garten des Lebens, das große grüne Herz von Solartopia. Pflanzenverzierte Häuser umsäumen ihn wie glitzernde Smaragde. Die gesamte Stadt breitet sich vor uns aus, mit brausenden Fahrzeugen und käfergleichen Menschen, die darin herumkrabbeln.

»Da wohne ich.« Jett deutet auf eins der vielen blauen Hochhäuser am Stadtrand.

»Woher weißt du das? Von hier oben sieht alles so anders aus.«

Er gluckst. »Ich bin Pilot. Ich lebe quasi im Himmel. Selbst mit geschlossenen Augen und einem Sack über dem Kopf würde ich noch nach Hause finden.«

Er zieht das Flugrad höher und höher, bis wir die Wolken streifen. Die Sonne ist blendend, der Himmel strahlend blau.

»Hast du mich da drüben aufgelesen?« Ich deute auf eine Bergkette in der Ferne.

»Auf dem dritthöchsten Gipfel«, ruft er zurück.

Dahinter muss also Turris liegen. Ich versuche, auf meinen Garten zu lauschen, aber wir sind zu weit weg. Es kommt mir wie eine Ewigkeit her vor, dass ich mein Zuhause verlassen habe. Ich fühle mich wie ein anderer Mensch.

Der Motor stottert, die Flügel werden langsamer. Mit einer geschickten Handbewegung wendet Jett das Rad, und wir stürzen auf die Stadt zu. Der Wind peitscht durch unsere Haare und zwingt mich, die Augen zu schließen. Ich presse mich eng an Jett, halb aus Angst, halb um ihm einfach nahe zu sein.

Wir sausen durch eine baumgesäumte Allee zwischen glänzenden Glasgebäuden, dann wieder aufwärts, über Dächer, die so dicht mit Gras und Wildblumen bewachsen sind, dass sie wie Wiesen mitten im Himmel wirken. Vor uns taucht ein flirrender Glasturm auf. Erst als wir näher kommen, erkenne ich, dass eine gesamte Seite von einem Wasserfall bedeckt ist. Der Anblick raubt mir den Atem. Jett schießt unter einer Brücke hindurch und schreckt einen Schwarm Tauben auf. Ein kleines Mädchen winkt uns lächelnd, als wir vorüberfliegen. Durch die Fenster der Häuser erhasche ich flüchtige Blicke auf den Alltag anderer. Ein Mann, der Gymnastik macht. Zwei Kinder, die sich lachend eine Kissenschlacht liefern. Eine Frau, die ihre Pflanzen gießt. Ein Pärchen, das zusammen kocht. Vertraute, banale Dinge. Die ich selbst schon tausendmal getan habe. Diese Menschen unterscheiden sich gar nicht so sehr von mir.

Jett steuert uns an Bachläufen entlang und über den großen Platz mit der riesigen Eiche, vorbei an einem gewaltigen, baumartigen Gebäude, in dem laut ihm der Rat sitzt, und um eine weitere Anlage mit Glaskuppel herum, in der Tiere leben. Wir fliegen immer weiter nach draußen. Als wir schließlich den Stadtrand erreichen, kommt es mir vor, als wäre ich stundenlang gerannt. Ich bin außer Atem, meine Haare sind völlig zerzaust, und meine Haut ist taub. Trotzdem fühle ich mich so lebendig wie seit Jahren nicht mehr. Ich schmiege mich an Jett und wünschte fast, dieser Flug würde niemals zu Ende gehen.

»Wir sind da. Das ist ihr Haus«, ruft er irgendwann.

Ich spähe nach unten. »Wo?«

Er deutet auf einen grünen, von Sümpfen umgebenen Hügel.

»Aber da ist nichts.«

»Guck genauer hin.«

Er neigt das Flugrad zur Seite, damit ich einen besseren Blick habe. Nun erkenne ich, dass das, was ich für einen baumgesprenkelten Hügel gehalten habe, in Wirklichkeit das Dach eines Gebäudes ist. Es wurde mit Rasen bedeckt, damit man es von oben nicht sieht. Das Haus steht auf hohen Pfählen am Rand eines Sees. Nein, nicht Pfählen. Baumstämmen. Die Bäume wurden geformt und in die Wände integriert, ihre grünen Kronen brechen aus dem Hügeldach. Rings um die Wände führt ein Streifen Spiegelglas, der Wasser und Himmel reflektiert, doch sonst wirkt das Haus, als wäre es hier gewachsen.

»Du hast ja Augen wie ein Adler«, sage ich zu Jett.

Dieses Haus ist völlig untypisch für Solartopia – klein, mit der Landschaft verschmolzen und nicht das kleinste bisschen protzig. Als würde die Bewohnerin sich vor der Welt verstecken wollen. An so einem Ort würde ich selbst gern leben, inmitten der Natur, weit weg von allen anderen.

»Ich bringe uns runter«, meint Jett. »Beim ersten Anzeichen von Ärger rennst du weg und schaust nicht zurück.«

Wir steigen ab und sehen uns sorgfältig um. Auf einem schmalen Balkon an der Vorderseite des Hauses steht ein Topf mit einer Nova. Ich erkenne sie sofort. Das ist doch sicher ein gutes Zeichen, oder?

Zur Eingangstür führen ein paar Stufen hinauf, die, wie ich jäh bemerke, nicht gebaut wurden, sondern komplett aus dicken Ranken bestehen. Wie ist so etwas möglich? Euly Vane muss über ein wirklich tiefgreifendes Verständnis von Pflanzenwachstum verfügen. Ich lausche den Ranken, die fröhlich vor sich hin summen. Zu beiden Seiten der Treppe gedeihen dichte Bäume und Büsche. Alle wirken zufrieden. Das Dach stößt goldene Funken aus, die sanft auf uns herniederschweben, als stünden wir in einem Glitzerregen.

Ich steuere vorsichtig auf die Treppe zu. Was uns wohl drinnen erwartet?

Als ich die erste Stufe betrete, schnappt eine gigantische Venusfliegenfalle durch das Geländer nach mir. Die ist mir gar nicht aufgefallen. Schrill summend versprüht sie rote Pheromone. Ich springe gerade noch rechtzeitig zurück, so dass sie mein Bein verfehlt. Jett hat nicht so viel Glück. Er wird von einer anderen am Knöchel erwischt. Mit angstvoll aufgerissenen Augen schlägt er nach der Pflanze, die sich festgebissen hat.

»Nein, tu ihr nicht weh!«, schreie ich.

Ich versuche, mit den Venusfliegenfallen zu kommunizieren, sende ein beruhigendes, friedliches Summen aus.

»Wir wollen euch nichts Böses«, murmle ich.

Die Pflanze neben mir nähert sich langsam, als würde sie mich genauer unter die Lupe nehmen. Ich lege die Hand zwischen ihre Fangblätter und streichle sie, während ich noch mehr beschwichtigende Geräusche mache. Die Blätter schließen sich fest um mein Handgelenk. Ich entspanne mich, so gut ich kann, und sende positive Schwingungen aus. Die Venusfliegenfalle drückt noch einmal zu, ehe sie einen Schwall grüner Pheromone ausspuckt. Ganz plötzlich lässt sie mich los und zieht sich zurück, bis sie wieder aufrecht steht. Auch Jett kommt frei.

»Ich hab's geschafft!« Ich fasse es kaum, dass es funktioniert hat.

Jett starrt mich mit großen Augen an. »Das war echt unglaublich. Wie hast du das gemacht?«

Ich grinse. »Wenn du das schon beeindruckend findest, hättest du mal sehen sollen, was meine Ma alles konnte.«

Da fliegt die Tür über uns auf. Eine Frau steht im Türrahmen, mit einem Messer in der Hand. Es ist die Frau vom Foto. Euly Vane.

Sie ist zwar viel älter als damals, aber unverkennbar. Ihre

Haare sind grau, ihr Gesicht ist faltig. Sie wirkt anders als alle anderen hier in der Stadt. Mit ihrem knallroten Kleid und der dicken grünen Halskette sticht sie bestimmt heraus wie eine Rose zwischen Gänseblümchen, wenn sie unter Leute geht.

Sie verengt die Augen. »Wer seid ihr?«

»Jett Bergmann und Nova Wilde«, antwortet Jett rasch und betont dabei unsere Nachnamen.

Euly zuckt zurück und senkt hastig das Messer. »Rein mit euch, schnell«, zischt sie. »Wir werden beobachtet.« Mit zusammengekniffenen Augen lässt sie den Blick über die schlanken Birken wandern, die den See säumen.

Ich kann dort nichts erkennen.

Sie winkt uns ins Haus.

Vielleicht ist das eine ganz schlechte Idee, aber ich eile die Treppe hinauf, dicht gefolgt von Jett. Euly schließt die Tür hinter uns.

Drinnen ist das Haus geräumiger, als es von draußen wirkt. Ein großer Raum beherbergt eine kompakte Holzküche, einen Esstisch und gelbe Sofas. Die verspiegelten Glasscheiben lassen viel Licht herein und schützen gleichzeitig vor neugierigen Blicken. Die Wände sind mit goldenen Rankpflanzen und schimmernden Blüten bemalt, die so plastisch sind, dass sie fast lebendig aussehen. Ein niedriges Regal voller Bücher, Gemälde, Vasen, Skulpturen und gerahmter Fotos zieht sich durch den gesamten Raum. Alles hier ist farbenfroh.

Euly mustert mich genau.

»Nova?« Ihre Stimme bebt. »Clares und Alexanders Tochter? Kann das wirklich sein? Du bist deinem Vater wie aus dem Gesicht geschnitten.« Freude erhellt ihre Züge. »Wie geht es deiner Mutter? Ist sie auch dabei?«

Ich schüttle traurig den Kopf, einen Kloß in der Kehle. »Ma ist vor vielen Jahren gestorben.«

Jett steht hinter mir. Seine Anwesenheit verleiht mir Stärke.

Eulys Miene wird fassungslos, sie packt meinen Arm. Tränen schießen ihr in die Augen. »Ach!« Sie stößt ein leises, atemloses Keuchen aus, als würde das Leben aus ihr herausströmen. »Ach, mein liebes Mädchen.« Sie lässt mich los und sackt zitternd auf dem Sofa zusammen. »Weißt du, ich habe euch bei der Flucht geholfen. Clare war so jung, sie hatte das gesamte Leben noch vor sich. Sie war erst ein paar Wochen schwanger, aber freute sich sehr auf dich. Sogar deinen Namen hatten die beiden schon ausgewählt. Ich konnte nicht untätig zusehen, nach allem, was passiert war. Früher habe ich immer gescherzt, Clare sei die Tochter, die ich nie hatte. Ich habe ihr von Turris erzählt – dort bin ich aufgewachsen, ehe der Smog uns vertrieben hat. Seid ihr dorthin geflohen?«

Ich nicke.

»Schön. Das Gebäude hat eine gute Seele.« Sie ergreift meine Hand. »Es gefiel mir gar nicht, dass es leer stehen sollte.« Ihr Lächeln scheint bis in ihre Fingerspitzen auszustrahlen.

Euly so freundlich und vertraut über meine Mutter sprechen zu hören, stimmt mich froh. Es ist tröstlich, jemandem zu begegnen, der sie kannte und offenbar sehr schätzte.

»Nova wollte Sie nach dem Scharlachmassaker fragen«, schaltet sich Jett ein, der weiter auf Abstand bleibt. »War es wirklich Clare?«

Eulys Wangen verfärben sich. »Natürlich nicht«, ruft sie aus. »Glaubt dem Rat kein Wort! Clare hätte nicht einmal eine Blattlaus getötet, wenn es sich vermeiden ließ, geschweige denn einen Menschen. Du armes Ding!«

Sie zieht mich fest an sich. Ich hätte nicht gedacht, dass sie so stark ist, aber ihre Arme sind wie die Ranken draußen. Erst verkrampfe ich mich erschrocken, weil ich einer Fremden so nahe bin. Aber ihre Wärme hat etwas Wohliges. Ich entspanne mich und fühle mich wieder wie ein kleines Mädchen in Mas Armen. Meine Fäuste lösen sich. Ich seufze erleichtert auf. Ma ist keine Mörderin. Der Druck auf meine Brust lässt nach. Mit glänzenden Augen gibt Euly mich wieder frei. Als ich mich zu Jett drehe, schenkt er mir ein aufmunterndes Lächeln.

»Wer war es dann?«, frage ich.

Euly nickt in Jetts Richtung. »Du bist Harlins Sohn, oder? Tja, es ist pures Glück, dass du hier aufgewachsen bist und Nova in Turris. Als ich noch im Rat saß, habe ich mit euren beiden Eltern zusammengearbeitet. Ich war die Architektin, und die zwei haben auf dem Feld der Botanik alle übertrumpft. Es war reiner Zufall, dass der Auftrag an Clare ging und nicht an Harlin.«

Jetts Gesicht ist blass, sein Kiefer mahlt.

»Natürlich hatte Harlin keine Ahnung von Clares Unschuld. Ich musste Stillschweigen bewahren, um ihn zu schützen. Hätte er die Wahrheit herausgefunden, hätte der Rat auch ihn zum Schweigen gebracht. Ich musste alle Bande kappen, mich in den Vorruhestand verabschieden und meine Lippen versiegeln, um am Leben zu bleiben.« Sie seufzt traurig. »Dabei mochte ich deinen Vater sehr gern. Wir waren gute Freunde. Noch etwas, was der Rat mir geraubt hat.«

»Also hat der gesamte Rat dahintergesteckt?«, hakt Jett nach.

Euly wirkt bitter. »Der Gärtner hat Clare beauftragt, diese Beeren mit Tollkirsche zu kreuzen, um Superfrüchte zu erschaffen, die stärker wachsen. Clare hat den Rat vor dem Gift gewarnt, aber das war den anderen egal. Trotz meiner Einwände haben sie das Projekt immer weiter vorangetrieben, schließlich könnte es ja für zukünftige Entwicklungen nützlich sein. Irgendwann waren Clare und ich uns einig, dass die Sache zu weit gegangen war. Sie hat noch versucht, ihre Arbeit zu zerstören, aber es war zu spät. Sie haben ihre genmodifizierten Erdbeeren genommen und auf die entsetzlichste Weise eingesetzt, die man sich vorstellen kann. Und Clare die Schuld dafür gegeben.« Sie schüttelt den Kopf. »Wenn ich nur daran denke ... Der Rat hat Clare als Sündenbock für seine eigenen Schandtaten benutzt. Ihr das Massaker angehängt, obwohl sie rein gar nichts dafür konnte.«

Meine Erleichterung über Mas Unschuld verwandelt

sich in Wut. Der Rat hat ihr Leben ruiniert und ihr alles genommen. Ich umklammere meine Arme, bohre die Nägel in meine Haut. Diese Mörder laufen frei herum, während meine Mutter und Tausende andere tot sind.

»Warum?«, frage ich, obwohl ich weiß, dass nichts der Ungerechtigkeit Sinn verleihen kann.

Euly schnaubt. »Sie brauchten dringend eine Antwort auf die Bevölkerungskrise. Die Zahlen stiegen steil an. Wir fürchteten, bald nicht mehr alle versorgen zu können. Ich habe Jahre an neuen Hochhäusern gearbeitet, die ihre Bewohnerinnen und Bewohner sowohl beherbergen als auch ernähren. Ihr hättet die Entwürfe sehen sollen – wunderschön. Schimmernde, smoggeschützte Wolkenkratzer, übrigens inspiriert von Turris. Damals war ich noch Teil des Rats. Der Baubeginn war schon beschlossen, aber der Gärtner forderte eine schnellere Lösung, und das war dann das Scharlachmassaker. Deine Mutter konnte nur knapp entkommen. Dein Vater hat sein Leben gegeben, um euch zu retten. Ein wütender Mob hatte es auf euch abgesehen ...« Euly verstummt mit schmerzverzerrtem Gesicht.

Ich bin traurig, weil ich meinen unbekannten Vater verloren habe, aber auch stolz auf seinen Mut. »Haben Sie Fotos von ihm?«, frage ich. »Ich habe ihn nie gesehen.«

»Mein Vater ist verschwunden«, schaltet sich Jett ein. »Der Rat behauptet, er wäre auf Dienstreise, aber er hat sich nicht einmal verabschiedet. Und Nova und ich haben was auf seinem Kommunikator entdeckt.« Schnell berichtet er von den Experimenten mit der Anti-Smog-Verkleidung und zeigt Euly unseren Fund. »Wir dachten, Sie wissen vielleicht etwas über die Gebäude.«

Sie runzelt die Stirn, während sie wischt und liest, und wird immer entgeisterter. »Das sind meine Entwürfe, von vor all diesen Jahren. Anscheinend bauen sie außerhalb von Solartopia. Ich habe Gerüchte gehört über Projekte ganz im Osten. Tatsächlich …«

Es hämmert heftig an der Tür.

Euly springt auf und späht aus dem Fenster. »Die Wachen! Sie liegen immer auf der Lauer. Ihr müsst gehen.«

Sie drückt mir meine Tasche in die Hand und scheucht uns in ihr Schlafzimmer. Trotz seiner Höhe wirkt der Raum gemütlich. Die Fenster sind klein, die Wände holzgetäfelt, und hinter dem Bett ist ein Regal voller Bücher eingelassen. Der perfekte Ort, um sich an einem kalten Winterabend einzukuscheln. Euly deutet zur Decke über dem Regal.

»Los, los! Seht ihr die Luke? Einfach fest drücken. Sie führt aufs Dach raus. Beeilt euch! Ich verschaffe euch ein paar Minuten.«

Die Luke ist beinahe unsichtbar. Hätte Euly sie uns nicht gezeigt, wäre sie mir nie aufgefallen.

Sie eilt aus dem Zimmer, schließt die Tür hinter sich und ruft den Leuten vor dem Haus zu: »Ich komme ja schon! Eine alte Frau ist doch kein D-Zug.«

Jett verliert keine Zeit, erklimmt das Regal und stemmt sich gegen die Luke. Sonne fällt herein. Kurz späht er hinaus, klettert aufs Dach und bedeutet mir, ihm zu folgen.

Ich höre laute Stimmen und die Eingangstür, die entriegelt wird. Was, wenn sie Euly etwas antun?

Ich habe das letzte Brett des Bücherregals beinahe erreicht und strecke mich nach dem Rand der Luke. Die Tasche schaukelt an meinem Arm. Doch plötzlich rutscht meine Hand ab, und alles landet mit einem ohrenbetäubenden *Rums* auf dem Boden. Ich schnappe nach Luft und blicke nach unten. Finn lugt oben aus der Tasche.

»Nein!«

Ich will wieder runtersteigen, aber Jett schreit: »Dafür haben wir keine Zeit! Du musst ihn hierlassen. Wir müssen los!«

Ich schaue erst ihn, dann Finn an.

Wachen stürmen Eulys Haus, brüllen sie an, sich flach auf den Boden zu legen. Ich habe keine Wahl. Mit einem erstickten Schluchzen klettere ich weiter. Jett packt meinen Arm, und ich hieve mich durch die Luke. Als ich mich noch einmal umdrehe, erhasche ich einen letzten Blick auf Finn.

Schon gut, Nova, höre ich ihn fast sagen. Du kannst mich gehen lassen.

Da poltern die Wachen ins Schlafzimmer, und Jett wirft die Luke zu.

Kapitel 23

Wir rutschen das grasbewachsene Dach hinunter. Uns bleiben vielleicht nur ein paar Sekunden.

»Zurück zum Rad schaffen wir es nicht.« Jett packt meine Hand und zerrt mich weg vom Haus in Richtung See. Von drinnen hören wir lautes Rufen und Krachen. Ich hoffe so sehr, dass es Euly gut geht.

Überall um uns herum sind flaches Sumpfland und tiefes blaues Wasser. Wir können nicht schnell genug rennen, um die Wachen abzuhängen, und augenfällige Verstecke gibt es keine.

»Was sollen wir tun?« Jetts Stimme klingt panisch, und sein Kopf schnellt hin und her auf der verzweifelten Suche nach einem Ausweg.

Da entdecke ich am Rand des Sees ein Büschel Schilfrohr, und mir kommt eine Idee. Davon habe ich, glaube ich, mal in einem Buch gelesen. Es scheint verrückt, aber einen anderen Plan habe ich nicht. Ich schiebe Jett zum See. »Schnell, rein da!«

»Nova, was …?« Er wehrt sich kurz.

»Sofort!«, fauche ich. Die Wachen sind inzwischen wieder draußen.

Wir gleiten beide in den See, und ich breche zwei Schilfrohre ab. Eins drücke ich Jett in die Hand. »Tauch unter und atme da durch.«

Schilfrohrstiele sind hohl. Ich schiebe mir meinen in den Mund und lasse mich zwischen die übrigen Pflanzen sinken. Zum Glück ist der See nicht allzu flach, so dass nur noch unsere Schilfrohrstiele aus dem Wasser lugen. Ich atme versuchsweise ein. Es funktioniert! Im Geiste danke ich dem Schilfrohr von Herzen und entschuldige mich dafür, so unvermittelt zwei seiner Stiele abgebrochen zu haben.

Der See ist so trübe, dass ich kaum Jett neben mir erkennen kann. Aber das ist gut, dann bemerken uns die Wachen nicht gleich. Ich halte so still wie möglich und flehe das Wasser an, das wir aufgewühlt haben, sich wieder zu beruhigen.

Ein Schatten fällt über uns. Mein Herz hämmert. Qualvolle Sekunden der Anspannung vergehen. Ich bin mir sicher, dass wir entdeckt werden, aber irgendwann bewegt sich der Schatten weiter. Durch das Gluckern des Wassers in meinen Ohren meine ich, noch mehr Rufe zu hören, aber ich kann unmöglich sagen, was vor sich geht.

Ganz behutsam greift Jett nach meiner Hand, und so bleiben wir für eine sehr lange Zeit. Allmählich werden die Geräusche an Land leiser.

Nach gefühlten Stunden stecken wir vorsichtig den Kopf aus dem Wasser. Alles wirkt ruhig. Eine Rückkehr zu Eulys Haus wollen wir nicht riskieren. Stattdessen huschen wir am Ufer des Sees entlang durch die Sümpfe.

Erst als wir andere Gebäude erreichen, halten wir keuchend an, um zu verschnaufen. Wir sind klatschnass, aber frei.

»Wir müssen raus aus Solartopia.« Nach Luft ringend, lehnt Jett sich an eine Mauer. »Hier ist es nicht sicher.«

»Wir sollten nach diesen neuen Hochhäusern suchen«, sage ich. »Vielleicht hatte dieser Yorick recht mit den Strafkolonien. Vielleicht haben sie deinen Paps dorthin gebracht.«

»Euly hat was von Osten erzählt.« Jett wischt sich die Stirn, während sein Atem sich langsam beruhigt. »Auf jeden Fall muss es hinter dem Außenposten sein, draußen in der Smogwüste.«

Ich behalte die Gasse im Blick, für den Fall, dass wir verfolgt werden. »Aber wie kommen wir da hin, solange die Wachen nach uns suchen?«

»Überlass das mir.« Er grinst auf seine allwissende Art.

Vorsichtig schlagen wir uns durch die Stadt, huschen durch ruhige Gässchen und verlassene Straßen und gehen in Deckung, sobald wir jemanden sehen. Schließlich erreichen wir einen glänzend weißen Bogen, der zu mehreren hohen Gebäuden führt.

»Das ist der Flughafen«, erklärt Jett. »Wo ich arbeite. Hier werden alle Güter umgeschlagen.«

Es ist so viel los. Menschen strömen rein und raus. Alle paar Sekunden braust ein Fahrzeug herbei, um jemanden oder etwas abzuladen. Vor dem Gebäude stehen ein Dutzend Wachen und überprüfen jeden.

»Wie sollen wir es an denen vorbeischaffen?«, frage ich.

»Diensteingang«, antwortet Jett. »Hoffentlich haben sie meine Karte noch nicht gesperrt.«

Er führt mich seitlich um das Gebäude herum und spaziert lässig pfeifend auf eine Tür zu, als wäre alles ganz normal. Ich folge ihm. Zwinkernd holt er eine Schlüsselkarte hervor. Kurz gerate ich in Panik, als eine Wache in der Nähe des Haupteingangs in Sicht kommt. Doch ehe sie uns entdeckt, schwingt die Tür auf, und wir betreten den Flughafen. Rechts befindet sich eine Umkleide mit Duschen, Schließfächern und Regalen voll sauberer Uniformen. Jett winkt mich hinein und drückt mir Overall, Jacke und Helm in die Hand, ehe er sich selbst eine Garnitur nimmt.

Ich wende mich ab und ziehe mich schnell um. Als ich mich aus meinen durchweichten Klamotten schäle, sehe ich plötzlich, dass auch Mas Notizbuch klitschnass ist. Besorgt klappe ich es auf. Die Tinte ist verlaufen, aber ein Teil ist noch lesbar. Ich schlucke. Hoffentlich kann ich es später richtig trocknen. Ich schlüpfe in die zu große Jacke und drehe den Helm in den Händen.

»Die tragen alle Neulinge, falls sie abstürzen. Setz ihn auf, dann beachtet dich keiner.«

Der Helm ist glatt und golden, wie die Helikopter. Und so leicht, dass man ihn auf dem Kopf kaum spürt.

»Wie sehe ich aus?«

»Perfekt«, antwortet Jett, und ich versuche, nicht rot zu werden. Er klappt mein verspiegeltes Visier herunter. Ich atme so ruhig und gleichmäßig wie möglich, während ich mit ihm durch eine Reihe von Gängen laufe. Aber dieser Ort ist so fremdartig und wuselig, dass er mir Angst einjagt. Ich fühle mich fast so verwirrt wie bei meiner Ankunft in Solartopia. Ich halte mich dicht hinter Jett, der anderen Pilotinnen und Piloten im Vorbeigehen zunickt und hie und da ein paar Worte wechselt. Erleichtert stelle ich fest, dass mir tatsächlich niemand einen zweiten Blick schenkt. Der Helm funktioniert.

Irgendwann gelangen wir zum Flugplatz, einer großen Wiese, die mit goldenen Luftfahrzeugen übersät ist – mit einem davon hat Jett mich auch in die Stadt geschmuggelt. Derart viele Menschen an einem Ort habe ich noch nie gesehen. Sie steigen ein und aus oder beladen die Frachter. Schwebende Wagen kommen und gehen. Für mich wirkt es wie das reinste Chaos, aber es folgt bestimmt einer Logik.

»Warte hier«, ruft Jett mir über den Lärm der Motoren zu. »Und sprich mit niemandem.«

Ich verdrehe die Augen. Als wäre ich auf der Suche nach neuen Freunden. Und selbst wenn ich wollte, könnte ich durch das Getöse ohnehin nichts verstehen. Obwohl der Helm einen Teil des Krachs abschirmt, ist es immer noch ohrenbetäubend laut. Keine Ahnung, wie Jett es hier jeden Tag aushält.

Er rennt in einen gedrungenen Glasturm, der mehr Fenster als Gebäude zu sein scheint. Ich beobachte, wie er im Raum ganz oben mit jemandem redet. Keine Minute später kommt er wieder herausgejoggt. Grinsend streckt er die

Daumen in die Höhe und deutet auf ein Fluggerät in der Nähe.

Es ist sehr viel kleiner als der gigantische Frachter, den Jett sonst fliegt, aber größer als mein Segler. An einem apfelkernförmigen Rumpf ist eine Reihe von Flügeln befestigt, wie bei Corins Rad, aber der Sitzbereich befindet sich im Inneren, so dass wir nicht den Elementen trotzen müssen. Das Ding besteht aus dem gleichen goldenen Material wie Jetts Helikopter und überragt mich. Jett zeigt mir, wo man die Füße hinsetzt, um hineinzuklettern. Dann stellt er sicher, dass ich ordentlich angeschnallt bin. Der tiefe Sitz ist gepolstert, und das Innere der Maschine glänzt schwarz. Hier drin traue ich mich endlich, das Visier meines Helms hochzuschieben.

»Ich hab sie überredet, mir nen Flitzer zu leihen.« Jett schmunzelt. »Angeblich für einen Trainingsflug mit der Neuen. Was ja nicht unbedingt gelogen ist.«

Mühelos springt er auf den Vordersitz und hantiert an der Steuerung herum. Seine dunklen Locken hängen ihm in die Stirn. Konzentriert kaut er auf seinen Lippen herum, legt einen Schalter um, und ein tiefes Brummen setzt ein. Die Flügel neben uns bewegen sich erst langsam, dann immer schneller, bis sie sich in einen verschwommenen Regenbogen verwandeln. Sanft zieht Jett unser Gefährt hoch, und schon sind wir in der Luft und gleiten aus der Stadt.

Kaum haben wir abgehoben, entspannen sich Jetts Schultern und Kiefer. Alle Nervosität strömt aus ihm heraus. Wahrscheinlich fühlt er sich im Himmel so wie ich mich in meinem Garten.

Er öffnet eine Klappe vor sich, packt ein kleines gelbes Ding und zerrt daran. Ich schreie erschrocken auf, als Kabel sich lösen und er das Teil von der Platine reißt.

»Stürzen wir jetzt ab?« Ängstlich spähe ich aus dem Fenster.

»Nö, das ist bloß ein Transponder – ein Peilsender.« Er wirft das Ding zu mir nach hinten. »Damit überwacht uns die Flugsicherheit. Aber anscheinend hat das Teil ne dicke Störung. Upsi. So nutzt es ihnen nichts mehr.«

Lachend betrachte ich das Gerät genauer. Es passt in meine Handfläche. Grüne und schwarze Drähte ragen hervor, und auf der Unterseite wölben sich metallene Hubbel. Wie kann etwas so Winziges all das leisten?

Jett steuert uns aus der Stadt, den glühenden Sonnenuntergang im Rücken.

»Wir fliegen über den Außenposten und die Siedlungen hinaus«, erklärt er. »In dieser Richtung liegen auch ein paar Flugverbotszonen. Wenn ich ein geheimes Experiment durchführen müsste, wäre das kein schlechter Ort.«

Er wendet sich wieder zur Steuereinheit und passt unseren Kurs leicht an.

Solartopia ist üppig grün, und die Äcker in den nahegelegenen Siedlungen sind fruchtbar, doch die staubige Ebene ringsum hat die Farbe von altem Stroh. Je weiter raus wir kommen, desto schlimmer wird es. Wir gleiten über eine längst verlassene Siedlung. Die niedrigen Häuser sind verfallen, die Dächer eingestürzt, das Land ist trocken und karg. Der Smog reicht nicht so weit, warum also ist das hier eine Geisterstadt?

»Das war mal ein Ort namens Widerruh«, meint Jett.

»Was ist passiert?«

»Missernten haben die Leute vertrieben.«

Andere Dörfer, an denen wir vorüberfliegen, sind zwar noch bewohnt, doch trotz der bewachsenen Felder und intakten Dächer wirken sie, als würde ihnen bald dasselbe Schicksal blühen. Diese Siedlungen haben nichts mit der schillernden Opulenz von Solartopia gemein.

In der Ferne glänzen mehrere Türme in der untergehenden Sonne.

»Der Außenposten«, sagt Jett.

Wir schwenken in Richtung der Berge, machen einen großen Bogen um die Türme. Als wir den Außenposten hinter uns gelassen haben, ist es bereits stockdunkel.

»Wir dürfen die Lichter nicht anschalten, weder draußen noch hier drinnen«, erklärt Jett. »Sonst könnten wir entdeckt werden.«

»Aber wie willst du dann sehen, wo du hinfliegst?«

»Es ist gefährlich.« Seine Stimme ist angespannt. »Aber ich kann mit Hilfe der Computer und der Nachtsichtkameras lenken.« Die Steuerelemente vor ihm leuchten gerade hell genug, dass ich sein Gesicht ausmachen kann. »Klapp dein Visier runter, das hilft.«

Verwirrt folge ich seiner Anweisung, und mit einem Schlag ist es wieder später Nachmittag statt mitten in der

Nacht. Ich klappe das Visier hoch, und sofort wird die Welt wieder dunkel. Runter, trüber Tag. Hoch, vor uns liegen ein paar verstreute, schummrige Lichter, und ich kann kaum die Umrisse der Berge erkennen. Runter, ich sehe Gebäude und Felder.

»Wie heißt diese Siedlung?«, frage ich.

»Das ist Herbstgold«, antwortet Jett. »Komisch ... da unten ist ein Frachter.«

Er bringt uns näher ran, und ich entdecke Straßen zwischen den Feldern. In der Nähe des glänzenden goldenen Frachters wippt ein steter Strom seltsam leuchtender Kugeln auf und ab.

Panik und Schmerz überrollen mich – nicht meine eigenen: Hier sind Pflanzen in Not, die um Hilfe rufen. Ihr verzweifeltes Summen erfüllt mich mit Wut. »Da unten tut jemand Pflanzen weh«, sage ich zu Jett.

Er bremst ab, so dass wir beinahe lautlos über den Feldern schweben. Schnell wird klar, dass die wippenden Lichter von Wagen und Arbeitskräften stammen. Die Frauen und Männer tragen die gleichen Kleider wie die Gartenpfleger in Solartopia. Die helle Farbe hebt sie von der dunklen Umgebung ab. Was treiben sie da unten?

»Das ist Gartenpersonal aus Solartopia«, stelle ich verwirrt fest. »Und diese Wagen habe ich nachts im Garten des Lebens gesehen. Darin transportieren sie Pflanzen, um die kranken zu ersetzen.«

Entsetzt beobachte ich, wie Pflanzen unsanft aus dem Boden gerissen und in die schwebenden Wagen geworfen werden. Die Wogen ihrer Qual sind beinahe unerträglich. Kein Wunder, dass ich ihre Not spüren konnte.

»Nein.« Jett schüttelt den Kopf. »Wir holen nur Eisenerz aus Herbstgold. Das kann nicht sein. Solartopia braucht keine Nahrung von außerhalb.« Er zögert, und als er weiterspricht, klingt er verunsichert. »Solartopia baut alles selbst an – das ist doch der springende Punkt. Die müssen da unten irgendwas anderes machen.«

»Vielleicht ernten sie deswegen nachts«, meine ich. »Weil es niemand erfahren soll.«

Eine Reihe von Wagen wird zügig in den goldenen Frachter geladen. Sie sehen aus wie Perlen an einer Kette.

Jett fliegt uns so nah ran, wie er es wagt, den Computer immer im Blick.

»Das ist Matteos Frachter«, sagt er, die Stimme schrill vor Überraschung.

Er hantiert an der Konsole herum, und plötzlich hören wir Matteo sprechen: »… erbitte Status der Pflanzenverladung. Wann kann ich hier weg?«

Es rauscht kurz, dann antwortet eine Frau: »Verladung abgeschlossen, wir warten auf die finale Freigabe. Kann sich nur noch um …«

Jett drückt auf einen Knopf, und die Frau verstummt.

»Verdammt! Matteo weiß, dass er Pflanzen verlädt. Also stehlen wir den Leuten hier wirklich das Essen. Deswegen haben so viele Siedlungen angeblich mit Ernteausfällen zu kämpfen. Wahrscheinlich kommt jede Beförderung mit ner Schweigepflicht. Ich fasse es nicht!« Er sieht aus, als wollte er auf etwas einschlagen. »Klar müssen alle flüchten, wenn die äußeren Siedlungen vom Smog heimgesucht werden und wir den näheren die Ernte klauen. Ein Wunder, dass da draußen überhaupt noch wer lebt!«

»Wir müssen den Pflanzen helfen«, dränge ich. »Kannst du landen?«

»Nein. Guck dir die vielen Leute aus Solartopia an. Da sind garantiert auch Wachen dabei. Vielleicht gilt unser Flitzer als vermisst, und die haben eine Suchmeldung rausgegeben. Wir können nicht landen, das würde zu viel Aufmerksamkeit erregen.«

Auch wenn mir die Pflanzen unheimlich leidtun – er hat recht.

Wir fliegen wieder los, und ihre Not verklingt in der Ferne.

Die Ebene leuchtet hell im Mondschein. Ich brauche nicht einmal mehr mein Visier. Eine einsame Smogwolke treibt unter uns dahin und hinterlässt einen schwarzen Giftstreifen. Je weiter raus wir kommen, desto mehr solcher Wolken haben sich in Niederungen und Tälern eingenistet.

Irgendetwas nagt an mir. »Wann ist der Smog noch gleich aufgetaucht?«

»Ach, vor kurzem erst. Ein paar Wochen vielleicht?«

»Aber Euly hat diese neuen Gebäude vor Jahren entworfen. Und der Rat testet schon seit längerem Smogverkleidungen. Woher wussten sie so früh, dass sie solche Schutzmaßnahmen brauchen?«

Jett dreht sich um und schaut mich stirnrunzelnd an.

»Vielleicht wollten sie einfach vorbereitet sein? Euly kam ja aus Turris, also kannte sie den Smog, weil es ihn auf der anderen Seite der Berge schon immer gegeben hat. Vielleicht war ihnen klar, dass es nur eine Frage der Zeit ist, bis er auch uns erreicht?«

Ich grunze unverbindlich. Das ergibt Sinn. Aber irgendetwas kommt mir trotzdem komisch vor.

»Hier beginnt das Sperrgebiet«, ruft Jett.

Je tiefer wir in diese Zone vordringen, desto dichter wird der Smog und desto wüster das Land. Der Motor ächzt, als Jett uns über eine hohe, felsige Hügelkette steuert.

Und plötzlich erhebt sich vor uns, völlig fehl am Platz, ein gleißender Wolkenkratzer, den ich sofort wiedererkenne. Ich traue meinen Augen kaum.

Turris.

Kapitel 24

Aber das kann nicht sein.

Turris liegt auf der anderen Seite der Berge, weit, weit hinter uns. Aber die beiden Gebäude sehen sich auf den ersten Blick so ähnlich. Der Rat von Solartopia muss diese Nachbildung jenseits aller Siedlungen errichtet haben, weil hier draußen nie jemand suchen würde. Nur warum?

An dem Hochhaus wird noch gebaut, wacklige Gerüste umgeben die unteren Stockwerke. Die oberen Stockwerke sind schon fertig. Das Ganze erinnert mich an eine Köcherfliege in ihrem Kokon. Das ist bestimmt einer von Eulys Entwürfen. Sie hat die Grundform von Turris genommen und sie zu einer Spirale verdreht, damit sie ihren neuen Zweck erfüllen kann. Der Wolkenkratzer ist mindestens doppelt so groß wie Turris und mit einer pechschwarzen, glitzernden Substanz bedeckt, die ihm etwas sehr Solartopia-Untypisches verleiht. Könnte das die Lykoproteinverkleidung aus dem Forschungsbericht sein? Darin stand, die Beschichtung könne auf jede Oberfläche gesprüht werden und würde einen schimmernden Glanz erzeugen. Das Zeug funkelt selbst an den riesigen Fenstern.

»Da drin sind Pflanzen«, sage ich zu Jett. Ich spüre viele

von ihnen. Sie klingen glücklich, jung und begierig loszuwachsen. »Also muss es auch jemanden geben, der sich um sie kümmert. Einen Botaniker?«

»Du kannst sie von hier aus hören? Das sind mal Pflanzensuperkräfte.« Jett wirft mir einen ungläubigen Blick zu, ehe er sich wieder voll darauf konzentriert, nicht gegen das Gebäude zu krachen. »Okay, dann müssen wir wohl irgendwie rein und nachschauen, ob Paps dort ist.«

Nicht weit von uns, auf dem Boden rings um das Hochhaus, befinden sich ordentliche Reihen kastenförmiger Gebilde, die ebenfalls mit der glitzernden schwarzen Farbe überzogen sind. Menschen mit Werkzeugen auf den Schultern strömen aus dem Wolkenkratzer und auf die Kastenreihen zu. Sie laufen schwerfällig und gebückt und ahnen nichts von unserer Anwesenheit. Zwischen ihren erdfarbenen Kleidern aus den Siedlungen erkenne ich dunkel gewandete Wachen. Sie teilen den Fluss der Arbeiterinnen und Arbeiter wie ein Stein das Wasser.

Ich schnappe nach Luft. »Yorick hatte recht, die Strafkolonien gibt es wirklich!«

Jetts Fingerknöchel treten weiß hervor. »Und *dafür* habe ich Menschen in die Stadt geschmuggelt? Wie kommen wir in den Wolkenkratzer rein?«

»Versuch's mal mit dem Dach. Bei Turris ist es flach.«

Wir steigen an den oberen drei Stockwerken vorbei, die bewohnt wirken – die Lampen brennen, und hinter den gewaltigen Fenstern sind Schatten zu erahnen. Leben hier wirklich schon Leute? Auf dem Dach gibt es zum Glück tatsächlich einen Garten, aber der ist sehr viel formeller als meiner. Zwischen den Pflanzen leuchten schummrige Lichter. Ich erkenne eine große Rasenfläche und gepflegte, von jungen Büschen gesäumte Blumenbeete, aber kaum etwas Essbares. In diesem Garten würde man bald verhungern.

»Da ist bestimmt irgendwo ein Zugang«, meine ich. »Glaubst du, du kannst hier landen?«

Er grinst und verkündet geziert. »Aber mit dem größten Vergnügen, Mylady.«

Warum redet er so komisch? Ach, er neckt mich wieder. Ich lache, weil ich nicht weiß, wie ich sonst reagieren soll. Aber zumindest verstehe ich die Städter allmählich ein bisschen besser. Zumindest diesen *einen* Städter.

Er späht nach draußen, sucht nach dem besten Landeplatz. »Die Wiese sollte groß genug sein.« Beim Anblick einer jungen Baumgruppe runzelt er die Stirn. »Solange wir nirgendwo gegenfliegen.«

Ich wappne mich und halte die Luft an, während Jett die Maschine in Position bringt. Ich kann kaum hinschauen, wie er leichthändig die Steuerung bedient und dabei die Anzeigen und unsere Umgebung nicht aus den Augen lässt. Der Wind wirft uns hin und her. Ich kralle mich fester in meinen Sitz. Doch gaaanz langsam kommt der Rasen näher. Mit einem erleichterten Seufzen setzt Jett auf und streicht sich die Haare zurück. Rasch schaltet er den Motor aus und lässt sich gegen die Lehne fallen.

»Das brauche ich so schnell nicht noch mal.« Er gluckst.

»Aber ich muss schon sagen, ziemlich beeindruckende Landung.«

Ich denke zurück an meinen eigenen Landeversuch mit dem Segler und wie schwierig es war in den Aufwinden rund um Turris. »Du warst großartig«, lobe ich ihn.

Er strahlt vor Freude, und meine Brust zieht sich zusammen bei dem Gedanken, dass ich für dieses Lächeln verantwortlich bin.

Wir schnallen uns ab, und ich klettere begierig aus der Maschine. Meine Knie zittern, und Jett fängt mich auf, als ich stolpere.

»Hoppla! Hast du dich immer noch nicht ans Fliegen gewöhnt?«

»Es geht nicht so sehr ums Fliegen als vielmehr ums Landen.« Schweren Herzens löse ich mich von ihm und schaue mich gründlich um.

Ich klappe mein Visier hoch. Die Luft ist kühl, und ich nehme einen tiefen Zug. Es fühlt sich fast wie zu Hause an. Wolken sind aufgezogen, trüben das Mondlicht und verbergen die Sterne. Der Wind peitscht mir die langen Haare ums Gesicht. Ich bin dankbar für die Wärme der Pilotenjacke.

Hier im Garten wachsen nur diese seltsamen Pflanzen mit den Pheromonen, die ich nicht verstehe. Es gibt so wenig Essbares. Ich dachte, das Gebäude sollte sich selbst versorgen? Vielleicht bauen sie noch irgendwo anders Nahrung an, aber trotzdem verschwenden sie wertvolle Fläche. Und ist ihnen überhaupt klar, wie windig es so weit oben sein kann? Sie haben weder Bäume noch Büsche um den Rand des Daches gepflanzt. Sobald der Winter kommt, werden Stürme darüberpeitschen und alles beschädigen, was jung und zart ist.

Dieser Ort hat etwas gespenstisch Vertrautes, aber nichts stimmt so ganz. Hoffentlich habe ich wenigstens recht, was den Zugang zum Inneren anbelangt.

Ich will meinen Helm absetzen, doch Jett hält meine Hand fest.

Seine Lippen verziehen sich zu einem schiefen Lächeln, und ich muss mich konzentrieren, um das Atmen nicht zu vergessen. »Lass ihn besser noch auf. Wir wissen nicht, wer unten auf uns wartet.« Seine Augen blitzen dunkel.

Ich führe ihn zu der Stelle, an der sich eigentlich die Treppe befinden sollte. Nur ist da nichts. Auf Turris kommt man über eine schräge Luke hinein. Auf diesem Wolkenkratzer gibt es nur Blumen und ein paar Bäume.

Frustriert murmle ich: »Genau hier sollte der Eingang sein.«

Ich drehe mich verlegen im Kreis. Hoffentlich habe ich uns nicht umsonst vom Himmel geholt. Vielleicht versteckt sich hinter der Baumgruppe dort drüben irgendetwas? Als ich zwischen die Bäume trete, ertönt plötzlich ein metallisches *Klonk*. Mein Blick wandert nach unten. Eine Falltür.

Mit einem Seufzer der Erleichterung hieve ich sie hoch und entdecke Stufen, die ins Innere des Gebäudes führen.

»Alle Achtung«, meint Jett, und in mir steigt Stolz auf.

Als wir die Treppe betreten, flackern automatisch Lichter

an. Ich gehe vor, wachsam, weil ich mit allem Möglichen rechnen muss. Es fühlt sich seltsam an, dass unsere Rollen auf einmal vertauscht sind. In Solartopia wusste Jett immer, wo wir hinmüssen und was zu tun ist. Jetzt übernehme ich die Führung. Ich ziehe die Tür zum obersten Stock auf und spähe hindurch. Halb erwarte ich die vertrauten weichen Teppiche und die teure Tapete, doch die Wände sind weiß und die Böden gefliest. Die Aufteilung scheint allerdings ähnlich zu sein, die Räume und Flure befinden sich an den gleichen Orten. Wir schleichen an einer Reihe Aufzüge vorbei. Die funktionieren in Turris schon lange nicht mehr, deshalb benutze ich sie als Lagerräume.

Um die nächste Ecke liegt ein gläserner Korridor. Hinter den dunklen Scheiben stehen Tische voller Pflanzen, so wie im Labor in Solartopia. Wurden diese Pflanzen wohl aus anderen Siedlungen geraubt oder hier angebaut? Sie sind ruhig und schläfrig, stoßen nur hin und wieder ein zufriedenes Summen oder einen Schwall grüner Pheromone aus. Die finsteren Labore vermitteln mir ein mulmiges Gefühl. Die großen Glasscheiben haben etwas Unheimliches. Jeder könnte uns aus den Schatten beobachten. Ich erstarre, und meine Nackenhaare stellen sich auf. Ich spüre einen Blick auf mir, doch ich rede mir ein, dass nur meine Phantasie mit mir durchgeht.

»Worauf wartest du?«, wispert Jett.

Unter einer geschlossenen weißen Tür am Ende des Flurs dringt ein dichter Strom goldener Pheromone hervor. Die Pflanzen da drin sind wach und lebhaft. Ich spüre sie summend und surrend miteinander kommunizieren. Warum schlafen sie nicht wie der Rest? Seltsamerweise hat dieses Labor keine Glasfront. Wenn wir sehen wollen, was drinnen passiert, müssen wir hinein.

Wir huschen an den anderen Laboren vorbei. In Turris wären hier mein Bad, mein Esszimmer und meine Bibliothek, doch diese Räume haben nichts mit meinem Zuhause gemein. Am Ende des Flurs presse ich das Ohr an die unscheinbare weiße Tür, in der Hoffnung auf einen Hinweis, was sich auf der anderen Seite verbirgt. Aber ich höre nur das Summen der Pflanzen. Ihre Aufregung hat sich noch verstärkt. Spüren sie meine Anwesenheit, oder geht da drin etwas vor sich? In Turris befände sich hinter dieser Tür mein behelfsmäßiges Gewächshaus. Vielleicht ist es hier ähnlich? Ehe ich es mir anders überlegen kann, schiebe ich die Tür auf. Grelles Licht blendet mich. Der Raum ist wie die anderen Labore angelegt. Er steht voller Tische mit Pflanzen und komplizierten Instrumenten.

An einer Werkbank in der Ecke sitzt ein Mann vornübergebeugt vor einem Experiment. Als wir reinkommen, blickt er auf, und seine Augen weiten sich, weil wir nicht die sind, die er erwartet hat.

»Jett«, ruft er aus.

»Paps!«

Jett eilt auf seinen Vater zu und rammt in seiner Hast mehrere Tische. Der Stuhl seines Vaters schrappt quietschend über den Boden, als Harlin aufspringt, um ihn zu umarmen.

Er lebt! Der Angstkloß, der um Jetts willen in meiner Brust saß, löst sich endlich auf und verwandelt sich in Erleichterung.

Als ich mich umschaue, entfährt mir ein leises Keuchen. Ganz hinten steht eine wunderschöne grüne Pflanze mit üppigen gefiederten Wedeln und glänzenden goldenen Blütenähren, genau wie Ma sie gezeichnet hat. Und würde ich hinlaufen und daran schnuppern, röchen die Blätter nach Minze und Lakritz, da bin ich mir sicher.

»Sie ist hier!« Ich fasse es nicht. Ich habe sie gefunden.

Meine *Ferula*.

Kapitel 25

Ein paar Schritte später bin ich da. Ich kann kaum an mich halten. Auf einem Tisch vor dem Fenster thronen bestimmt zwanzig Pflanzen in verschiedenen Wachstumsstadien. Sie sehen haargenau so aus, wie Ma sie beschrieben hat. Mit zitternden Fingern streiche ich über ihre Blätter. Die gefiederten Wedel sind anmutig gebogen und sogar noch zarter als auf den Zeichnungen. Ich reibe fester über einen davon und sauge die Mischung aus Minze und Lakritz ein. Ich traue meinen Augen kaum. Stehen sie wahrhaftig vor mir? Jetzt kann ich meinen Garten vor dem Smog retten. Ich kann endlich nach Turris zurückkehren. Ich werfe einen Blick zu Jett, der lachend seinen Vater umarmt, und spüre einen Stich. Von ihm werde ich mich verabschieden müssen. Aber ich sollte mich auf das Positive konzentrieren. Ich kann wieder nach Hause. Und an diesem Ort hier, der Turris so gleicht, merke ich erst, wie sehr es mir fehlt. Die Ähnlichkeit mit meinem eigenen Gewächshaus ist wirklich unheimlich. Der Grundriss des Raums ist identisch, bis hin zur großen Fensterfront. Tagsüber wäre alles lichterfüllt. Jetzt sehe ich nur Tintenschwärze.

»Was machst du hier?« Harlin hat die gleichen dunklen

Augen und dunklen Haare wie sein Sohn, nur werden seine an den Schläfen allmählich grau. Sein fragender Blick wandert kurz zu mir, ehe er seine Aufmerksamkeit wieder auf Jett richtet.

»Ich habe nach dir gesucht. Du bist verschwunden, ohne dich zu verabschieden.« Jetts Stimme stockt, und er schluckt, bevor er weiterspricht. »Ich dachte, der Rat hätte dich aus dem Verkehr gezogen oder noch schlimmer.«

»Soll das heißen, dich hat nicht der Rat gebracht?« Harlin wird blass, und er schiebt Jett von sich. »Wie bist du hergekommen? Weiß deine Mutter, wo du bist?«

»Wir sind geflogen. Allein.«

»Ihr müsst gehen, sofort!«, zischt Harlin und versucht, Jett zur Tür zu bugsieren. »Ihr dürftet gar nicht hier sein. Der Rat hat mich tatsächlich aus dem Verkehr gezogen, und wenn sie euch finden …«

Schnell schnappe ich mir eine der kleineren *Ferulas* und schiebe sie mir in die Jacke. Sie ist eingetopft, also sollte sie es dort gut aushalten. Eine andere Pflanze hat schon reife Samen, die ich abzwicke und vorsichtig in ein Stück Papier schlage, das auf einem Tisch in der Nähe liegt.

»Paps, das ist Nova«, erklärt Jett seinem Vater. »Sie ist die Freundin, die mir bei der Suche nach dir geholfen hat. Nova, das ist mein Vater, Harlin Bergmann.«

Ich erstarre überrascht, auf frischer Tat ertappt beim Pflanzenstehlen. Verlegen hebe ich die Hand. »Hallo.«

»Was ist passiert?«, bohrt Jett weiter. »Ich hatte schreckliche Angst, dass sie dir was angetan haben.«

»Ich bin über Pläne des Rats für smoggeschützte Hochhäuser gestolpert«, berichtet Harlin. »Als sie rausgefunden haben, dass ich Bescheid weiß, haben sie mich verhaftet und hierhergeschleift. Sie haben die Auswirkungen des Smogs getestet, an den armen …«

»Siedlungen«, beendet Jett seinen Satz. »Haben wir gelesen. Wir haben deinen Kommunikator entdeckt.« Er holt ihn aus der Tasche und reicht ihn seinem Vater.

Der betrachtet ihn mit erhobener Augenbraue, ehe er ihn wegsteckt. »Der Gärtner zwingt mich, die Pflanzen für dieses Haus vorzubereiten, damit genug Nahrung und Medikamente da sind.« Er spuckt die Worte förmlich aus, als würde der Gärtner ihn anwidern.

Mir geht es da genauso.

»Eine Zeitlang waren nur ich und die Arbeitsteams hier – und die habe ich kaum zu Gesicht bekommen. Aber jetzt bringen sie langsam auch Bewohnerinnen und Bewohner her. Vor ein paar Tagen haben sie mir zehn Solaris frisch von der Schule geschickt, die mir mit dem Garten helfen sollen. Offenbar war dieser Ort von Anfang an als ihr Abschlussprojekt gedacht.«

Ich schnappe nach Luft. Das müssen die sein, von denen Kay geredet hat – die Gruppe, zu der auch ihre beste Freundin gehört und der eigentlich Wohnungen in der Stadt versprochen worden sind.

»Wir holen dich hier raus«, meint Jett. »Bist du abflugbereit?«

»Das geht nicht.« Harlin lässt sich auf die Werkbank

sinken. »Sie haben gedroht, dir und deiner Mutter etwas anzutun, sollte ich nicht machen, was sie wollen. Wenn ich verschwinde, werden sie uns jagen. Und ich sage es nur ungern, aber bald ist dieser Wolkenkratzer der letzte sichere Ort auf der Welt. Solange ich kooperiere, lassen sie dich und deine Mutter vielleicht auch hier leben.«

Jett runzelt die Stirn. »Was redest du da?«

Harlin lässt die Schultern hängen. Er sieht aus wie ein gebrochener Mann. Leise erklärt er: »Nur darum geht es hier überhaupt. Solartopia, unsere perfekte Stadt. Eine einzige Lüge.« Er lacht hohl. »Wie sich rausstellt, sind wir schon seit Jahren ganz und gar nicht autark. Die glorreiche Zukunft, auf die wir hingearbeitet haben, im Einklang mit der Natur leben, alles gelogen.«

»Sie stehlen Pflanzen aus den Siedlungen, das haben wir gesehen«, schalte ich mich ein.

Harlin guckt betroffen. »Davon wusste ich schon länger. Der Gärtner hat uns angewiesen, alles zu tun, damit die Pflanzen im Garten des Lebens so schnell wie möglich Früchte tragen. Das hat die Erträge in die Höhe schießen lassen, aber die Pflanzen selbst in kürzester Zeit ausgelaugt, so dass wir die Bevölkerung nicht versorgen konnten. Deshalb hat der Rat entschieden, neue Pflanzen aus den Siedlungen zu holen.«

»Zu klauen, meinst du wohl«, wirft Jett ein.

Harlin nickt. »Ganz genau. Aber wir wurden alle zum Schweigen verpflichtet. Ich habe versucht, den Schaden durch meine Forschung wiedergutzumachen, damit wir auf anderem Wege mehr Nahrung bekommen, aber das hat nicht gereicht. Und leider …«, er wirkt unendlich müde, »… ist das nicht einmal das schmutzigste Geheimnis, das der Rat gehütet hat. Anscheinend übersteigt der Energiebedarf von Solartopia seit langem die verfügbare Solar- und Windkraft. In Wahrheit stammt ein Großteil unserer Energie aus der Verbrennung des alten, fauligen Mülls von vor dem Sechsten Sterben unter der Stadt. Ein Nebenprodukt dieser Verbrennung ist der giftige Smog, der alles tötet. Sie leiten ihn weit raus aus der Stadt, aber inzwischen haben sie schon so viel davon erzeugt, dass die Wolken in die äußeren Siedlungen kriechen. Sie hatten nie vor, ewig auf diese Energiequelle angewiesen zu sein.«

Ich unterdrücke ein Keuchen. Solartopia ist schuld, dass mein Garten stirbt? Dass all diese Siedlungen zerstört wurden? Wut kocht in mir hoch, wenn ich daran denke, wie viele leiden mussten und einen qualvollen Tod gestorben sind. Wie konnten sie so etwas nur tun? Jett hat die Arme verschränkt, sein Kiefer mahlt.

»Diese Pflanze kann den Smog bekämpfen.« Ich deute auf die Fer*ula*. »Deshalb bin ich gekommen. Um meinen Garten zu retten. Vielleicht kann Ihre Forschung dabei helfen.«

»Deine Pflanze ist hier?« Jett reißt überrascht die Augen auf. »Du hast sie gefunden?«

»Ah ja, *Ferula expurga.*« Harlin tritt neben mich und starrt auf die Pflanzen hinunter. »Der Smog-Photokatalysator, an dem meine Kolleginnen und Kollegen gearbeitet haben. Ganz vielversprechend. Ich habe die Samen vor kurzem wiederentdeckt, und zum Glück haben sie noch gekeimt. Aber auch das wird nicht reichen.«

»Was soll das heißen?«, fragt Jett.

»Hast du noch nicht erraten, wofür dieser Ort gebaut wird?« Harlin breitet die Arme aus und lacht kalt. »Das hier ist die neueste Lösung des Rats gegen den Smog und die Überbevölkerung. Solartopia 2.0: größer und besser. Der Rat und die Elite der Stadt ziehen her, sobald der Smog stärker wird.«

»Was ist mit dem Rest von Solartopia und den Siedlungen?«, hake ich nach, obwohl ich die Antwort eigentlich gar nicht hören will.

»Offenbar ist der Rat es inzwischen leid, den fürsorglichen Schein zu wahren. Alle anderen müssen für sich selbst sorgen oder verhungern.«

Ich ziehe scharf die Luft ein.

»Wie?«, stößt Jett hervor. »Wie schaffen sie es bloß, die ganze Sache geheim zu halten? Die Bautrupps, die wir gesehen haben, erzählen doch bestimmt anderen von diesem Ort …«

Sein Vater streichelt die Blätter einer *Ferula*. »Diese Menschen kommen hier nicht mehr weg. Das sind entweder Schutzsuchende, die sie in Solartopia gefasst haben, oder Leute, die aus den sterbenden Siedlungen entführt wurden.«

Jett erbleicht. »Alle, denen ich helfen wollte. Also stimmt es? Sie landen am Ende hier? Das sind die Stellen auf dem Bau, von denen sie reden?«

Harlin nickt. »Wohl nicht ganz das, was sie erwartet haben. Und wenn sie erst einmal angekommen sind, ist es zu spät.«

»Diese Menschen vertrauen auf Solartopia.« Jetts Stimme ist voller Zorn. »Sie sind erschöpft und geknechtet. Sie hoffen auf ein besseres Leben in der Stadt. Ich habe mit Hunderten von ihnen gesprochen. Sie wollen nur eine Chance.«

In mir brodelt es. Der Rat behandelt Menschen, als wären sie entbehrlich, als wäre deren Leben weniger wert als das seine. Sie haben Ma ein schreckliches Verbrechen angehängt, und sie töten meinen Garten und die ganze Welt mit ihrem Egoismus. Die Welt ist für alle da, nicht nur für ein paar Auserwählte.

»Wir müssen sie aufhalten«, presse ich zwischen den Zähnen hervor. »Was können wir ...«

Die Tür fliegt auf. Schwere Schritte erklingen, und ich klappe schnell das Visier meines Helms zu, ehe ich mich umdrehe.

Hinter uns steht ein Mann, den ich wiedererkenne. Ein Mann mit langem, wallendem Haar in einer fliederfarbenen Robe.

Der Gärtner ist da.

Kapitel 26

Ich bin dem Gärtner so nah, dass ich seine fahle Haut und die großen Poren erkenne. Die langen Haare wurden zu extravaganten Locken gedreht. Er hat die Hände vor sich gefaltet. Seine Nägel sind sauber und glänzen, ganz im Gegensatz zu meinen. Für jemanden, der sich selbst den Gärtner nennt, scheint er nicht viel mit Erde zu arbeiten. Sein ruhiges, vergeistigtes Gebaren aus dem Garten des Lebens ist verpufft. Jetzt ist er aufgebracht, seine Nasenlöcher beben, das Kinn ist vorgereckt. Die nackten Füße sind dicken dunklen Stiefeln gewichen.

»Ich nehme an, das ist Ihr Sohn?«, faucht er und ruckt mit dem Kopf in Richtung Jett. »Zu Ihrer Rettung geeilt? Wie rührend.«

Harlin tritt schützend vor Jett. »Er wollte nur nach mir sehen, weil ich nicht nach Hause gekommen bin. Ich habe ihm erklärt, dass ich hierbleibe. Er wollte gerade wieder gehen.«

Das Gesicht des Gärtners verzieht sich zu einem kalten Lächeln. »Und wer ist das da?« Er wendet sich zu mir und mustert meinen Helm und meine Jacke. »Noch eine Pilotin?«

»Sie Teufel!«, zischt Jett und schiebt sich an seinem Vater vorbei. »Was Sie den Geflüchteten, den Siedlungen antun. Sie haben sie angelogen. Sie haben *alle* angelogen.«

»Jett!« Harlin zerrt ihn warnend an der Schulter zurück. Jett schüttelt seine Hand ab. »Er weiß nicht, was er da redet, bitte verschonen Sie ihn.«

Lachfalten bilden sich um die Augen des Gärtners, aber kein Geräusch entflieht seinen Lippen. »Menschen sind wie Pflanzen.« Seine Stimme ist glatt und überheblich. »Manche überleben bei den härtesten Bedingungen, andere sind schwach und zerbrechlich, brauchen ständige Pflege und Aufmerksamkeit. Manche sind lebensnotwendig und andere …« Er schaut zwischen Jett und mir hin und her. »Andere haben keinen praktischen Nutzen.«

»Das stimmt nicht!« Ich bin so wütend wie mein Bienenvolk, wenn es angegriffen wird. »Pflanzen sind nicht zu unserem Wohle da. Alle Lebewesen haben die gleiche Daseinsberechtigung wie wir Menschen.« Adrenalin schießt durch meinen Körper. Mein Herz schlägt so wild, dass es bestimmt jeder hört.

»Ich bin eine widerstandsfähige Dornenpflanze«, fährt der Gärtner fort, ohne mich zu beachten.

Als hinge er in einer Rede fest, die er unbedingt beenden muss, wie eine dieser Aufnahmen in Solartopia.

»Ich habe unsere Stadt durch eine Krise nach der anderen gelenkt«, schwadroniert er weiter. »Meine Weisheit und Zähigkeit genutzt, um zu überleben. Niemand kennt Pflanzen und Menschen besser als ich. Ich sichere unseren Fortbestand. Ich rette Leben – diejenigen, die es wert sind.«

Ich fasse es nicht, was er da von sich gibt. Er ist ein Monster! Er schert sich keinen Deut um irgendjemand anders als sich selbst. All dieser Quatsch von wegen Leben retten. Wenn er wirklich so weise wäre, wie er behauptet, wüsste er, dass nur seinetwegen das Ökosystem aus dem Gleichgewicht geraten ist. Ich denke zurück, wie er damals im Garten an all den Pflanzen vorbeigelaufen ist und ihre Not ignoriert hat. Wenn Menschen oder Pflanzen leiden, liegt es daran, dass man sich nicht ordentlich um sie kümmert. Er ist für jedes Leben in seiner Obhut verantwortlich, nicht nur diejenigen, die er für wertvoll genug erachtet. Entweder sind alle wichtig oder niemand.

»Sie haben doch keine Ahnung, wovon Sie reden«, rufe ich.

Der Gärtner mustert mich von oben bis unten. »Und was, bitte schön, weiß eine Pilotin davon, wie man eine Stadt leitet?«

»Die Pflanzen gehören Ihnen nicht!« Ich platze fast vor Wut. Ich fühle mich, als wäre ich von einer dicken roten Pheromonwolke umhüllt.

Der Gärtner lacht. »Ich weiß mehr über Pflanzen als jeder andere auf dieser Welt. Ich bin ihr Herr und Meister. Ich kultiviere und veredle ihre Kräfte schon seit vielen Jahren. Ich kann sie mir gefügig machen. Sie arbeiten für mich. Sie heilen, nähren oder töten sogar.«

Auf dem Tisch neben ihm steht eine stachlige, bösartig

aussehende Pflanze, die diese unentschlüsselbaren ockerfarbenen Pheromone verströmt. Blitzartig packt er sie und schleudert sie auf Jett.

Harlin schreit: »Gift!«, und stößt Jett zu Boden, aus der Flugbahn. Danach reißt er den Arm hoch, um sich zu schützen, doch er ist zu langsam. Die Pflanze trifft ihn mitten im Gesicht, zerschlitzt seine Haut. Er sackt zusammen und windet sich vor Schmerzen, während aus den Schnitten Blutbläschen schäumen.

»Wachen!«, ruft der Gärtner.

Jett ist wieder auf den Beinen und stürzt sich brüllend vor Wut auf ihn. Doch der Gärtner ist stärker und schneller, als er wirkt. Er erwischt Jetts Arm und verdreht ihn, bis Jett aufschreit, dann schubst er ihn beiseite. Er blockiert den einzigen Ausgang. Es gibt keinen Weg an ihm vorbei.

Was soll ich nur tun? Jeden Augenblick treffen die Wachen ein, und wir sind in der Unterzahl.

Der Gärtner wendet sich mir zu, mit einem Grinsen auf dem Gesicht, das eher einer Grimasse gleicht. Er steht direkt neben den Giftpflanzen. Vielleicht kann ich sie gegen ihn aufbringen? Ich versuche, mit ihnen zu kommunizieren, flehe sie um Hilfe an ... und keuche auf vor Schmerz, als zorniges Summen meinen Kopf erfüllt. Sie verstehen mich nicht und keilen aus, um sich zu verteidigen.

Denk nach, Nova! Was würdest du in Turris machen? Ich schaue mich um in der Hoffnung, dass mir etwas ins Auge springt.

Dieses Hochhaus ist meinem Zuhause so ähnlich, selbst

die Wände befinden sich an den gleichen Stellen. Ob das wohl auch für die Rohrleitungen gilt? Hat Euly auch die einfach übernommen? Ich setze alles auf eine Karte. Ich schnappe mir einen Spaten aus einem Bottich voll Kompost und ramme ihn mit aller Kraft in die Wand neben mir. Die Verkleidung bröckelt, und ich höre das Knirschen von Metall auf Metall. Etwas löst sich, und heraus schießt ein Strahl siedend heißes Wasser. Ich zucke zurück, als der Dampf meine Hände und Wangen versengt. Warum ist das Wasser heiß? In Turris ist es kalt. Aber das kann ich gegen ihn verwenden. Mit dem Spaten drücke ich das Rohr in seine Richtung. Das Wasser klatscht ihm ins Gesicht, ehe er ausweichen kann. Schreiend stolpert er zur Seite, während ich dem Rohr einen weiteren Schlag verpasse, um den Strahl von der Tür wegzulenken.

»Schnell«, rufe ich Jett zu. Zu zweit helfen wir seinem Vater auf und stolpern an dem Gärtner vorbei, der sich auf dem Boden krümmt.

Draußen auf dem Dach regnet es in Strömen. Der Mond ist hinter der dicken Wolkendecke nicht zu erkennen. Das Gras ist tückisch glatt, aber wir schaffen es, Harlin hinten ins Flugzeug zu befördern. Ich quetsche mich vorne neben Jett. Wir sind beide klitschnass. Zumindest hat der Helm meinen Kopf geschützt. Jetts Haare kleben an seinem Gesicht.

Der Gärtner torkelt aus der Falltür. Seine Haut ist knallrot vom heißen Wasser, doch seine Miene ist schaurig ruhig. »Wachen!«

Er holt seinen Kommunikator heraus und tippt darauf herum.

Jett startet hastig den Motor. Hilflos sehen wir zu, wie sich zwei Bündel seltsamer Metallrohre aus dem Dach erheben. Das ist definitiv neu, so was gibt es auf Turris bestimmt nicht.

»Was ist das?«, frage ich Jett.

Von hinten kommt ein gequältes Stöhnen. Harlin hält sich das Gesicht und krächzt: »Solarlaser. Ein Treffer, und wir lösen uns in Rauch auf.«

Jett wird blass und haut noch grimmiger auf die Schalter und Hebel am Instrumentenbrett ein.

»Los, los!«, schreie ich. Ich will nicht erleben, was Solarlaser anstellen können.

»Ich würde meinen besten Botaniker nur ungern verlieren«, ruft der Gärtner über den Lärm des Motors hinweg, der viel zu langsam anläuft. »Kommt raus, dann finden wir gemeinsam eine Lösung.«

Die Solarlaser bewegen sich in unsere Richtung und nehmen uns ins Visier. Die Rohre fahren aus, werden immer länger und dünner.

»Das sind zu viele«, flüstert Jett mit hängenden Schultern. »Denen kann ich nicht allen ausweichen.«

»Ihr habt keine Chance«, höhnt der Gärtner, während er wartet.

Ich zerbreche mir den Kopf. Es muss doch einen Ausweg geben, irgendwas, das uns helfen kann. Aber wir sind ganz allein hier. Nein! Das stimmt nicht! Wir sind nicht allein. Die Pflanzen sind da. Meine Freunde. Ich habe das Geißblatt im Garten des Lebens zum Wachsen gebracht, um uns zu verstecken. Gelingt mir so etwas noch einmal? Vielleicht.

Ich versuche, eine Verbindung zu den Pflanzen herzustellen, zu allen Pflanzen im Dachgarten. Ich öffne meinen Geist, um ihnen zu zeigen, dass wir in Gefahr sind und ihre Unterstützung brauchen. All meine Verzweiflung und Angst und Hoffnung fließt in mein Flehen.

»Wachst um die Rohre herum. Haltet sie für uns auf, bitte!«

Aber die Pflanzen hier sind die mit den seltsamen Pheromonen. Wütend wehren sie mein Eindringen ab. Nicht einmal ein einziges Blatt entrollt sich für uns.

»Die Pflanzen verstehen mich nicht«, rufe ich Jett zu. »Sie kennen mich nicht. Sie werden uns nicht helfen.«

Der Gärtner stolziert auf uns zu, langsam und anmutig. Er hat uns genau da, wo er uns haben will.

»Wenn ich doch nur meine Samen hätte«, jammere ich.

»Meinst du die hier?« Jett fischt ein kleines Tütchen aus der Tasche und kippt mir den Inhalt in die Hand.

Sofort erkenne ich die beiden eingekerbten braunen Zaunwindensamen wieder, die ich ihm am Tag unseres Kennenlernens gegeben habe. »Du hast sie aufgehoben?«, frage ich ungläubig.

Er nickt verlegen.

»Perfekt!«

Ich halte die Samen kurz in der Hand und vermittle ihnen, wie wichtig sie sind und dass sie für mich wachsen müssen. Sie bitzeln aufgeregt. Ich reiße das Papiertütchen auseinander und wickle die beiden Samen ein, um sie ein bisschen schwerer zu machen. Dann schiebe ich die Flugzeugtür auf und werfe sie in Richtung der Waffenläufe. Der erste trifft sein Ziel und landet zwischen den Rohren des einen Lasers. Der zweite fliegt nicht weit genug und kommt kullernd auf dem Gras ein paar Schritte vor dem anderen Laser zum Liegen. Hoffentlich reicht das.

»Fliegen wir los«, sage ich zu Jett.

Er betätigt Knöpfe und Schalter in einer komplizierten Reihenfolge, und wir steigen in die Höhe. Der Gärtner will uns noch aufhalten, aber er ist zu spät. Wir sind schon außer Reichweite. Trotzdem schaffen wir es kaum über die Baumkronen hinaus, ehe sich in den Läufen der Solarlaser goldene Lichtbälle bilden. Einer blitzt grell auf und schießt auf uns zu.

»Achtung!«

Jett kann ihm gerade noch ausweichen. Die anderen Rohre schwenken herum, um uns zu verfolgen. Die goldenen Bälle im Inneren werden immer größer.

Ich muss etwas unternehmen. Mit geschlossenen Augen dränge ich die Zaunwindensamen, uns zu retten. Ich stelle mir vor, wie ich die Finger in die Erde bohre und die Pflanzen ansporne. Doch als ich die Augen wieder öffne, wachsen weiterhin nur die Lichtbälle.

»Na los! Ich brauche euch!«

Plötzlich spüre ich ein vertrautes Ziehen, wie wenn ich

einen Hauch von Mas Kiefernseife erhasche. Eine Pflanze tritt mit mir in Verbindung. Ihr Summen wird immer lauter, aber es ist keiner von meinen Samen. Wo steckt sie? Neben dem Gärtner steht ein hohes Tischchen voller Tomatenpflanzen in Töpfen. Darunter befindet sich auch Kays Tomate, der ich geholfen habe. Ich erkenne sie an ihren freundlichen Schwingungen wieder.

»Tu irgendwas«, ruft Jett. »Sonst werden wir gleich gegrillt!« Er zieht uns höher, aber wir sind immer noch in Schussweite.

»Hilf mir«, flehe ich Kays Tomate aus vollem Herzen an. Ich lege all meine Panik und die Wut über die Taten des Gärtners in meine Bitte. Versteht die Pflanze mich überhaupt?

Über uns zuckt ein Blitz hinweg, dicht gefolgt von einem Donnergrollen. Ich keuche erschrocken auf und taste instinktiv nach Finn, nur um mich wieder daran zu erinnern, dass er fort ist. Dieses Gewitter ist wie das damals, das mir Ma genommen hat. Doch statt mich von der blanken Angst überwältigen zu lassen, schicke ich sie zu Kays Tomate.

»Beschütze uns!«

Die Pflanze erzittert. Das Zucken ihrer ockerfarbenen Pheromone folgt einer komplexen und hypnotisierenden Choreographie, die mit den anderen Pflanzen kommuniziert. Ihre Funken sind wie Dominosteine, die eine Kaskade in Gang setzen. Die Botschaft wird von Pflanze zu Pflanze weitergegeben. Das Wispern wird zu einem Rufen, einem Brüllen, das immer stärker vibriert. Ich schaudere, als die Stoßwelle mich überrollt.

Es fühlt sich an, als wäre ich mein ganzes Leben lang von trennendem Glas umgeben gewesen. Die Welle zerschmettert die unsichtbare Barriere, die mich zurückgehalten hat, lässt sie zu Boden splittern. Mein Geist ist frei. Als würden sich Millionen winziger Wurzelfäden in mein Gehirn schlängeln und mit meinem Nervensystem verwachsen. Ich bin tiefer mit den Pflanzen verbunden als jemals zuvor: dem Moos in den Pflasterritzen, den Keimlingen in den Laboren, den Gräsern der fernen Ebene, den schlummernden Bergbäumen. Ich höre sogar die Pflanzen in Solartopia und noch weiter entfernt das schwache Rufen meines Gartens. Und was noch viel wichtiger ist: Sie hören endlich auch mich. Die Energie fließt. Wir sind ein pulsierendes Ökosystem, und ich bin mit allen verknüpft.

Mein gesamter Körper bebt von ihrer Kraft.

Nur ein einziges Wort ist nötig – »Wachst!« –, und die Zaunwindensamen erwachen zum Leben. Die Ranken schießen in die Höhe und wickeln sich um die Solarlaser, zerren an den Rohren, bis sie nach unten gerichtet sind.

Die Augen des Gärtners weiten sich. Erschrocken weicht er zurück und hackt mehrfach auf seinen Kommunikator ein. Wachen strömen aufs Dach.

»Schnappt sie euch! Und deaktiviert die Laser, bevor sie das ganze Gebäude in die Luft jagen.«

Die Wachen richten lange, dunkle Dinger auf uns, doch die Zaunwinde schlingt sich um ihre Knöchel und zieht sie zu Boden, ehe sie sich um ihre Arme schlängelt. Es knallt mehrmals laut.

»Gewehre!«, schreit Jett.

Ich spanne mich an, aber wir werden nicht getroffen.

Jett schaut nach unten. »Sie erreichen uns nicht mehr!«

Während wir höher und höher in die Dunkelheit steigen, lasse ich mich erleichtert zurück in den Sitz sinken und setze meinen Helm ab. »Wir sind frei!«

Mein Herz hämmert noch wie verrückt. Ich spüre alles um mich herum, all das pflanzliche Leben, aus dem unsere Welt besteht. Ich bin damit vereint, wie ich es nie für möglich gehalten hätte. Die Stimmen der Pflanzen sind jetzt so viel lauter, erfüllt von Schmerz und Leid. Ich schicke ihnen meinen innigen Dank, dass sie uns vor dem Gärtner beschützt haben.

Hinter uns stöhnt Harlin qualvoll. Seine Haut ist fahl, und er zittert, obwohl es hier drin warm ist.

»Wir können nicht zurück nach Solartopia.« Jetts Stimme stockt, als er zu seinem Vater blickt. »Der Gärtner lässt bestimmt jede einzelne Wache nach uns suchen. Und mein Vater braucht Hilfe. Was soll ich tun, Nova?«

Durch das Gewirr all der anderen Pflanzen vernehme ich leise den einzigartigen Chor meines Gartens. Er kämpft ums Überleben. Gegen den Smog.

»Kannst du uns über die Berge nach Turris fliegen?«, frage ich. »Vielleicht finde ich dort ein Heilmittel.«

Ich beiße mir auf die Lippen und denke nach. Ich habe keinen Schimmer, welche Pflanze Harlin verletzt hat. So eine habe ich noch nie zuvor gesehen. Wir brauchen ein Gegenmittel. Aber das Gift könnte alles sein. Zu Hause habe ich ein paar Arzneien, die ich ausprobieren kann, und vielleicht steht noch etwas in Mas Notizen. Ich hole ihr Büchlein aus der Tasche. Die Sätze, die nach dem Vollbad noch übrig sind, lassen sich im Licht des Instrumentenbretts gerade so entziffern. Mit zusammengekniffenen Augen blättere ich die feuchten Seiten durch und suche verzweifelt nach einem Weg, um Harlin zu retten.

Kapitel 27

Der Regen hat aufgehört, aber die dünnen Wolken trüben das Licht des Mondes. Als wir über den Bergkamm steigen, kommt der blasse Umriss von Turris in Sicht.

»Da ist es!« Ich schluchze erstickt auf, durchströmt vom Glück, mein Zuhause wiederzusehen.

Doch hinter uns röchelt Jetts Vater unregelmäßig, und sein Gesicht ist blutverkrustet. Er muss behandelt werden. Sofort.

Jett beißt die Zähne zusammen und fliegt, so schnell er kann.

Die Überreste von Mas Notizbuch enthalten keinen Hinweis auf ein Gegengift. Hoffentlich finde ich etwas in ihren Nachschlagewerken oder übrigen Unterlagen. Nervös streiche ich über den türkisen Einband. Ich mache mir Sorgen, dass ich Harlin nicht helfen kann.

»Hey, da ist Corins Rad«, ruft Jett plötzlich, als wir uns Turris nähern.

»Das kann nichts Gutes verheißen«, murmle ich. Wir haben es bei Eulys umstellten Haus zurückgelassen. »Sind die Wachen uns hierher gefolgt?«

»Möglich.« Jett wirft einen grimmigen Blick auf seinen

Vater. »Aber wir haben keine Wahl. Wir müssen dringend landen.«

Von oben sieht mein Garten aus wie immer. Nichts wirkt ungewöhnlich. Ich seufze auf, doch die Erleichterung währt nicht lange. Meine Pflanzen leiden. Ich spüre ihren Schmerz und ihr Leid, aber vor allem eine Art schicksalsergebene Lethargie, die so stark ist, dass sie auch mich zu überwältigen droht.

»Ich bin wieder da«, rufe ich ihnen zu. »Ich habe ein Heilmittel. Ihr müsst nur noch ein kleines bisschen durchhalten.«

Ein paar Notpheromone funkeln zur Antwort auf, und in meinem Hals wächst ein dicker Schuldkloß, weil ich so lange weg war.

Jetts sanfte Landung auf meiner kleinen Wildblumenwiese wirkt fast mühelos, doch ich sehe seinen angespannten Kiefer und höre sein Seufzen, als wir endlich unten sind.

Kaum bin ich aus dem Flugzeug geklettert, eilt eine ältere Frau auf uns zu.

»Euly!« Ich grinse breit. »*Sie* sind auf dem Rad hergeflogen? Aber wie konnten Sie den Wachen entkommen?«

»Ach, das war ein Kinderspiel.« Sie greift nach meiner Hand und drückt sie fest. In der anderen hält sie Finn, den sie mir lächelnd reicht. »Und bitte sagt doch Du zu mir.«

Ich presse ihn an mich und streichle seinen abgewetzten Kopf. Dabei schaue ich Euly fragend an.

»Was für eine Architektin wäre ich denn, wenn ich nicht zwei, drei Geheimausgänge in mein Haus eingebaut hätte? Danach musste ich nur noch euer Flugrad zurückklauen.« Sie zwinkert, als wäre das keine große Sache gewesen. Ich verstehe gut, warum Ma und Euly befreundet waren.

Jett hilft seinem Vater beim Aussteigen. Harlins Beine geben nach, er bricht auf dem Boden zusammen. Sein Gesicht ist ganz gelb und von einem Schweißfilm überzogen.

»Der Gärtner hat ihn mit einer seiner Pflanzen angegriffen.« Schnell beschreibe ich Euly die spitzen Stacheln. »Wir müssen ein Gegengift finden.«

»Ach, die kenne ich – ein besonders fieses Exemplar. Eins der Lieblingsprojekte des Gärtners. Eine Kreuzung zwischen Strandapfel und Agave. In deinem wunderbaren Gewächshaus habe ich genau das Richtige gesehen, um Harlin zu behandeln.«

Mein dankbares Staunen quittiert sie nur mit: »Was? Ich kann nicht bloß Gebäude entwerfen, ich habe auch noch andere Talente. Außerdem hatte ich ein bisschen Zeit, mich hier umzuschauen. Gefällt mir, wie du dich eingerichtet hast.«

Am liebsten würde ich sie fest umarmen. Alle Anspannung und Sorge, wie ich Harlin retten soll, fällt von mir ab. Keine Ahnung, was ich tun würde, wenn Euly nicht hier wäre.

Wir tragen ihn nach unten in eins der leeren Schlafzimmer, und Euly bereitet schnell einen Wickel aus Pfeilwurz vor, den sie auf die Schnitte in seinem Gesicht legt. Er brüllt vor Schmerz, als der Brei seine Haut berührt.

Jett weicht ihm nicht von der Seite, aber er kann nicht viel tun.

»Du hast Glück gehabt, Harlin«, plaudert Euly während der Behandlung mit ihrem Patienten. Ich bin mir nicht sicher, ob er sie hören kann. Sein Kopf hängt schlaff zur Seite, und er verliert immer wieder das Bewusstsein. »Du wirst noch eine Weile lang schreckliche Schmerzen haben, aber du kommst wieder auf die Beine. Auch wenn du vielleicht nicht mehr ganz so hübsch anzusehen bist.«

Jett bricht auf einem Stuhl neben dem Krankenlager zusammen und reibt sich das Gesicht. Dann ergreift er sanft die Hand seines Vaters. Dessen Augen öffnen sich flatternd, und er schenkt ihm ein schwaches Lächeln.

Während Euly und Jett sich um Harlin kümmern und ihn mit allem versorgen, was er brauchen könnte, schaue ich nach meinem Gewächshaus. Die *Ferula expurga* hat die Reise in meiner Jacke gut überstanden. Singend und summend schaufle ich ihr einen Topf voll reichhaltigen Kompost. Es fühlt sich gut an, wieder zu Hause bei meinen Pflanzen und all den Erinnerungen an Ma zu sein. Finn sitzt auf dem Tisch und sieht mir beim Arbeiten zu. Früher hätte er irgendeinen Witz gerissen, aber jetzt schweigt er. Und ich denke, das ist für mich in Ordnung.

Als ich die *Ferula* gieße, beben ihre Blätter vor Glück und versprühen grüne und goldene Pheromone. Unsere Verbindung lässt alle meine Nerven kribbeln. Ich begrüße sie und sage ihr, wie besonders sie ist.

»Ich werde mich um dich kümmern«, flüstere ich ihr zu.

»In meinem Garten wirst du immer sicher sein. Aber du musst mir helfen. Wenn du nur ein bisschen wächst, kannst du alle meine anderen Pflanzen retten. Dafür sind nur ein paar deiner Blätter nötig. Wir brauchen dich.«

Staunend lache ich auf, als ein Wedel nach dem anderen sprießt. Kurze Zeit später ist die Pflanze doppelt so groß wie vorher und wächst noch weiter. Ich fasse es nicht, wie leicht mir so etwas jetzt fällt.

»Danke«, sage ich.

»Faszinierend«, murmelt eine Stimme hinter mir.

Euly steht in der Tür und beobachtet mich und die Pflanze. »Clare hat immer versucht, Kommunikation zwischen Pflanzen und Menschen auf chemischer Ebene zu ermöglichen. Scheint, als wäre es ihr am Ende gelungen.«

Ich habe gerade keine Zeit, darüber nachzugrübeln, was genau sie damit meint. So sanft wie möglich zupfe ich ein paar Wedel ab und zerreibe sie nach den Anweisungen in Mas Notizbuch zu einer Paste. Dort steht, die Blätter seien so wirksam, dass sie mit zwanzig Teilen Wasser verdünnt werden können. Ich fülle die Mischung in eine Sprühflasche.

Während ich die Treppe hinaufeile, kaue ich auf meinen Lippen herum. Meine Hände zittern, und mein Herz schlägt so schnell wie das eines Vögelchens. Was, wenn das Heilmittel nicht wirkt? Dann war die ganze Suche umsonst, und mein Garten stirbt. Ich schlucke meine Angst hinunter und steuere direkt auf die Nova zu. Bei ihrem Anblick entfährt mir ein Schreckensschrei. Sie wirkt so traurig und lädiert. Zumindest quillt kein schwarzer Schleim mehr aus dem abgebrochenen Ast. Das klebrige Zeug hat die Wunde verschlossen, aber alle Blätter sind dünn und blass. Ich kann die Pflanze kaum hören. Keine Pheromone steigen von ihr auf. Sie ähnelt einer dieser Plastikpflanzen, die das Labor in Solartopia verbergen. Lange bleibt ihr nicht mehr.

Sanft betätige ich den Hebel der Sprühflasche und lasse die Tröpfchen über die Nova regnen. Die Lösung dringt in ihre Poren, und ich spüre die Veränderung beinahe sofort. Die Pflanze summt leise. Ich traue meinen Augen kaum, als die Blätter wieder prall werden und sich aufrichten. Glücklich glitzernde grüne Pheromone steigen empor und wirbeln durch die Luft. Es funktioniert!

So schnell wie möglich eile ich von Pflanze zu Pflanze und verabreiche das Heilmittel. Als ich fertig bin, muss es kurz vor Sonnenaufgang sein, denn die Sterne über mir verblassen schon. Ein beruhigendes Summen umgibt mich. Mein Garten genest. Ich bin zu Hause.

Ich setze mich an den Teich und blicke zu den fernen Bergen in Richtung der smogverseuchten Ebene und Solartopia. Meine Erleichterung ist bittersüß. Ich bin nicht dumm. Ich weiß, dass ich nicht hierbleiben kann. Keiner von uns kann hierbleiben. Die *Ferula* ist wie ein Pflaster auf einer tiefen, infizierten Wunde. Der Smog ist zu stark und zu konzentriert. Er wird immer weiter aufsteigen. Solange Solartopia die Luft verpestet, ist niemand von uns sicher. Und alle Siedlungen werden leiden. Wenn wir nichts tun, um Solartopia aufzuhalten, wird es am Ende alles ersticken. Dass uns nach den Schrecken des Sechsten Sterbens schon wieder menschengemachte Verschmutzung tötet, ist einfach unglaublich.

Ich höre Schritte hinter mir. Jett steht in der Dunkelheit. Leise kommt er zu mir und setzt sich so dicht neben mich, dass unsere Schultern sich berühren.

»Ich fasse es nicht, dass wir es wirklich geschafft haben«, sagt er. »Wir haben Paps gefunden, deine Pflanze. Und dafür mussten wir nur in ein Geheimlabor einbrechen, ein Flugzeug stehlen und den Gärtner mit deiner Superpflanzenkontrolle abwehren.«

Ich kichere. »Aber ich kontrolliere die Pflanzen gar nicht. Darum geht's doch gerade. Das ist das Problem mit den Menschen – mit dem Gärtner. Er will alles kontrollieren, alles sauber und ordentlich halten. Aber so funktioniert die Welt nicht. Unsere Pläne sind nur Spuren im Staub, die der nächste Regen fortwäscht. Die Natur ist viel zu unberechenbar, um sie zu beherrschen. Ich helfe den Pflanzen, also helfen sie mir. So einfach ist das. Ich kontrolliere sie nicht. Wir arbeiten zusammen … bis zum nächsten Regen.«

»Genau wie bei dir und mir. Unserer ersten Abmachung.« Jett lächelt und verschränkt die Finger mit meinen, beugt sich zu mir.

Mein Herz rast. »Mhm.«

»Dann bin ich für dich nur eine weitere Pflanze?«, scherzt er, und sein Lachen scheint mich von innen zu wärmen.

Ich suche nach einer lustigen Erwiderung.

»Du bist eine Zaunwinde«, meine ich schließlich schmunzelnd. Er hat sich um mein Herz geschlungen, und ich kann mich nicht aus seinen Ranken befreien. »Du würdest überall überleben.«

Aber er ist nicht wie eine Pflanze. Kein bisschen. Ich wünschte, ich könnte ihn genauso leicht durchschauen. Ich würde ihm so gerne sagen, wie viel er mir bedeutet. Wie seine Berührung mich elektrisiert, wie mir jede Stunde, in der ich ihn nicht lächeln sehe, verschwendet erscheint, wie ich es nicht ertrage, von ihm getrennt zu sein, wie er mich gerettet hat.

Ich schaue ihm tief in die Augen, damit er weiß, wie ernst es mir ist, so wie Ma es früher auch bei mir gemacht hat. »Du bist für mich noch viel mehr als eine Pflanze …« Meine Stimme zittert.

Vielleicht mag er mich gar nicht auf diese Art. Vielleicht will er nichts mit mir zu tun haben, jetzt wo er meine Gefühle kennt.

Aber er lächelt nur und lehnt sich noch näher.

»Das wollte ich schon tun, seit wir uns das erste Mal begegnet sind.« Er legt die Hände um meine Wangen, streicht mit den Daumen darüber, zieht mich sanft näher. Beobachtet mich, wartet.

Mein Herz fühlt sich an, als würde es gleich explodieren. Strahlend neige ich mich vor, bis meine Lippen leicht die seinen berühren. Ich schmiege mich an ihn, lasse los. Seine Lippen sind warm und drängend, und er presst mich an sich, bedeckt lachend mein Gesicht mit Küssen.

Während ich in seinen Augen versinke, denke ich daran, wie viel Arbeit noch vor uns liegt.

Aber ich bin nicht länger allein.

VICTORIA HUME

SOLARTOPIA

BIS ZUM ENDE DER ZEIT

ISBN 978-3-7373-4316-9
Erhältlich ab Frühjahr 2024!
Leseprobe

KJB

Zum Mittagessen kocht Euly Kartoffel-Spinat-Suppe, heiß und köstlich. Sie kümmert sich um Harlin und ums Essen, während Jett und ich den Garten versorgen. Es fühlt sich immer noch merkwürdig an, nicht alles selbst erledigen zu müssen, aber Euly meint, so funktionieren Gemeinschaften nun einmal. Kaum habe ich meine Schüssel bis auf den letzten Tropfen ausgekratzt, kommt das Gespräch darauf, wie wir den Gärtner besiegen können.

»Wir brauchen Hilfe«, sagt Euly. »Allein haben wir keine Chance.«

»Aber dafür brauchen wir Beweise«, erwidert Harlin mit leiser, krächzender Stimme. »Wenn wir doch nur meinen Kommunikator noch hätten. Da war alles drauf, was ich gegen ihn gesammelt habe.« Er vergräbt den Kopf in den Händen.

»Ich hätte eine Sicherheitskopie machen sollen.« Jett bohrt an einem Loch in der Tischplatte herum.

»Das lässt sich jetzt nicht mehr ändern«, meint Euly. »Dann müssen wir uns eben etwas anderes einfallen lassen.«

»Wir bräuchten Zugriff auf den Zentralrechner des

Rats.« Konzentriert furcht Harlin die Stirn. »Aber mein Zugang ist garantiert gesperrt.«

Eulys Blick wandert in die Ferne, während sie nachdenkt. »Wenn wir irgendwie in die Solaris-Akademie gelangen könnten, finden wir vielleicht, was wir suchen.«

An diese Schule erinnere ich mich. Da geht Kay hin. Kay habe ich im Garten des Lebens kennengelernt, als sie gerade Unterricht in Pflanzenpflege hatte. Sie hat mir bei der Suche nach der *Ferula* geholfen.

»Der Gärtner hat ein Geheimbüro in der Akademie. Nicht einmal ich weiß, wo genau. Und ich habe das Gebäude entworfen! Da drin gibt es womöglich Beweise gegen ihn, mit denen wir seine Pläne enthüllen können. Aber die Schule wird streng bewacht. Sie liegt mitten im Garten des Lebens, und nur Ratsmitglieder, Lehrpersonen und Schülerinnen und Schüler dürfen hinein.« Sie wirft Jett und mir einen Blick zu. »Aber ihr beide schafft es vielleicht. Ihr könntet euch einschreiben, unter falscher Identität. Und dann sehen wir weiter.«

Das könnte funktionieren, ganz bestimmt. Ich schaue zu Jett hinüber. Seine Augen glänzen aufgeregt.

»Auf keinen Fall!« Harlin starrt Euly an, die Hände flach auf den Tisch gepresst. »Das ist viel zu gefährlich. Der Gärtner weiß, wie Jett aussieht.«

»Uns läuft die Zeit davon«, wende ich ein. »Der Smog steigt schnell. Und wir drehen uns schon seit Tagen im Kreis. Das ist die erste Idee, die tatsächlich klappen könnte. Ich finde, wir sollten es riskieren. Ich habe die Schule schon einmal gesehen. Ich kenne sogar eine Schülerin dort. Wenn es sein muss, mache ich es auch allein.«

Jett greift nach meiner Hand. »Das kann ich nicht zulassen.«

»Nova«, erwidert Euly sanft, »du weißt viel zu wenig über Solartopia und wie man sich dort verhält. Wenn, dann geht es nur mit euch beiden.«

»Nein! Das ist mein Sohn, verdammt nochmal!« Harlins Stuhl quietscht, als er aufspringt. Seine Narben leuchten dunkelviolett.

Ich zucke vor Schreck zusammen bei seinem unerwarteten Ausbruch. Die Pheromone an meiner Brust färben sich rot.

»Paps, ich bin alt genug, um meine eigenen Entscheidungen zu treffen.« Jett streckt die Hand nach ihm aus, aber Harlin wendet sich mit hochgezogenen Schultern zum Fenster um.

»Ich kann dich nicht verlieren.« Er wird immer lauter.

Mein Herz wummert.

»Glaub mir, ich möchte die zwei auch nicht unnötig in Gefahr bringen.« Eulys Stimme klingt gleichzeitig freundlich und hart. »Nova ist wie eine Enkelin für mich. Aber die Gefahr ist längst da. Entweder sitzen wir untätig herum und warten, oder wir stellen uns ihr.«

»Ich tarne mich«, sagt Jett. »Wir lassen uns was einfallen.«

Mein ganzer Körper ist steif vor Angst. Können sie sich nicht einfach vertragen?

»Das ist kein Spiel!«, faucht Harlin.

Ich halte mir die Ohren zu und weiche zurück, aber er hört nicht auf. Keiner von ihnen hört auf. Dunkle Pheromone rauschen in wilden Wogen aus meiner Brust. Ich bin ein Baum in einem Gewitter, meine Blätter peitschen. Mir ist so heiß! Wenn ich nicht bald hier rauskomme … Mein Stuhl kracht zu Boden, als ich aus dem Zimmer stürze.

Ich flüchte ins Gewächshaus. Ganz hinten in einer Nische unter der Treppe befindet sich ein alter Vorratsschrank. Kaum krieche ich durch den Nachtschattenvorhang, der ihn verbirgt, fühle ich mich wieder, als wäre ich sechs Jahre alt. Diesen Ort kennt keiner außer mir. Er ist dunkel, weit weg von den Fenstern, halb verborgen von den Wassertonnen und Kompostwannen. Nachtschatten mögen Dunkelheit, deshalb sind die Bedingungen hier perfekt für sie. Und für mich, wenn ich nachdenken muss. Früher hat Ma die Blumenranken zum Blühen gebracht, wenn ich traurig war, damit sie ihren berauschenden Duft verströmen.

»Du könntest hier überwintern. In deiner eigenen kleinen Höhle.« Sie reicht mir eine Schüssel Trockenfrüchte. »Wisch dir die Tränen weg, mein Bärchen, und schau zu, wie die Blüten sich öffnen.«

Ich weiß noch, wie ich gestaunt habe, dass sie den Blütenschleier so dicht wachsen lassen konnte. Eines Tages würde mir das auch gelingen, hat sie mir versichert, aber ich habe ihr nicht geglaubt. Ich trockne meine Tränen und wirble dabei die silberne Wolke der Traurigkeit an meiner Brust auf. Dann suche ich die Verbindung zu den Pflanzen.

Ihre Blütenblätter entfalten sich. Euly meint, Ma hätte mir diese Gabe geschenkt. Das macht sie nur noch wertvoller. Wenn Ma doch nur hier wäre und sehen könnte, wie meine Kräfte sich entwickeln, und sie gemeinsam mit mir weiter erkunden.

Seufzend lege ich mich auf die Seite und rolle mich zusammen. Es ist toll, die drei bei mir in Turris zu haben, aber manchmal werden mir ihre Streitereien einfach zu viel. Zum Glück habe ich diesen Ort, von dem sie nichts wissen. Einen Ort nur für mich.

Könnte ich es wirklich auf die Solaris-Akademie schaffen? Niemand würde mir je glauben, dass ich aus der Stadt komme. Ich sehe anders aus, benehme mich anders, denke anders. Sobald ich den Mund aufmache, verrate ich mich. Und wenn ich behaupte, dass ich aus einer der Siedlungen stamme …?

»Nova! Nova!«

Euly ruft nach mir. Erst klingt ihre Stimme weit weg. Wahrscheinlich sucht sie in Mas Büro. Dann kommt sie langsam näher. Ich kann mich nicht ewig verstecken. Stöhnend krieche ich nach draußen, ehe Euly das Gewächshaus erreicht.

»Da bist du ja«, sagt sie sanft, als sie zu mir tritt. »Ich hoffe, wir haben dich nicht zu sehr durcheinandergebracht. Harlin war ziemlich emotional. Er macht sich Sorgen um Jett.«

»Warum hat er so geschrien? Ist er wütend auf mich?«

»Ach, Nova.« Euly schaut mich an. Ihr Blick ist tieftraurig. »Nein. Seine Gefühle haben ihn überwältigt. Er will Jett beschützen.«

Sie zieht mich an sich, und ich vergrabe das Gesicht an ihrer Schulter und gestatte mir endlich zu schluchzen. Ma fehlt mir so sehr. Ob es wohl jemals leichter wird? Oder fühlt es sich für immer so an, als hätte man mir das Herz aus der Brust gerissen?

»Weißt du, dein Vater war genauso«, fährt sie vorsichtig fort. »Er hat euch mit seinem Leben verteidigt. Da kannte er dich noch nicht einmal.« In ihren Augen glänzen Tränen. »Alexander war ein wunderbarer Mann. Freundlich, witzig, intelligent. Und attraktiv! Er trug immer eine Orchidee am Hemd – die hat er selbst gezüchtet –, und manchmal hat er mir sogar einen ganzen Strauß geschenkt. Ein guter Mensch.«

»Was ist passiert?« Die Unsicherheit lässt meine Stimme zittern.

Ich weiß, dass er gestorben ist, um mich zu beschützen, aber mehr hat Euly mir nicht verraten. Will ich wirklich die Wahrheit erfahren?

»Der Tag, an dem dein Vater gestorben ist ... war einer der schmerzlichsten in meinem ganzen Leben.« Euly mustert mich einen Moment lang seufzend. »Nachdem der Rat Clare den Tod all dieser unschuldigen Menschen angehängt hatte, ist sie zu mir gekommen, auf der Suche nach einem Ausweg. Da habe ich ihr von Turris erzählt. Und sie gewarnt, dass der Rat niemals ruhen würde, bis er sie gefunden hat.«

Sie nestelt an ihrer Kette, dreht die grünen Perlen. »Der

Mob kam nachts. Erst standen sie ein Stück weg und haben nach deinen Eltern gerufen – sie wohnten draußen in der Wildnis am Stadtrand, gar nicht weit von mir. Wir waren eine kleine Siedlung von Botanikerinnen und Botanikern. Damals war es eine große Ehre, dort zu leben. Der Lärm hat mich aufgeweckt. Ich bin auf den Balkon getreten und der Anblick …« Bebend holt sie Luft und starrt in die Ferne. »Die Feiglinge haben das Haus angezündet. Alles niedergebrannt.« Ihre sonst so starke Stimme zittert. »Alexander hat noch versucht, sie zur Vernunft zu bringen. Er hat draußen vor der Tür gestanden und Clares Unschuld beteuert, ihnen erzählt, dass sie schwanger ist, und ihnen gesagt, wenn sie sie lynchen, ermorden sie ein ungeborenes Kind. Aber nichts von alledem konnte sie besänftigen. Irgendwann kam auch Clare raus, um mit ihnen zu reden. Das hat alles nur noch schlimmer gemacht. Sie haben angefangen, Steine zu werfen … Dein Vater hat deine Mutter zurück ins Haus gestoßen und die Tür zugesperrt. Dann ist er davongerannt, um die Meute in die Wildnis zu locken. Fast hätte er es geschafft. Aber dann hat ihn ein Stein am Kopf getroffen. Ich habe gesehen, wie er zusammengebrochen ist. Dass er wohl bewusstlos war, ist mein einziger Trost. So musste er zumindest nicht leiden.«

Entsetzt keuche ich auf. Davon hat Ma mir nie etwas erzählt. Euly zieht ein himmelblaues Taschentuch heraus und wischt sich die Augen.

»Die Menge drängte vorwärts. Plötzlich flackerte ein Feuer im trockenen Gras auf … Vermutlich hatte es einer der Randalierer gelegt. Es dauerte nicht lang, bis das ganze Haus in Flammen stand. Immerhin war es aus organischen Materialien gebaut …« Sie schaudert, ehe sie sich wieder zusammenreißt. »Durch das Opfer deines Vaters konnte deine Mutter ungesehen durch die Hintertür flüchten. Der Rat ließ verkünden, sie wäre im Feuer umgekommen. Aber ihre Leiche wurde natürlich nie gefunden. Angeblich hätten die lodernden Flammen alles verschlungen. Und trotzdem … Ich habe die Hoffnung nie aufgegeben, dass sie sich vielleicht geirrt haben.«

Sie streckt eine knochige Hand nach mir aus. Blaue Venen schimmern unter der dünnen Haut. »Tut mir leid, dass es keine schönere Geschichte ist. Aber der Tod deines Vaters war ein Akt reinster Liebe.«

Ich blinzle die Tränen zurück.

Mein Vater.

Die Worte erscheinen mir realer als je zuvor. Euly hat ihn für mich zum Leben erweckt.

»Danke.« Lächelnd trockne ich mir die Wangen.

Pa ist gestorben, um mich zu beschützen. Ich muss dafür sorgen, dass sein Opfer nicht umsonst war. Ich muss die Stadt retten –, selbst wenn ich mein eigenes Leben aufs Spiel setze.

Jett ist oben auf dem Dach am Teich. Er wickelt sich einen Grashalm um den Finger und starrt grübelnd in die Ferne. Als er meine Schritte hört, blickt er auf.

»Jett, du musst nicht mitkommen«, fange ich an. »Aber ich …«

»Du schreibst dich ein«, beendet er meinen Satz. »Ich mich auch.«